안녕하세요
김주하입니다

1판 1쇄 발행 2007년 7월 2일
1판 11쇄 발행 2013년 10월 31일

지은이 김주하

발행인 양원석
총편집인 이헌상
편집장 송명주
해외저작권 황지현, 지소연
제작 문태일, 김수진
영업마케팅 김경만, 임충진, 곽희은, 주상우, 장현기, 임우열,
        정미진, 송기현, 우지연, 윤선미, 최경민, 이선미

펴낸 곳 ㈜알에이치코리아
주소 서울시 금천구 가산동 345-90 한라시그마밸리 20층
편집문의 02-6443-8850 구입문의 02-6443-8838
홈페이지 http://rhk.co.kr
등록 2004년 1월 15일 제2-3726호

ISBN 978-89-255-1011-8 (03810)

RHK 는 랜덤하우스코리아의 새 이름입니다.

| 내가 뉴스를 뉴스가 나를 말하다 |

안녕하세요
김주하입니다

| 김주하 지음 |

RHK
알에이치코리아

처음 집필 제의를 받았을 때 나는
절대로 마흔 이전에는 책을 쓰지 않겠다고 다짐했었다. 경험도 부
족할 것이고 책은 단지 아는 것이 많다고(사실 남들보다 많이 알
지도 못하지만) 쓸 수 있는 것이 아니라고 생각했기 때문이었다.
얼굴이 알려졌다는 것을 이용한 상술로 여겨지지는 않을까 하는
염려 또한 있었다.

그런데 보여지기 위함이 아니라 보고 싶어지는 순간들이 늘어
나고, '아는 것'의 양보다 '알고 싶은 것'의 양이 많아졌을 때 비
로소 '집필'을 떠올리게 됐다. 과연 이게 옳은 선택일까 아직도
의구심이 들지만 일을 저지르고 보는 성격 덕에 한 권의 책이 나
왔다.

처음에는 보도국에서 '전설'처럼 떠돌아다니는 다른 기자들의
취재 경험을 모아 보려고 했다. 그런데 남의 얘기를 쓴다는 것은
생각보다 힘든 일이었다. 우선 한 명 한 명 찾아다니며 본인에게

사실 여부를 확인해서(소문은 얘기가 덧붙여지기 마련이니까) 정리해야 하는데, 이렇게 다른 이들의 과거를 모으다 보면 미처 확인되지 못한 부분들이 소설처럼 미화되어 인쇄될 수 있고 그것은 뉴스를 진행하는 사람의 책이라 할 수 없기에 생각을 접었다.

그래서 나의 이야기를 쓰기로 했다. 짧은 경력이지만 취재하며 보고 느꼈던 일들, 뉴스 진행의 뒷면에는 어떤 일들이 벌어지고 있는지 사실성을 바탕으로 채웠다. 방송인들에게만 읽히는 책이 아니라 시청자들도 방송 현장에 함께 있는 기분으로 읽기를 바라며 쉽게 써 나갔다. 평론가나 방송인들에게 어떻게 비쳐질지는 크게 염두에 두지 않고 적었음을 미리 말해 두고 싶다. 화려해 보이는 모습 뒤에 얼마나 긴장되는 숨 막힘이 있는지, 몇 초의 짧은 방송분도 얼마나 긴 시간과 노력에 의해 만들어졌는지 모두 공감해 주기를 바라는 마음이다. 객관적 사실을 쓰려고 노력했지만 하고 싶은 말이 많아 풋내기 기자의 푸념이 섞여져 버렸는지도 모르겠다.

내 취재기를 보면 몰카(몰래 카메라) 사용이 종종 나온다. 얼굴이 알려져 '고발성 뉴스'를 취재하려면 어쩔 수 없는 선택이었지만 방송 보도에서 몰카 사용은 최대한 지양하는 게 지침임을 미리 말해 둔다.

 이 책을 쓰면서 '앵커'라는 이름으로 불리어지는 화려한 유명세는 잊으려 애썼다. 아니, 입으로가 아닌 발로 뛰는 내 자신을 돌아보며 자연히 잊게 되었다. 우리 사회의 단면을 캐내어 알리고 사실을 객관적으로 조명하려 하는 나의 일과, 나 또한 그 현장 속에서 살아가는 범인(凡人) 중에 한 사람임을 이 책에 담았다. 아무쪼록 이 글이 디지털 TV만큼이나 생생한 화면이 되어 여러분의 안방에 전달되기를 바라는 마음이다. 또한 '방송사의 과거' 얘기를 쓸 수 있도록 많은 정보와 도움을 줬던 선후배들에게도 감사를 표한다.

2007년 7월

김주하

Contents

: 하이웨이 위의
숨바꼭질

episode

01

텔레비전 뉴스는 제보와 확인만 가지고는 뉴스가 되지 않는다.
영상이 필요하다.
하지만 보란 듯이 방송용 카메라를 들고
택시를 타면 온전한 취재가 되지 않을 건 불 보듯 뻔했다.
그래서 난 내 얼굴을 알아보지 못하게 하면서
동영상 카메라를 들고 탈 방법을 생각해야 했다.
방법은 하나.
내가 외국인 관광객이 되는 것이었다.

"아이템, 아이템, 아이템……."

사회부 기자로 활동하면서 나에겐 매일 매일이 고민의 연속이었다. 다른 사회부 기자들은 그날의 사건 사고를 다루고 어쩌다 한 번씩 기획 아이템을 찾으면 되지만, 난 평일 〈뉴스데스크〉를 진행하고 있었으므로 늘 주말에 나갈 기획 아이템을 찾아야 했다. 생각해 보라. 뉴스를 진행하면서 매일 "제가 직접 취재했습니다"라고 하면 얼마나 웃기겠는가. 그렇다고 엄기영 앵커가 "제 옆에 있는 김주하 기자가 취재했습니다"라고 할 수도 없지 않는가. 그렇다 보니 그날그날 터지는 뉴스가 아닌 주말용 기획 뉴스를 만들어야 했고 기획 뉴스를 위한 아이템을 찾는 건 매일 매일의 스트레스였다.

밤늦게 퇴근하고 집에 와서도 잠을 못 자며 고민을 하자 옆에서 지켜보던 남편이 측은했는지 한 가지 아이템을 제보해 주었다.

"이상해. 출장 갈 때 집에서 택시를 타면 공항까지 4만 원이면 가는데, 공항에서 집에 올 때는 항상 5만 원이 넘어."

귀가 솔깃했다. 조금이라도 이상하고 의문이 생기면 늘 쫓아가 확인을 해야 직성이 풀렸기에 당장 작업에 착수했다. 우선 여기저기 수소문해 보니 다른 사람들도 같은 경험을 했는지 하나같이 같은 대답이었다. 특히 외국인들은 왕복 택시 요금이 무려 2만 원이나 차이가 나는 경우도 있다고 했다.

이제 내가 직접 확인을 할 차례였다. 텔레비전 뉴스는 제보와 확인만 가지고는 뉴스가 되지 않는다. 영상이 필요하다. 하지만 보란 듯이 방송용 카메라를 들고 택시를 타면 온전한 취재가 되지 않을 건 불 보듯 뻔했다. 그래서 난 내 얼굴을 알아보지 못하게 하면서 동영상 카메라를 들고 탈 방법을 생각해야 했다. 방법은 하나. 내가 외국인 관광객이 되는 것이었다. 관광객이 카메라를 들고 타는 건 자연스러워 보일 테니까.

선글라스에 모자를 눌러쓰고 출장용 커다란 가방을 끌고 집을 나섰다. 혹시 가방을 차 트렁크에 실어 준다고 들었다가 빈 가방임을 알면 의심스레 여길까 봐, 책도 몇 권 집어넣었다. 외국인인 척 발음을 꼬아 가며 말할 자신이 없어 내가 내려야 할 지점을 한국어가 서툰 외국인이 쓴 것처럼 일부러 왼손으로 삐뚤삐뚤하게 쓴 종이도 한 장 준비했다. 또 만일의 사태에 대비해 양천경찰서 수사2계(지금은 지능팀으로 이름이 바뀌었다) 문학태 계장에게 연락을 해 놓고 경찰서 앞에서 택시를 잡아탔다. 공항에 도착해서 요금을 보니 3만 600원이었다. 그리고 공항에서 다시 택시를 타고 같은 장소, 양천경찰서 앞에서 내리니 정말 7000원 가까이 차이가 났다. 외국인이 서울 외경을 촬영하는 듯 몰래 촬영한 카메라에는 바가지요금의 증거가 고스란히 들어 있었고 경찰까지 대동했지만, 운전기사가 원래 오는 길과 가는 길이 다르기 때문에 요금 차이가 난다고 우기니 어쩔 수 없었다. 말 그대로 허탕이었다.

2005년 4월 5일. 지금은 식목일이 쉬는 날이 아니지만 2005년 당시에는 직장인들이 목을 빼고 기다리던 공휴일이었다. 보통 때는 기자 일을 하느라 9시에 출근하던 것을 그날은 〈뉴스데스크〉만 맡으면 됐으므로 나에게는 반쪽짜리 휴일이기도 했다. 남편은 평소 나와 함께하지 못하는 게 늘 불만이었기 때문에 이 반쪽짜리 휴일이라도 함께 지내려고 며칠 전부터 벼르고 있었다. 금쪽같은 남편의 휴일. 난 정말 좋은(?) 생각을 해냈다.

남편과 두 대의 택시에 각각 타고 차선까지 똑같이 바꿔 가며 따라간 뒤 요금을 비교하면 바가지요금을 받는지 확실히 알 수 있지 않을까, 하는 생각이었다. 그러기 위해서는 남편이 쉬는 날을 포기하고 함께 취재를 나가야 했지만, 난 취재에만 신경을 집중하고 있었기 때문에 거기까진 헤아리지 못했다.

"다른 여기자들은 남편이 취재도 도와준다는데, 자기도 이참에 기자 남편 노릇 좀 해야 할 것 아냐! 차가 밀리면 비교하기 힘드니까 새벽 일찍 갔다가 바로 돌아오자. 그럼 아침 9시면 집에 돌아올 거야."

매일 아침 6시면 일어나 출근을 하는 남편은 쉬는 날 하루라도 늦잠을 자고 싶어 하는 눈치였지만, 언감생심 모른 척할 수밖에 없었다.

내가 받은 제보는 공항에서 대기하며 손님을 실어 나르는 택시의 문제점이었기 때문에 일반 택시와 요금을 비교하려면 시내에서 택시를 타고 들어가서 다시 그 택시를 타고 나오며 문제의 택시와 비교하는 게 가장 확실했다. 남편을 감언이설로 꾄 후 아무래도 방송용 ENG 카메라로 촬영하면 눈치를 챌 것이므로 남편에게 6밀리 카메라를 안겼다. 왕복 택시비를 챙겨 넣고 카메라까지 두 대를 준비한 나를 보더니 남편도 포기했는지 한숨을 쉬고는 새벽 4시 반에 일어나 따라 나왔다.

혹 운전기사가 내 얼굴을 알아보면 또 모두 허탕을 칠 것이므로 6밀리 카메라를 들고, 모자를 눈 아래까지 푹 눌러쓰고는 관광객인 양 공항으로 향했다. 공항 대기 택시를 내가 타겠다는 말에 남편은 펄쩍 뛰었다. 내 취재이므로 내가 위험을 감수하겠다고 했다가 오히려 "당신은 기자이기 전에 내 아내"라는 말에 어쩔 수 없이 남편을 문제의 택시에 태웠다. 난 집에서부터 타고 간 택시를 타고 바로 뒤를 쫓았다.

"아저씨, 저 택시 절대 놓치지 말고 따라가 주세요!"

"저 차가 알아차리게 할까요, 알아차리지 못하게 쫓아갈까요?"

"……?"

내가 탄 택시의 기사는 방금 전까지 사이좋게 차를 타고 온 부부가 갑자기 쫓고 쫓기는 상황이 되자 혼자 추리소설을 쓰며 무슨 탐정이라도 된 듯한 기분인지 신나게 남편이 탄 공항 택시를 쫓았다.

남편과 나는 휴대전화 문자로 계속 요금을 비교하며 달렸다. 역시나, 이번에도 요금이 5000원이나 차이가 났다. 난 미리 약속한 영등포경찰서 수사계로 차를 몰게 했다(또다시 양천경찰서에 연락하는 건 너무나 미안했다). "이렇게 고운 와이프를 두고 바람을 피우다니……. 쯧쯧쯧" 하며 연거푸 혀를 차 대던 택시 기사는 내가 경찰서로 가자고 하자 "그래요, 저런 놈은 아예 요절을 내버려야 해"라며 신나게 차를 몰았다. 그리고 내릴 때 위로의 말도 잊지 않았다.

"걱정 말아요. 남자들은 저러다가도 다 돌아와요."

경찰서도 쉬는 날. 비번이었지만 미리 연락 받은 수사2계 이범주 부장이 나와 있었다.

"참나, 경찰 생활 20년 동안 남편까지 동원해서 취재하는 기자는 처음 봤네."

순간 남편의 눈이 확 찢어졌다. 남편이 안 도와주는 여기자는 나밖에 없다고 큰소리쳤던 내 목소리가 귓가에 들리는 듯했다.

그리고는 택시미터기에 문제가 있나 알아보기 위해 경찰과 함께 자동차 공업소까지 수배해서 찾아갔다(공휴일이라 문을 연 곳이 거의 없었다). 경찰이 택시 기사를 취조하고, 공휴일에도 문을 연 공업소를 찾고, 택시를 기계에 얹어 놓고 타이어를 돌려 요금을 비교하는 사이 시간은 이미 오후 5시가 넘어 있었다.

"저, 나 오늘 뉴스 준비해야 하는데 늦었거든? 회의도 못 들어갔네. 집에 가서 자장면 시켜 먹고 있어. 알았지! 응?"

손님 몰래 택시 안의 휴대전화 충전기 줄을 내려뜨려 요금 맨 끝자리가 보이지 않게 하고는 할증 요금을 받아 온 공항 택시의 문제점을 다룬 내 뉴스는 '집중 취재' 타이틀을 달고 장장 3분여에 걸쳐 보도되었다(일반 뉴스는 보통 70초에서 80초 분량이다). 그리고 집에 와서…… 그 뒤는 별로 생각하고 싶지 않다. 그럼에도 불구하고 또 그런 기회가 온다면 당연히 또 남편을 끌고 나갈 생각을 하는 날 보면, 남편 말대로 내가 일에 미치긴 미쳤나 보다.

<< 집중 취재

손님 몰래 할증

2005년 4월 10일 **뉴스데스크**

앵커 | 인천공항에서 택시를 탔다가 평소보다 요금이 많이 나왔다고 느끼신 적 있으십니까? 차가 좀 밀려서 그랬겠지 하고 넘어가신 분들 많았을 텐데 실제로는 다른 이유가 있었습니다. 김주하 기자가 취재했습니다.

카이토 오사와 | 공항에서 서울로 갈 때가 더 택시 요금이 비싼 것 같아요.

기자 | 얼마나요?

카이토 오사와 | 1만 원이나 2만 원 정도 차이가 있는 것 같아요.

김용훈 | 길을 돌아왔거나 길이 막힌다거나, 그랬거니 생각하고 말아 버리죠.

기자 | 같은 거리라도 인천공항에서 택시를 타면 실제로 요금이 많이 나오는지 확인해 봤습니다. 서울 양천구청에서 인천공항까지 톨게이트 요금을 빼고 택시 요금만 3만 600원이 나옵니다. 하지만 공항에서 대기하던 택시를 타고 양천구청까지 올 때는 3만 7000원이 찍힙니다. 6000원 이상 더 나왔습니다.

기자 | 올 때 미터기 조작한 거 아니에요?

택시 운전사 | 이 양반아, 이거 눌렀는데 어떻게 조작을 해!

기자 | 이번에는 기자가 택시를 타고 공항에서 손님을 태운 다른 택시를 쫓아가 보았습니다. 인천공항에서 서울 한남동까지 기자가 탄 택시는 4만 5300원이 나왔지만 공항 택시는 5만 200원이 찍혔습니다. 운행 조건이 똑같았는데도 역시 5000원 가까이 더 나왔습니다. 운전기사는 이제야 요금 조작 사실을 털어놓습니다.

택시 운전사 | 주위 사람(택시 기사)들이 할증 누르는 거라고 해서 할증 눌렀어요. 제가 잘못했다는 건 알고 있습니다. 저희들 같은 경우 인천공항에 들어올 때 보통 7,8시간씩 대기를 하니까⋯⋯.

기자 | 120원씩 올라가는 할증 요금이라는 것을 들키지 않으려고 요금 판을 반쯤 가려 놓기도 합니다. 일부 공항 택시는 아예 미터기를 조작해 놓은 경우까지 있다고 말합니다.

택시 운전사 | 미터기 찌른(조작한) 건 인천공항에 여러 대 있어요. 공항 뛰는 차들 중에도 미터기 조작한 차량은, 솔직한 얘기로 깡패도 양아치가 있지 않습니까, 양아치로 보거든요.

기자 | 공항 택시의 바가지요금이 가능한 것은 외국인 손님이나 장거리 손님이 대부분이어서 요금이 많이 나와도 시비를 거는 경우가 거의 없기 때문입니다.

신종우 택시 팀장(서울시 운수물류과) | 인천국제공항을 오고 가는 택시 차량을 일일이 세워서 확인할 수 없기 때문에 그런 부분을 실제로 단속하기가 어려운 것이 사실입니다.

기자 | 일부 기사들의 얌체 상혼 때문에 대한민국의 첫인상이 바가지 택시 요금으로 남게 되지 않을까 걱정됩니다. MBC 뉴스 김주하입니다.

: 평양으로
피서를 다녀오다,
어느 8월의 이야기

언어와 풍습이 달라도 마음이 같으면 문제가 되지 않지만
모든 것이 같아도 서로 바라보는 곳이 다르다면
그보다 심각한 문제는 없다.
우리가 전달하는 의료 물품과 식량이 그들로 하여금
우리를 바라보게 만들 수는 없을까.
그리고 점차 통일로부터 관심이 멀어져 가고 있는
남측 젊은 사람들의 마음을 북쪽으로 향하게 할 수는 없을까.

"따르릉." "여보세요?"

"기아대책기군데요, 혹시 8월 중순경 평양에 가실 수 있나요?"

평양 락랑섬김인민병원 착공식 참석을 위해 평양 방문 제의를 받았을 때 내 머릿속에 가장 먼저 떠오른 것은 얼마 전에 발생한 북쪽의 수해도 아니었고, 시장에서 음식을 훔쳐 먹다 맞아서 숨진 어느 꽃제비의 슬픈 사연도 아니었고, 가슴 아픈 세계 유일의 분단된 조국 상황도 아니었다.

'북쪽은 여기보다 좀 시원할까?'

그해 서울의 더위는 정말 살인적이었다. 출산휴가를 받고 푹푹 찌는 날씨에 백일도 되지 않은 아이와 씨름하며 여름을 보내고 있었던 차에 방북 제의를 받고 느닷없이 '더위 탈출'이 떠오른 것이다. 한 나라의 언론인으로서 10년을 보낸 사람의 생각치고는 고약한 감이 없지 않지만 사실이 그랬다.

나름대로 이기적인(?) 생각을 가지고 밟은 북녘 땅은 겉으로는 우리와 별반 달라 보이지 않았다. 북쪽에서 가장 잘산다는 평양이라 그런지 하늘 높은 줄 모르고 솟아 있는 건물들과 바삐 걸어 다니는 사람들의 모습은 평범한 대도시의 모습과 그다지 다르지도, 낯설지도 않았다. 아니, 그보다 중국까지 가서 비행기를 갈아타고 비자를 따로 받아 꼬박 하루 걸려 도착한 곳인데도 불구하고 여기저기 한글이 붙어 있었기 때문이었을 것이다.

　그들은 정말 친절(?)했다. 공항 검색대에서 처음 만난 북측 사람과 나눈 첫 대화가 "주하 선생은 손짐(가방) 없소?"여서 그렇게 느꼈을까? 처음 보는 사람인데, 게다가 나에게 처음으로 말을 건넨 사람이 성을 빼고 바로 내 이름을 불러 주었다. 어릴 때는 머리에 뿔 달리고 삐죽 나온 이를 가졌다고 알고 있던 북측 사람들이 우리말을 하며 내 이름까지 불러 주자 사실 난 적잖이 당황했다.

　나를 초대한 민족화해협의회(북측 민화협)에서 준비한 차량은 현대자동차의 차였다. 익숙한 차를 타고 김일성 시신이 안치된 금수산기념궁전을 지나, 평양에 오면 누구나 의무적으로 가야 하는 만수대를 들러 우리가 도착한 곳은 양각도호텔이었다. 양의 뿔처럼 생긴 섬에 있어 그런 이름이 붙여졌다는데 의외로 외국인 관광객이 많았다. 외국인들은 어떻게 관광을 할까 궁금해하던 차에 한 외국인이 속삭이듯 말을 걸어왔다.

　"저…… 자유롭게 사진을 찍을 수 있는 곳은 어딘가요?"

　"……"

평양에서 가장 눈에 띄는 건 역시 여기저기 붙어 있는 구호다. 흰 바탕에 붉은 글씨로 쓰인 구호 중에는 내 맘에 와 닿는 것도 있었다. '차를 눈동자처럼 생각하자!' 교통사고를 조심하자는 이야기인지 차를 소중하게 여기자는 이야기인지 혹은 둘 다인지 모르지만 이 사람들도 나처럼 차를 어지간히 아끼는 사람들인가 보다. 또 '내 조국이 제일 좋아요', '우리는 우리 식대로 살자', '오늘을 위해 오늘을 살지 말고 내일을 위해 오늘을 살자'라는 구호는 최근 북쪽의 상황을 잘 말해 주는 듯했다.

평양 방문 여부를 결정하는 데 있어 가장 큰 고민은 태어난 지 두 달 조금 넘은 아기였다. 떼어 놓고 온 것도 마음에 걸렸지만 모유 수유 중이라 나흘이나 수유를 하지 않으면 젖이 말라 버릴 수도 있었기 때문이다. 본래 약속 시간에 늦는 걸 싫어하고 여자라서 시간을 지체한다는 말은 더더욱 듣기 싫어했기에(그럴 사람도 없었겠지만) 하루에 몇 번씩 젖을 짜내며 빠듯한 일정을 소화하는 것이 쉽진 않았다. 잠깐 차를 기다리면서, 혹은 잠깐 화장실에 들려 조금씩이라도 젖을 짜내면서도 북쪽 사람들에게 흐트러진 모습을 보이지 않으려 애썼다. 엄마 눈에는 아기만 보인다고 지나가면서 아기를 찾아봤는데 어린이는 보여도 이상하게 아기는 한 명도 볼 수 없었다.

그들은 말없이 손님들의 행동을 주시한다. 나도 예외는 아니었는데 둘째 날이 되자 "사실은 방송에 나오는 분이라고 해서 혹시 옷이 야할까 봐 걱정했습니다"며 그들의 가장 큰 걱정거리를 풀어 준 데 대해 내게 진심으로 감사해했다. 예전에 어느 연예인이 북쪽을 방문하면서 옷차림에 신경을 덜 써 내부적으로 문제가 됐었다는 말도 전했다.

북측 사람들의 한글 사랑은 대단하다. 김일성 주석의 일흔 살 생일에 맞춰 지어진 170미터 높이의 주체사상탑 엘리베이터에는 ㅈ, ㄱ, 1, 2, 3순으로 표시가 돼 있다. 'ㅈ'은 지하층, 'ㄱ'은 기단을 의미한다. 이 높은 탑에 어떻게 8층까지밖에 엘리베이터가 없냐고 물으니, 북측 안내원은 탑이 좁아 8층 이후로는 걸어 올라가야 한다며 각오하라고 엄포를 놓았다. 그런데 이 탑은 한 층이 18미터씩이었다. 북측 안내원에게 놀림을 받다니…… 하지만 기분이 나쁘지 않은 이유는 뭘까.

이렇게 함께 농담을 주고받고 같은 음식을 먹을 때는 전혀 남과 북의 차이를 느낄 수 없다. 하지만 50미터가 넘을 듯한 김일성 동상과 김일성 주석이 일흔 살까지 산 날짜 2만 5550일을 축하하기 위해 같은 개수의 돌로 주체사상탑을 지었다고 자랑하는 그들의 눈 속에서 난 그들이 우리와 너무도 다름을 느꼈다. 그러면서도 앞으로의 꿈이 무엇이냐는 질문에 그저 쓴웃음을 지으며 자리를 피하는 어느 안내원의 모습에서는 우리가 인정하고 싶지 않은 우리의 모습을 보았다.

남측 사람들이 옮겨 놨다는 폭탄주 문화와 음식점마다 갖춰 놓은 노래방 시설을 볼 때는 바로 내일 통일이 이루어져도 괜찮을 듯싶지만, 조금만 더 깊이 들어가 보면 그들은 우리와 언어는 통해도 말은 통하지 않는 사람들이다. 언어와 풍습이 달라도 마음이 같으면 문제가 되지 않지만 모든 것이 같아도 서로 바라보는 곳이 다르다면 그보다 심각한 문제는 없다. 우리가 전달하는 의료 물품과 식량이 그들로 하여금 우리를 바라보게 만들 수는 없을까. 그리고 점차 통일로부터 관심이 멀어져 가고 있는 남측 젊은 사람들의 마음을 북쪽으로 향하게 할 수는 없을까.

혹시 아직도 나와 같은 궁금증, '북쪽은 여기보다 시원할까?' 하는 생각을 갖고 있는 사람이 있다면 말해 줘야겠다. 북녘은 역시 우리 땅이다. 날씨도 똑같았다.

: 내 목소리가
남자 목소리?

사실 나는 30년 넘게 내 목소리를 싫어했었다.
내 목소리는 원래 두꺼운 데다 전화 수화기를 통해 들으면
더 두껍게 들려 거의 100퍼센트 남자로 오해 받기 십상이었다.
어릴 때 어머니는 내가 전화 받는 걸 싫어하셨는데
내 목소리를 들은 사람들이 딸밖에 없다더니 아들이 있다며
왜 아들이 있는 걸 숨기냐고 묻곤 했기 때문이었다.

실제 목소리와 전화 목소리가 많이 다른 사람들이 있다. 내 목소리가 그러한데, 이 때문에 종종 목소리만으로 나를 남자로 오해하는 경우도 있다. 사실 30년 동안 이 목소리를 싫어했었는데, 기자 생활을 하면서 이 목소리 덕을 톡톡히 본 적이 있었다.

어느 날 유명 제약회사에서 다단계 장사를 하고 있다는 제보를 받았다. 같은 제보가 여러 번 들어온 걸 보니 한두 사람이 당한 게 아닌 것 같았고 피해액도 상당히 컸기에 취재를 시작해 보기로 했다. 내용은 이랬다. 생활정보지에 주부들을 상대로 고액을 벌게 해 주겠다고 광고를 한 후에 주부들이 모이면 약을 떠넘겨, 오히려 가계에 조금이라도 보탬이 될까 하고 돈 벌러 온 어려운 형편의 주부들의 돈을 빼앗는다는 내용이었다.

주부들을 만나 제보 내용을 확인하고 해당 제약회사로 찾아가

봤더니 자기네 회사도 이름을 도용당하고 있다며 여러 차례 상대 회사로 보낸 내용증명서를 보여 주었다. 하지만 이름을 도용해 쓰고 있다는 회사로 직접 기자가 들어가면 그들은 제보 내용을 부인할 게 뻔했다. 모르는 척, 그냥 생활정보지에 나온 연락처로 전화를 했다.

"주부 사원 모집 광고를 봤는데요, 약을 파는 건가요?"

"아닙니다. 약품 관리를 하는 사무직이에요. 포장 관리를 하고 월 90만 원 드립니다."

제보 내용과 똑같은 대답이었다. 하지만 취재의 기본은 현장 확인. 취재를 하다 보면 현장에 잠입해야 하는 경우가 종종 생긴다. 특히 기획 취재가 그런데, 이 때문에 기자와 경찰은 서로 동질감을 느끼기도 한다. 잠입 취재를 해서 실제로 그들이 주부들에게 돈을 요구하는지, 한다면 어떤 방법으로 주부들의 주머니에서 돈을 빼내는지 확인해야 했다.

그런데 문제는 나였다. 웬만한 주부 사원보다(보통 4, 50대 주부들을 모았다) 나이도 어린 데다 누가 알아보기라도 하면 잠입 취재라는 게 들통 날 게 뻔했다. 변장을 할까, 가발을 쓸까, 어머니에게 부탁해 볼까? 하지만 그 어느 것도 마땅찮았다. 사람들은 내 얼굴은 못 알아보다가도 목소리를 들으면 곧 알아차리곤 했기 때문이다. 또 어머니는 몰래 카메라를 들고 나가 화면 배터리는 1시간 30분(지금은 카메라가 좋아져 3시간으로 늘었다), 테이프는 50분, 오디오 배터리는 4시간마다 갈아 주고, 매시간 녹화가 잘

되고 있는지 확인하면서 상대방에게서 원하는 대답을 이끌어 내기에는 너무 나이가 많았다.

하루 종일 머리를 싸매고 고민한 끝에 결국 사람을 사기로 했다. 한 번도 돈 주고 사람을 사 본 적이 없는 나로서는 계속 갈등을 할 수밖에 없었는데, 이런 일을 하려면 확실한 연기가 필요했기 때문에 연기자를 사는 방법 외에는 선택의 여지가 없었다. 드라마 PD 동기에게 부탁해 연기자를 소개해 주는 곳 전화번호를 얻어 내고는 떨리는 마음으로 전화를 걸었다. 내 조건은 까다로운 것이었다. 여성이어야 하며, 나이는 40에서 50대, 시간에 맞춰 세 가지나 되는 몰래 카메라의 배터리와 테이프를 갈아 주면서 듣고 싶은 말을 녹음해야 하니 머리도 좋아야 했다. 또 그렇게 하면서도 태연하게 행동해야 하니 간이 커야 했고, 최소 닷새 동안 교육을 받아 회원이 되어야 하기에 1주일 내내 나올 수 있어야 했다. 그리고도 혹시 텔레비전에 많이 나와 얼굴이 알려진 사람은 돌려보내야 했기에 무슨 면접시험을 보듯 초초한 마음으로 적당한 사람을 기다렸다.

다음날 소개 받은 아주머니는 몰래 카메라 사용법을 듣더니 얼굴이 노래졌다. 게다가 숨겨 놓은 카메라의 렌즈를 상대방이 알아채지 못하게 상대방 쪽으로 잘 맞춰야 한다고 하니(종종 목소리는 잘 녹음이 됐는데 화면이 엉뚱한 곳을 향하고 있어 힘겹게 녹화를 하고도 사용하지 못하는 경우가 있기 때문이다) 더 앞이 깜깜했을 것이다. 자신 없어하는 아주머니를 설득하고 녹화 방법과 배터리 가는 방법을 알려 주고는 작전(?)을 개시했다. 아주머니가 매일 6시간씩 교육을 받는 동안 만일의 사태에 대비해 나는 한겨울 추위에 떨며 밖에서 초조한 마음으로 진을 치고 기다렸다. 여차해서 걸리기라도 하면 내가 나서서 해결을 해야 했기 때문이다. 그렇게 밖에서 떨며 기다리기를 사흘째. 아주머니가 다급한 목소리로 전화를 했다.

"여기 기자가 잠입했다고 난리가 났어요. 사람들의 옷이랑 가방까지 뒤지고…… 무서워 죽겠어요. 걸리면 가만 안 두겠다며 몽둥이까지 들고 왔어요! 어떻게 해야 하지요?"

눈앞이 캄캄했다. 차라리 내가 안에 있어서 내가 맞았으면 했다. 사람까지 사서 취재를 한다며 극성이라고 말하던 남편의 얼굴도 떠오르고, 몰래 카메라를 창밖으로 던지라고 할까, 어제 아주머니가 그 사람들이 왜 그렇게 자주 화장실을 가냐고(몰래 카메라 상태도 살펴보고 배터리도 갈아야 하니까) 물었다며 불안해할 때 그만하라고 할 걸, 정말 사람을 때릴까, 치료비는 회사에서 내 줄까, 별의별 생각이 다 들었다. 그리고는 이젠 모든 걸 포기하고 솔직하게 말하기로 결심하고 직접 안으로 들어가려는 순간, 아주머니에게서 괜찮다는 전화가 걸려 왔다.

"상황이 좋아졌어요. 남자 기자를 찾더라고요."

내가 그렇게 고민을 하는 동안 아주머니가 잠입한 회사 안에서는 무슨 간첩을 잡듯 난리가 났다고 한다. 처음에 내가 유명 제약회사에 찾아갔을 때 그 회사에서는 명의를 도용한 회사 측에 연락해 MBC에서 기자까지 찾아왔으니 이제 명의 도용은 그만하라고 경고했던 모양이었다. 그리고 내가 확인차 걸었던 전화 때문이었는데 어찌된 영문인지 남자 기자를 찾더라는 것이다. 그 순간 30년 넘게 싫어한 내 목소리에 감사했다. 내 목소리는 원래 두꺼운 데다 전화 수화기를 통해 들으면 더 두껍게 들려 거의 100퍼센트 남자로 오해 받기 십상이었다. 심지어 어릴 때 어머니는 내가 전화 받는 걸 싫어하셨다. 내 목소리를 들은 사람들이 딸밖에 없다더니 아들이 있다며 왜 아들이 있는 걸 숨기냐고 묻곤 했기 때문이었다.

남자 기자를 찾겠다며 남자들의 가방을 뒤지고 몸수색을 했다는 얘기를 듣고 그제야 안심했다. 드디어 교육 닷새째. 교육을 시키던 사람들은 아주머니를 불러 빠르게 승진하는 방법을 제시했다. 그냥 회사를 다니면 월급이 적지만 1200만 원을 내면 국장으로 승진을 할 수 있고 밑의 사람들 관리만 하면서 훨씬 많은 월급을 받을 수 있다는 내용이었다. 관리 수당으로 매달 1000만 원을 보장해 준다는, 귀가 솔깃한 제안이었다.

이렇게 해서 증거물을 모은 뒤, 난 당당하게 ENG 카메라를 이끌고 그 회사로 들어갔다. 모든 증거가 있는데도 업체 측은 완강하게 모든 사실을 부인했다. 자신들은 구인 광고를 낸 적도 없고 승진을 시켜 준다고 돈을 요구한 적도 없으며 전화만 받는 사람들에게 왜 월급을 주겠느냐고 오히려 큰소리를 쳤다. 취재하면서 몰래 카메라를 자주 사용하는 것은 지양해야겠지만 그렇게 하지 않았더라면 역시 아무런 증거도 얻지 못했을 것이고 더 많은 사람들의 피해도 막을 수 없었을 것이다.

요즘도 가끔씩 생활정보지를 보게 되면 어려운 형편에 돈까지 빌려 회사에 갖다 주고는 눈물로 고민하던 아주머니들의 눈빛이 떠오르곤 한다. 지금쯤은 그 아주머니들도 좋은 곳에 취직해서 형편이 좀 나아졌길 간절히 기대해 본다.

<< 현장 출동

구인 광고 조심

2005년 1월 15일 **뉴스데스크**

앵커 | 생활정보지 보면 주부 사원 모집 광고가 많이 나오지 않습니까? 그러나 막상 찾아가 보면 건강식품만 떠맡기는 곳이 있다는군요. 어려운 살림 보탠다고 나선 주부들만 낭패를 보고 있습니다. 김주하 기자입니다.

기자 | 국내의 유명 제약회사의 명의를 도용한 주부 사원 모집 광고입니다. 약품 관리를 맡는 사무직이라며 월 90만 원의 수입을 보장한다고 되어 있습니다.

기자 | 약을 파는 건 아닌가요?

회사 관계자 | 그냥 포장 관리 그런 것만 해요.

기자 | 광고를 낸 업체를 찾아가 보니 주부들을 상대로 신입 사원 교육이 한창입니다. 하지만 업무보다는 주로 건강 보조 제품 설명입니다.

회사 관계자 | 모든 각종 장기, 신장이나 간장이나 모든 장기에, 또 모든 스트레스를 해결해 줄 수 있는 모든 제품이…….

기자 | 교육 마지막 날 업체는 돈을 내면 간부를 시켜 준다고 엉뚱한 제안을 합니다.

회사 관계자 | 사원에서 1200만 원이면 국장으로 승진을 하잖아요. 그럼 월급 보장을 해 주는 거예요. 관리 수당 1000만 원까지.

기자 | 주부들은 돈을 낸 뒤 간부 직함을 받았지만 돈 한 푼 못 받고 건강 보조 제품만 받았다고 하소연합니다.

피해 주부 | 이 상황에서는 빼도 박도 못하는 상황이거든요. 돈도 못 받고 물건은 물건대로 싸안고 있고 어디에다 말도 못하고…….

기자 | 업체 측은 주부들이 좋아서 샀고, 구인 광고도 주부 사원이 개인적으로 낸 것이라고 주장합니다.

업체 관계자 | 저희 쪽에서는 직접 판매 사원 모집해서 면접을 저희가 보는 경우는 없습니다.

기자 | 일을 했는데 월급을 안 주면 취업 사기 아닙니까?

업체 관계자 | 전화만 받는데 월급을 주는 회사가 어디 있습니까?

기자 | 경찰은 최근 유명 업체의 명의를 도용한 엉터리 구인 광고 피해가 잇따르고 있지만 교묘하게 법망을 빠져나가고 있다며 구직자들의 주의를 당부했습니다. MBC 뉴스 김주하입니다.

: 죽었다 살아도
반드시 현장을
확인하라

그런데 문제는 또 나였다.

내가 나간다면 중간 연락책이 도망갈 게 뻔했다.

마음이 썩 내키지는 않았지만

평소 나를 언니 언니 하며 따르는 서무 보는 아가씨를 꼬드겼다.

취재가 끝나고 나자 아가씨는 무슨 첩보 영화라도 찍은 듯한 긴장감과

자신이 성공적으로 일을 끝냈다는 즐거움에 들떠 있었다.

하지만 '현장 출동' 타이틀까지 달고 뉴스를 보도한 나만큼 기뻤겠는가.

사회부 기자로 있을 때 난 네 곳의 경찰서(영등포 · 양천 · 강서 · 구로)를 담당하고 있었다. 경찰 기자들은 새벽에 자신이 맡은 경찰서를 돌며 밤새 특이한 사건 사고가 없었나 살펴보고 회사에 보고를 한다. 보고가 끝나면 보통 한 곳을 정해 놓고 그곳에서 기사를 쓴다. 나는 취재 거리를 찾지 못한 날이면 저녁 뉴스 진행 준비를 하기 위해 방송사로 들어가기 전까지 다시 경찰서로 가서 아이템을 물색하곤 했다.

구로경찰서에서 점심을 먹던 어느 봄날, 3월이라고는 하지만 아직 쌀쌀한 날씨에 돌아다니는 모습이 안돼 보였는지 장연태 형사가 내게 한 가지 제보를 해 주었다.

"요즘은 여권도 사고파는 모양이던데……."

"외국 나갈 때 신분증 역할을 하는 그 여권이요?"

귀가 번쩍 띄었다. 고민할 이유가 없었다. 바로 취재에 들어갔다. 알아보니 실제로 여권 분실 신고는 1년 사이 40퍼센트나 증가해 있었다. 팔아 버리고는 잃어버렸다고 재발급을 받은 것일까? 확인을 해 보는 수밖에.

장 형사의 도움을 받아 여권을 팔았다는 한 청년을 만나러 나갔다. 3시간을 기다린 끝에 간신히 만날 수 있었는데 자신은 10만 원에 팔았지만 미국 등 다른 나라 비자가 있으면 20만 원 이상 받을 수 있다고 했다. 그리고는 여권을 사 갔다는 사람의 전화번호를 건네주었다.

"근데…… 인터뷰하면 얼마를 주나요?"

사실 이렇게 인터뷰 대가로 돈을 요구하는 경우도 왕왕 있다.

"이건 공익을 위한 것이기 때문에 돈을 드리고 인터뷰를 하지는 않습니다."

양해를 구하고 받아 낸 전화번호로 당장 전화를 걸어 여권을 팔고 싶다고 했다. 상대방은 어디서 자신의 연락처를 알았는지부터 물었다. 인터넷에서 봤다고 하자 내일 접선 장소를 알려 주겠다며 전화를 끊었다.

다음날, 하루 종일 전화를 기다렸지만 전화는 오지 않았고 전화를 걸어도 받질 않았다. 혹 내 전화를 피하는 걸까, 다른 전화로도 해 봤지만 마찬가지였다. 전화번호를 알려 준 청년도 통화가 어렵기는 마찬가지였다. 이틀째 되던 날 간신히 청년과 통화가 됐다.

"인터넷에는 전화번호가 없어요. 그냥 친구한테 받았다고 해야 돼요."

"아차!"

그들은 자신들의 신변 보호를 위해 모든 것을 이메일로만 주고받고 있었는데 내가 실수한 것이다. 통화가 될 리 없는 전화번호를 들고 1주일씩이나 목을 빼고 기다린 셈이다. 그래서 다른 방법을 생각해 냈다. 인터넷 사이트에서 '여권'이란 단어를 검색하자 여권을 사고판다는 불법 사이트가 수십, 수백 개나 쏟아져 나왔다. 이들을 어떻게 잡을까 고민하던 중 영등포경찰서 외사계 류두열 형사와 연락이 닿았다. 이들은 사이트를 만들고 폐쇄하고 만들고 폐쇄하기를 반복하기 때문에 뻔히 알면서도 잡기 힘들다고 어려움을 호소하는 류 형사와 함께 이들을 잡기로 했다.

사이트들 중 가장 커 보이는 곳에 가입해 내 여권을 팔고 싶다는 이메일을 보냈다. 그랬더니 바로 연락이 왔는데 중국 번호였다. 이들은 자신들에게 우편으로 직접 여권을 보내 주면 30만 원을 주겠지만 한국에 있는 연락책을 통한다면 그에게 10만 원의 수수료를 줘야 하기 때문에 20만 원밖에 줄 수 없다고 했다. 중국에 있는 사람을 무슨 수로 잡겠는가(사실 매일 하는 뉴스 진행만 문제가 없다면 중국으로 직접 가서 취재하고 싶은 마음이 굴뚝같았다). 우선은 아쉬운 대로 한국 연락책을 잡기로 했다.

그런데 문제는 또 나였다. 내가 나간다면 중간 연락책이 도망갈 게 뻔했다. 마음이 썩 내키지는 않았지만 평소 나를 언니 언니 하며 따르는 서무를 보는 아가씨를 꼬드겼다. 그런데 중간 연락책을 만나기로 한 날, 아가씨는 갑자기 회사에서 나가지 못하게 한다며 발을 빼는 게 아닌가. 득달같이 사무실로 달려갔다.

"아니 선배, 2시간만 나갔다 오게 해 줘요. 중요한 취재가 있단 말이에요!"

"실은 그 아가씨가 무서워서 못 하겠대."

아뿔싸. 이미 이 아가씨 목소리와 전화로 통화까지 한 후에 만나기로 한 상태라 사람을 바꿀 수도 없는 노릇이었다. 의심 많은 이들에겐 다른 핑계도 안 먹힐 텐데, 또 실패하면 어쩌지, 시간은 다가오는데, 경찰도 함께 만나기로 했는데, 어쩌지 어쩌지, 하는 수 없었다. 최대한 평화로운 표정으로, 인내심을 가지고 아가씨를 설득했다. 너에게 무슨 일이 생기면 모든 책임은 내가 지겠다, 사복 입은 경찰과 뒤에 바짝 붙어 가겠다, 1시간에 걸친 설득에 조금 안심을 했는지 아가씨는 오들오들 떨며 나를 따라나섰다.

중간 연락책은 벌써 와서 기다리고 있었다. 그리고 만나기로 한 장소를 두어 번 옮기더니 한 커피숍으로 아가씨를 데리고 들어갔다. 여권은 두세 번까지는 재발급을 받아도 문제가 없다며 또 재발급 받아 팔라는 얘기를 듣고 대충 얘기가 끝날 무렵 나와 경찰이 들이닥쳤다(아가씨가 중간책을 만나는 동안 나는 아가씨 몸에 미리 숨겨 놓은 무선 마이크를 통해 그들의 대화를 녹음하며 듣고 있었다. 그래야 무슨 일이 생기면 아가씨를 도울 수 있으므로). 중간 연락책은 카메라와 나를 보고 도망치려다 경찰을 보고는 바로 도주를 포기하는 눈치였다. 중간 연락책에 따르면 이렇게 해서 팔린 여권은 중국에서 불법으로 한국에 들어오려는 사람들에게 수백만 원씩에 팔린다고 한다.

취재가 끝나고 나자 아가씨는 무슨 첩보 영화라도 찍은 듯한 긴장감과 자신이 성공적으로 일을 끝냈다는 즐거움에 들떠 있었다. 하지만 '현장 출동' 타이틀까지 달고 뉴스를 보도한 나만큼 기뻤겠는가. 난 나중에 아가씨에게 작은 선물로 고마움을 표현했다. 그 아가씨는 지금 MBC를 떠났지만 그때의 인연으로 지금도 연락을 하며 지내고 있다.

<< 현장 출동

여권 암거래 기승

2005년 3월 26일 **뉴스데스크**

앵커 | 최근 중국에 여권 위조범들이 인터넷 사이트를 개설해 놓고 한국 여권을 대량 구매하고 있습니다. 위조된 여권은 한국에 오려는 불법 입국자들에게 수백만 원씩에 팔리고 있습니다. 김주하 기자가 취재했습니다.

기자 | 여권을 사고파는 한 인터넷 사이트입니다. 서랍 속에 잠자고 있는 휴면 여권을 산다고 광고합니다. 팔겠다는 글과 전화번호를 남기자 다음날 중국에서 연락이 왔습니다.

중국 여권 구매자 | 중국으로 직접 보내 주신다면 하나 보내 주시는 데 30만 원씩 드릴 수 있어요.

기자 | 소개 받은 국내 여권 수집책을 만나 봤습니다. 여권은 팔아도 다시 발급 받으면 별문제가 없다며 주변 사람들도 데려오라고 부추깁니다.

시민 | 제가 나중에 외국에 나갈 때는 어떻게 해요?

수집책 | 재발급 받아서 나가야지요.

시민 | 재발급 받을 때 사유는?

수집책 | 여권 분실이지요.

| 안녕하세요 김주하입니다 |

46

기자 | 경찰이 현장을 단속했습니다. 사들인 여권은 중국에서 위조돼 한국에 오려는 중국 동포들에게 수백만 원씩에 팔려 나간다고 말합니다.

수집책 | 저한테 여권 받아서 보내 주면 장당 10만 원씩 준다고 했거든요.

류두열 형사(영등포경찰서 외사계) | 중국에서?

수집책 | 네. 중국에서 직접 사용한다고 하더라고요.

기자 | 이런 식으로 여권을 거래하는 불법 인터넷 사이트는 줄잡아 1000개가 넘는 것으로 추산됩니다. 하지만 국내에서는 수집책만 적발될 뿐 중국 조직에 대한 단속은 엄두조차 내지 못하고 있습니다.

류두열 형사 | 중국이나 외국에서 이뤄지는 경우가 많고 점조직이 돼서 아주 검거하기 힘든데……. 중국에 있는 전화번호 하나 아는 게 사실 다거든요.

기자 | 여권 장사가 기승을 부리면서 여권 분실 신고도 2003년 7만여 건에서 작년에는 10만여 건으로 40퍼센트 이상 늘었습니다. MBC 뉴스 김주하입니다.

: 방송 화면과
삶의 현장 사이의
그 작은 간극을 메우며

내가 어떻게 방송을 했는지 기억조차 나지 않는다.
원고도 없이, 아니 어떤 말을 할까 미리 생각해 보지도 못하고
무사히 리포트를 마쳤다는 것을 나 자신도 믿을 수 없었다.
처음부터 끝까지 이 상황을 지켜본 카메라맨만이
조용히 내게 엄지손가락을 들어 보였고 난 거의 울 뻔했다.

입사 초기에 나는 그다지 눈에 띄지 않는 스타일이었던 것 같다. 입사 후 얼마 안 돼 고정 프로그램을 맡는 동기들과는 달리 프로그램의 작은 코너 정도만 맡아 늘 출장을 달고 살다시피 했으니까. 하지만 그때의 경험은 나에게 두고두고 많은 도움이 되었다. 매번 다른 프로그램을 맡다 보니 계속 주제가 달라져 공부를 많이 해야 했기 때문이다. 덕분에 다양한 경험(물고기를 잡는 것부터 고전 악기 배우기, 등반 훈련 등등)도 해 보고, 아는 것이 많아야 물어볼 게 많다는 신념으로 출장을 갈 때마다 책이며 자료를 잔뜩 준비하곤 했다.

1998년 8월, 엄청난 집중호우로 서울과 경기 지역이 물바다가 됐던 때다. 그날도 평소와 다름없이 출근을 해서 자리에 막 앉으려는데 부장이 불렀다.

"김주하 씨, 수해 현장에서 리포트 좀 해 줘요. 참, 생방송이야.

전에 생방송 해 본 적 있지?"

"네? 아…… 네, 한 번요……."

입사 후 첫 생방송은 당시 이재용 아나운서가 단독 진행하던 〈생방송 화제집중 6시〉에서 '국토대장정'을 리포트할 때였다. 처음 접한 SNG(Satellite News Gathering, 위성을 통한 텔레비전 중계 시스템) 시스템 때문에 당황했던 기억이 정말 생방송처럼 떠올랐다. 생방송을 할 때는 PD(producer)의 지시를 듣고, 또 스튜디오 안에 있는 상대방과 말을 주고받아야 하기 때문에 이어폰을 꽂고 방송을 하게 되는데 SNG는 내가 한 말이 위성으로 갔다가 돌아오게 되므로 0.5초쯤 후에 다시 내 귀에 들리게 된다. 이런 것을 모르고 있던 나는 방송 시작과 동시에 말을 시작했고 내가 한 말이 내 귀에 들리자 다시 그 말을 따라했던 것이다.

이런 경험을 갖고 있던 나는 부장의 지시에 몸이 얼어붙었다. 그 뒤 몇 번 더 국토대장정 리포트를 하긴 했지만 그때 생각을 하면 두렵기까지 했다. 게다가 이번엔 딱히 준비할 자료도 없었다. 무작정 수해 현장에 가서 정해진 시간 안에 취재를 하고 그것을 바탕으로 리포트를 할 수밖에 없었다.

늘 두둑이 자료를 준비하고 공부해 갔던 나는 이번엔 빈손으로 오로지 기도만 하며 현장에 도착했다. 내가 맡은 곳은 의정부였다. 경기 북부와 서울 지역에 단 하루 사이에(8월 5일 밤부터 6일 오후까지) 최고 600밀리미터가 넘는 폭우가 쏟아졌으니 의정부도 예외일 수 없었다. 당시 의정부는 근처 중랑천까지 범람해 최악의 피해 지역으로 꼽혔다. 잠자다 난데없는 물난리에 속옷 바람으로 도망쳐 나온 주민들은 수마로 인해 물과 진흙 범벅이 된 집에 들어가지도 못하고 학교 등지에 피해 있는 상황이었다. 다른 지역을 살리기 위해 일부러 의정부 쪽으로 물을 흘려보냈다는 유언비어가 나돌면서 민심까지 흉흉한 상태였다. 무너지기 직전의 댐처럼 조그마한 틈만 있어도 금방 폭발할 것 같은 분위기였다.

이런 분위기를 읽으며 학교 안에 피해 있던 사람들에게 그간의 사정을 듣고 취재를 해 나가는 동안 나는 놀라운 얘기를 들었다. 당시 텔레비전과 라디오 등에서는 수재 의연금과 물품 등을 모아 수재민들에게 전달하고 있었고 자원봉사자들도 모여들고 있었는데 학교 안에 있는 사람들은 그날 식사조차 하지 못했다는 것이었다. 나는 어서 이 소식을 알려 이곳으로 물품이 전달되게 해야겠다는 생각으로 리포트를 준비했고 리포트 내용을 열심히 외우며 생방송 3분 전에 카메라 앞에 섰다.

그런데 바로 그 순간, 한 아주머니가 국자(주걱도 아니고 정확히 스테인리스로 된 국자였다)를 들고 내가 리포트를 하기 위해 준비하고 있는 교실 안으로 뛰어 들어왔다.

"어떤 놈이야! 거짓말을 하는 게!"

생방송을 3분 남겨 놓고 이게 웬 날벼락인가. 나도, 카메라맨도 모두 놀라 말도 못하고 있는데 국자를 들고 뛰어 들어온 아주머니는 교실 안에 있는 다른 아주머니의 머리카락을 움켜쥐고는 소리를 질렀다.

"내가 안 줬어? 엉? 니들이 안 먹겠다고 했잖아!"

"그게 밥이냐? 그걸 어떻게 먹으라는 거야!"

정말 난감했다. PD는 이어폰에 대고 방송 2분 전, 1분 전을 외치고 있는데 현장에서는 싸움이 일어났으니. 같이 싸우고 싶은 마음까지 들었다. 누구 죽는 꼴 보고 싶으냐고……. 하지만 셋이 뭉쳐 싸우고 있는 모습을 방송에 내보낼 수는 없지 않은가.

"아주머니들 진정하세요, 제발요!"

나도 꽤 힘이 좋다고 생각하고 있었지만(잊혀진 일이긴 해도 나는 아나운서 팔씨름 대회에서 1등을 한 경력이 있다) 아주머니들의 힘은 대단했다. 결국 밥을 굶었다는 내용은 빼고 방송을 하겠다고 소리를 지르고 설득한 끝에 국자를 들고 뛰어 들어왔던 아주머니는 오디오 담당자의 손에 이끌려 교실에서 나갔다. 하지만 이미 방송 30초 전. 준비한 원고대로 할 수도 없고……

내가 어떻게 방송을 했는지는 기억조차 나지 않는다. 원고도 없이, 아니 어떤 말을 할까 미리 생각해 보지도 못하고 무사히 리포트를 마쳤다는 것을 나 자신도 믿을 수 없었다. 처음부터 끝까지 이 상황을 지켜본 카메라맨만이 조용히 내게 엄지손가락을 들어 보였고 난 거의 울 뻔했다.

그 다음날 이런 뒷이야기를 알 리 없는 부장이 또 나를 불렀다.

"오늘 한 번 더 다녀와. 이번에도 의정부야."

설마 어제 같은 일이 또 생기랴, 이젠 어떤 일이 일어나도 잘할 수 있을 것 같았다. 이번에 맡은 일은 수해 현장의 참혹한 모습을 보여 주고 시민들의 도움을 구하는 것이었다. 실제로 내가 간 의정부는 전기와 통신이 두절되고 도로가 침수되고 주민들의 집은 완전히 진흙투성이가 되어 있었다. 고인 흙탕물을 양수기로 빼내긴 했지만 물에 잠겼던 가재도구는 대부분 쓸 수 없게 되었다(방송에서는 연일 이런 가전제품을 어떻게 수리해야 하는지, 혹은 무상 수리 서비스는 어디서 받는지 등의 정보가 나오고 있었다). 건질 수 있는 것이야 건져 보려고 애쓰지만 웬만한 건 거의 다 버려야 했기에 동네 골목골목마다 쓰레기가 사람 키 이상으로 쌓여 있었다. 2미터 이상 쌓인 곳도 많아 도대체 이걸 어떻게 쌓았을까 싶을 정도였다. 악취도 대단했다.

이런 저런 모습을 취재하고 원고를 쓴 다음, 산더미처럼 쌓인 쓰레기를 배경으로 리포트를 할 준비도 다 마쳤는데 이번에는 방송이 너무 지연되고 있었다. 하지만 생방송이니 만큼 언제 나에게 마이크가 넘어올지 모르기 때문에 계속 서서 기다리는 방법 외엔 다른 수가 없었다. 하지만 그렇게 30분이 넘으니, 아무리 방송사에서 도우러 왔다고는 하나 주민들도 화가 나기 시작했다.

"이봐! 쓰레기차가 들어와서 쓰레기를 싣고 가야 집에서 또 쓰레기를 내오지. 도대체 언제까지 기다리란 말이야!"

그 말이 백번 맞았다. 난 작은 골목 사거리에 서 있었는데 내 뒤에는 산더미 같은 쓰레기, 앞에는 카메라, 카메라 뒤쪽에도 쓰레기가 높이 쌓여 있었다. 그리고 오른쪽에 커다란 중계차, 왼쪽은 내가 리포트를 끝내면 쓰레기를 가져가기 위해 기다리고 있는 쓰레기차가 서 있었다.

그렇게 30분이 더 경과되었다. 다시 시작된 비를 주룩주룩 맞으며, 내가 쓴 원고는 이미 빗물에 번져 보이는 건 하나도 없고, 주민들은 사방에서 소리를 지르고, 미칠 노릇이었다. 집 안에 고여 있는 흙탕물을 버리기 위해 들고 있던 삽과 쓰레받기 등을 그대로 손에 쥔 채, 급기야 화가 난 주민들이 소리를 지르며 우리를 공격(?)해 왔다. 그리고 그 순간 방송 큐 사인이 넘어왔다.

정말 울고 싶었다. 내 왼쪽 조금 떨어진 곳에서 AD와 오디오 담당자가 화가 나 소리를 지르며 몸으로 밀어붙이는 아저씨들을 막고 선 상태에서 난 정신없이 방송을 했다. 비에 젖어 보이지 않는 원고는 신경 쓰이지도 않았다. 오직 여기서 살아 나가야 한다는 생각뿐이었다. 그리고 방송이 끝나자마자 카메라맨이 소리쳤다.

"뛰어!"

선배들은 의정부로 나간 팀원 중에 유일한 여성이었던 날 먼저 보호해야 한다고 생각한 모양이었다. 자신들이야 어찌되든 우선 나부터 중계차로 숨으라고 소리쳤다. 회사로 돌아가는 중계차 안에서 난 아직도 손에 꼭 쥐고 있는, 비에 젖은 원고를 발견했다. 보통 때는 리포트 내용이 좋았다, 어땠다 얘기하던 중계차 팀도 그날은 아주 조용히, 말없이 회사로 돌아왔다. 나는 지금도 당시 일을 떠올리면서 '과연 그게 진정 우리가 그들을 도와준 것일까'라는 반문을 한다. 아마 그 순간만큼은 모두 같은 생각이었으리라.

: 첫 손님

'여성'을 피했던 택시와

아침 뉴스에
'여성'이 없던 시절

심야 뉴스나 아침 새벽 뉴스는 여성이 맡을 수가 없었다.
사회적으로 그 시각에 여성이 진행하는 뉴스를 본다는 것 자체가
용납이 되지 않았기 때문이었다.
"아침부터 암탉이 울어 재수 없다"고 항의하는 시청자의 전화를
굳이 예로 들지 않더라도, 사회적인 통념이 워낙 그러했으니
방송사에서 억지로 여성을 그 시각에
뉴스에 앉힌다는 것이 무리이기도 했다.

세상 참 좋아졌다. 이런 말은 좀 더 나이가 든 뒤에 해야 어울리겠지만 방송사에서 여성이라는 이름 때문에 어려웠던 과거를 거쳐 온 여자 선배들의 얘기를 들어 보면 요즘 여자 후배들은 그야말로 귀한 대접을 받고 있음을 알 수 있다. 물론 과거와 비교해 상대적으로 그렇다는 뜻이다. 적어도 이제 "왜 여자는 안 되는데요?"라고 물을 수 있는 시대는 됐으니 말이다.

일반적으로 사람들은 방송사가 매우 개방적이고 진보적일 것이라고 생각한다. 하지만 적어도 여성 문제에 있어서는 방송사도 이시대 일반적인 대기업들과 크게 다르지 않다. 아니 오히려 텔레비전에 얼굴을 내밀고 일하는 사람들이라 '나이'나 '외모'가 차지하는 비중이 더 높기 때문에 방송에 몸담고 있는 여성들이야말로 일반적인 경우보다 더 차별적인 구조 속에 있다고 보는 것이 맞다.

지금으로부터 그리 오래되지 않은 과거, 여성들은 직장에서 일을 잘하다가도 결혼을 하면 직장을 그만두는 것이 당연하게 여겨졌던 그 시절, 방송사도 예외는 아니었다. 우리 사회가 그랬듯 방송사도 무슨 불문율인 양 여성 인력들이 결혼을 하면 사표 제출을 요구했고, 부끄럽지만 MBC의 경우 여성 아나운서는 입사와 동시에 결혼을 하면 퇴직을 하겠다는 각서까지 써야 했던 시절이 있었다(다른 부서에서는 여사원을 뽑지 않았기 때문에 각서를 쓸 필요도 없었다고 한다). 1983년까지 여성은 그 각서에 서명을 해야 입사가 인정됐던 것이다. 지금도 가끔 "왜 나이가 많은 여자 아나운서는 보기 힘들어요?"라는 질문을 받곤 하는데 이런 이유 때문에 나이 많은 여자 선배는 아예 존재할 수가 없었다. 또 여자 사원이 거의 남아 있지 않으니 승진을 할 여성도 없었고, 때문에 더 남성 중심의 문화가 만들어졌다고도 할 수 있겠다. 물론 지금은 이런 각서가 존재하지 않는다.

사회적인 시각이 바뀌기도 했지만 여성들의 '결혼과 동시에 사직'이라는 당연한 관행이 당연하지 않게 된 데에는 '왜'라는 질문을 던진 한 여성 아나운서의 외로운 투쟁이 있었다. 지금은 통폐합돼 사라진 '동아방송'(1980년 KBS에 통폐합됨)에서도 여성은 입사하면서 '결혼하면 퇴직하겠다'는 각서를 썼었다. 그런데 1970년대 중반, 이 각서에 서명을 하고도 "이 각서는 불법이다, 불평등하다"며 신혼여행에서 돌아와 용감하게 회사로 출근한 여성이 있었다. 회사에서는 "사규가 그러니 앞으로는 회사에 나오

지 말라"고 설득했지만 그녀는 계속해서 출근을 했다. 회사에서
전혀 일을 주지 않는 상황에서도 꿋꿋하게 출근하자 그 일이 밖으
로 알려지면서 언론에까지 보도가 됐다. 결국 그 여성은 회사에
남긴 했지만 다른 부서로 옮겨야만 했다. 이것이 다른 여성과 남
성들이 당연하게 여겼던 사회적 통념에 대해 '왜'라는 물음을 던
진 최초의 사건이었고, 불평등한 사규를 없애는 단초가 되었다.

　이런 남녀 차별은 비단 방송사 내부의 문제에만 국한된 것이 아
니었다. 예를 들면 심야 뉴스나 아침 혹은 새벽 뉴스는 여성이 맡
을 수가 없었다. 사회적으로 그 시각에 여성이 진행하는 뉴스를
본다는 것 자체가 용납이 되지 않았기 때문이다. "아침부터 암탉
이 울어 재수 없다"고 항의를 하는 시청자들의 전화를 굳이 예로
들지 않더라도, 사회적인 통념이 워낙 그러했으니 방송사에서 억
지로 여성을 그 시각에 뉴스에 앉힌다는 것이 무리이기도 했다.
물론 한편으로는 여성에게 힘든 일을 시키지 않으려는 회사의 배
려라는 해석도 가능할지 모르겠다. 그러나 적어도 여성 문제에서
'배려'는 또 다른 형태의 차별을 의미하는 것으로 받아들여지기
도 하는 법이다. 이런 편견(혹은 배려?)를 물리치고 아침 뉴스를
맡겠다고 나선 여성 아나운서들 덕에 조금씩 사회와 방송사는 변
하기 시작했다.

　하지만 그건 시작부터 힘든 일이었다. 1980년대만 해도 자가용
이 그리 많지 않았던 시절이라 새벽에 출근을 하려면 택시를 타야
했다. 그런데 대부분의 택시 기사들이 첫 손님이 여자면 그날은

재수가 없다고 해서 여성을 태우지 않으려 했기 때문에 언제 택시를 잡을 수 있을지 몰라 원래 나와야 하는 시각보다 훨씬 먼저 나와야 했고, 첫 손님으로 남자를 먼저 태웠던 택시를 기다려야만 했다.

이런 사회적인 통념은 방송사 사무실 내에서도 이어졌다. 프로그램에서는 '방송의 꽃'이라며 대접 받는 여성 아나운서들이 사무실에 출근하자마자 가장 먼저 남자 선배들의 책상을 닦고 정리를 했던 적도 있었다. 사무실 한쪽에 커피를 타 마실 수 있는 여건이 마련돼 있었지만 여성 아나운서들은 출근하자마자 당시 회사 앞에 있던 다방에서 보자기로 곱게 싼 보온병에 들어 있는 커피를 배달시켜 응접실에 들어오는 남자 선배들에게 대령해야 했다.

그런데 1980년대 초반, 신입 여자 아나운서들이 반기를 들고 일어났다. '왜 남자들과 똑같은 시험을 치르고, 훨씬 더 치열한 경쟁률을 뚫고 들어와서 이런 일까지 해야 하는가.' 누가 봐도 당연한 문제 제기였고, 그동안 본의 아니게 남자 선배들의 뒷바라지를 해 왔던 여자 선배들이 후배들에게 동조하면서 조금씩 이런 문화는 사라지기 시작했다. 물론 대접을 받았던 남자 선배들은 서운했을 것이다. 오히려 여사원들에게 "가정교육을 제대로 받지 못한 여자들이 입사했다"며 회사의 앞날을 걱정하기도 했다고 한다.

대부분 남성들은 군대에 다녀온 뒤 입사를 하기 때문에 어느 회사에서나 여자 선배보다 남자 후배가 더 나이가 많은 경우를 쉽게 볼 수 있다. 그래서 나이 많은 사람을 공대하는 우리나라 정서상

서로에 대한 호칭 선택이 참 어려운데 방송사도 마찬가지였다. 지금은 나이를 떠나 직장 생활을 먼저 시작한 데 대한 예의로 '선배'라고 부르는 게 당연하게 느껴지겠지만, 과거 여성에 대해서는 그렇지 못했다. 1990년대 초까지만 해도 아나운서 남자 후배들은 여자 선배들에게 '선배'라고 부르지 않고 '누구누구 씨'라고 불렀다. 물론 남자들끼리는 군대에 다녀오지 않은 나이 어린 선배가 있더라도 '선배'라고 불렀다. 1980년대 이후에는 연차 높은 여자 아나운서들이 늘기 시작했는데도 여전히 여사원은 나이가 많든 적든, 입사를 먼저 했든 안 했든 '누구누구 씨'였다. 아무리 남자 후배가 군대를 다녀오고 나서 입사를 했다 하더라도 그보다 더 나이가 많고 방송 경력도 훨씬 많은 여자 선배들이 존재하고 있었는데도 말이다.

그러던 1991년 어느 날, 여사원들이 자신들도 똑같이 '선배'라고 호칭해 줄 것을 요청했다. 하지만 돌아오는 대답은 'No'였다. 남자 후배가 여자 선배보다 나이가 많은 게 가장 큰 이유였겠지만 남자 사원들이 또 한 가지 이유로 제시한 것은 여사원은 숙직을 하지 않는다는 것이었다.

그 시절 방송사는 24시간 방송을 하지는 않지만 새벽 5시 뉴스로 방송을 시작하고 자정 뉴스로 방송을 마무리했다. 그래서 이를 위해 아나운서국에는 밤늦게까지 남아 저녁 뉴스부터 밤 뉴스를 맡고 다음날 새벽부터 아침 뉴스까지 담당하는 숙직과 조근이 있었다(물론 지금도 있다). 당시에는 일명 '숙조야일'이라고 해서 숙(숙직 근무), 조(아침 근무), 야(밤 근무), 일(낮 근무)를 돌아가며 일했는데 모두 남자들이 맡고 여사원들은 그냥 아침에 출근했다가 저녁에 퇴근했다. 한 번에 3명씩 근무를 하며 4교대로 매일 이 일을 반복했는데 숙조야일에 동참하지 않는 사원은 같은 일을 한다고 볼 수 없기 때문에 선배 대접을 해 줄 수 없다는 주장이었다.

결국 여사원들은 힘들더라도 숙직 근무에 참여하고 '선배 대접'을 받기로 의견을 모았다. 숙직할 사람이 늘어나면 숙직 근무가 자주 돌아오지 않게 되니 남자 사원들에게도 반가운 일이었을 것이다. 또 시기적으로도 이 요구가 받아들여질 만한 여건이 만들어졌는데, 후배를 5년간이나 뽑지 않아 여자 선배들과 새로 입사한 남자 후배들과의 나이 차이가 많이 벌어진 것도 이유가 됐다. 88올림픽 준비를 위해 1987년에 많은 아나운서를 뽑았고 그 때문에 5년간이나 후배를 들이지 않았던 것이다. 어쨌든 이 일이 있은 뒤부터 남자 사원들은 먼저 입사한 여사원들에게 '선배'라는 호칭을 사용하기 시작했다. 가끔 숙직 근무가 너무 힘들 때면 "선배라고 부르지 않아도 좋으니 숙직을 안 했으면 좋겠다"고 농담하는 여자 선배들이 있다. 하지만 그들도 알고 있다. 다시 그때로 돌아간다 하더라도 똑같은 선택을 했을 것이라는 것을.

여사원들을 숙직 근무에서 제외시킨 것은 아나운서만이 아니었다. 24시간 뉴스를 쫓아다녀야 하는 보도국에서도 야근이 존재했는데 여기자들은 여기서 제외되었다. 1980년대, 컬러 방송이 시작되고(1980년 12월의 일이다) 혁신적인 장비, ENG 카메라가 등장하면서 큰 변화를 겪었던 MBC는 1981년 7월 처음으로 공채 여기자 3명을 선발했는데 그동안 여기자가 없던 터라 이들을 어떻게 대접해야 하나(보호를 해야 하는 건지, 남자 기자들처럼 훈련을 시켜야 하는 건지)를 고민한 끝에 내린 결론 중의 하나였다. 물론 힘든 일이라 제외시켜 준 것은 감사하지만 이런 것에서부터 차별이 시작된다고 느낀 한 여기자가 1980년대 중반, "여자도 숙직을 시켜 달라"고 요청한 적이 있었다. 하지만 "여자와 사발은 내돌리면 깨진다"고 걱정했던 나이 많은 남자 선배들에게 밀려 한동안은 야근을 할 수 없었다.

이런 일도 있었다. 뉴스를 작성하다 보면 "……이라고 지적되고 있습니다"라는 표현이 자주 등장하는데, 한 여기자가 이런 표현을 쓰는 것을 보고 남자 선배들이 그야말로 '지적을 해 준' 것이다. "어떻게 여자가 '지적'이라는 표현을 쓰는가"라는 얘기였다. 1980년대 초까지만 해도 여자들은 '가치 판단'을 할 수 없는 존재로 여겨졌기 때문이었으리라.

지금이야 여기자들이 가지 못하는 부서가 없지만 초기 여기자들은 기자 훈련으로 몇 개월 경찰 기자를 하는 것 외에는 문화나 생활만을 담당해야 했다. 남자 기자들이 처음에 입사하자마자 사회부에서 일하고 몇 년 후 정치부나 경제부 등으로 가는 것과 달리 4,5년 동안 문화나 생활을 담당한 후에나 남자들이 입사하자마자 가는 사회부로 갈 수 있었다. 남자들에게는 너무나 당연한 사회부로의 발령이 여기자들에게는 바늘구멍인 셈이었다. 또한 보도국 여사원들은 돌아가면서 인사고과에서 최저 점수를 받았는데 곧 그만둘 사람들보다는 계속 있을 사원에게 점수를 높게 주는 게 당연하다는 윗사람들의 생각 때문이었다.

1980년대 중후반 열심히 일을 했는데도 불구하고 고과가 나쁘게 나온 것을 속상하게 여긴 한 여기자가 부장에게 불만을 얘기했다. 하지만 부장은 이렇게 말했다.

"여자이기 때문이다. 당신은 남자들에 비해 2배 이상 일을 많이 해라."

부드럽게 표현했지만 가슴 아픈 내용이었다. 그 여기자는 그 말에 동의할 수 없었다. 한 사람의 기자로서 이미 깨어 있었던 그 여성은 '이제 여자도 양으로 버티는 것이 아니라 일의 질로써 인정받는 시대가 되어야 한다', '김활란 등 초기 여성운동가들은 결혼도 미루고 일을 했겠지만 이젠 아니다. 일의 양으로만 승부한다면 그것은 발전이 아니라 퇴보다'라고 생각했다.

웃기는 얘기 같겠지만 보도국에는 여자 화장실이 없었다. 아니 원래는 존재했었다고 한다. 하지만 여사원이 없는 상황에서 여자 화장실은 있으나마나 한 것이었고 결국 여자 화장실이 남자 화장실로 바뀌어 보도국이 있는 층에는 남자 화장실만 2개가 존재하게 된 것이다. 그렇게 오랜 시간 지내다 보니 여자 화장실이 없는 것은 당연한 듯 여겨졌고 1995년까지도 여기자들은 다른 층으로 화장실을 찾아가야 했다. 결국 한 여기자의 반발(당당하게 남자 화장실로 들어가 남자 사원들 옆에서 손을 씻고 일을 봤다고 한다)이 계기가 돼 보도국에도 여자 화장실이 다시 만들어지게 됐다.

어렵게 입사했고 일도 어려웠지만 여성들은 그다음 또 부딪혀야 하는 문제가 있었다. 지금은 동등하게, 아니 어떤 경우에는 차별이라는 지적을 받지 않기 위해 오히려 여성을 먼저 승진시키는 경우까지 있다고 하지만 1980년대 처음으로 회사에 남기 시작한 여사원들, 처음으로 뽑기 시작한 여기자들의 승진 문제 또한 회사에서는 고민거리였다. 보통 남자 사원들은 평사원에서 차장 대우가 되면 3년 정도 지나서 '대우' 꼬리를 뗐지만 여사원은 6년 이상 달고 있는 경우도 있었다. 아나운서의 경우, 휴일 간부 근무라는 것이 있는데 휴일에 일하러 나온 아래 사원들을 관리하고 긴 시간 동안 하는 정오 뉴스 등을 진행하는 일을 맡았다. 하지만 여성은 간부가 된 이후에도 몇 년 동안 간부 근무를 하지 못한 적도 있었다. 일부러 시키지 않은 것이 아니라 여성이 간부 근무를 하는 것을 아예 상상도 하지 못했던 시절이었던 것이다. 시청자나 청취자와 마찬가지로 방송사도 '긴 시간 진행되는 정오 뉴스'에서 여성 앵커의 목소리가 나오는 것을 이상하게 생각했다.

이렇게 우리의 머리는 물론 귀까지 남녀 차별에 익숙하게 만들었던 오랜 통념이 어떻게 사라지기 시작했을까. 조용하지만 지속

적이었던 여사원들의 투쟁도 한몫했겠지만 '과연 여자가 이런 일을 할 수 있을까' 라는 생각을 갖고 있던 사람들 앞에서 내 몫을 다 하고 이를 인정받아 온 여성들이 있었기에 가능했다. 하나를 할 줄 모르는데 어떻게 두 가지의 일을 주며, 그 일을 하지 못하는데 어떻게 리더 역할을 맡길 수 있겠는가. 그리고 이렇게 '여자도 일을 잘한다' 는 인식을 심어 줘 여사원의 수를 늘릴 수 있었던 것도 큰 이유가 됐다.

미래학자 존 나이스비츠가 그의 아내와 함께 저술한 책『여성 메가트렌드(Megatrends for Women)』를 보면 '크리티컬 매스(Critical Mass)의 개념' 이라는 것이 나오는데 마이너리티가 메이저가 되려면 적어도 전체 구성원의 13퍼센트가 돼야 한다는 이론이다. 즉, 여성이나 흑인이 그 사회에서 자연스럽게 인정을 받게 되려면 적어도 그 집단 내에서 13퍼센트를 차지해야 한다는 것이다.

크리티컬 매스는 물리학에서 임계질량을 의미한다. 일단 크리티컬 매스 상태가 되면 나머지 과정은 스스로 계속된다는 것이다. 이 개념을 원용해 에버릿 로저스라는 학자는 인구의 13퍼센트 정도가 새로운 아이디어를 받아들이게 되면 적어도 나머지 87퍼센트가 그 아이디어를 받아들이기까지는 시간이 얼마 걸리지 않는다고 주장했다. 에버릿 로저스는 사회학적인 측면에서 볼 때 크리티컬 매스의 분기점은 5~20퍼센트가 된다고 봤으며, 일단 크리티컬 매스 상태가 되면 혁신을 받아들이는 과정이 저절로 이뤄진다고 봤다.

이 이론을 적용시켜 보면, 초기 여성들이 맡은 바 자신의 일을 잘 해내고 여자 후배들이 들어올 길을 넓게 열어 준 덕에 여사원들의 수가 늘었고 그 수치가 어느 정도에 달하자 다음 과정(여성의 승진이나 대접)이 자연스럽게 형성됐다고 볼 수 있겠다.

어느 집단이나 처음이 가장 어렵다. 1952년 사법고시에 합격하고도 판사 임명을 받지 못했던 고(故) 이태영 박사는 "20대 새파란 청년들이 모두 판사 임명을 받는데 38세나 된 네 아이의 엄마요, 세상 풍파를 다 겪은 역사상 첫 여자 고시 합격자에게 감히 어떻게 여자이기 때문에 시기상조라는 말을 할 수 있었을까"라고 회고했다. 하지만 지금은 판사 2252명 중 431명, 즉 19.1퍼센트가 여성이다(2007년 2월 현재). 신임 판사는 열에 여섯이 여성일 정도니 돌아가신 이태영 박사가 눈물을 흘리신 보람이 있다.

얼마 전 미국 명문 하버드대학이 371년 역사상 처음으로 여성 총장을 임명했다(하버드대까지 여성 총장을 임명함에 따라 동부 8개 명문 사학인 '아이비리그' 총장의 절반이 여성인 셈이다). 서부의 대학과 달리 보수적 분위기가 여전히 남아 있는 동부 하버드대에서 총장이 된 드루 길핀 파우스트는 "나는 하버드대의 여성 총장이 아니라 단지 하버드대의 총장일 뿐"이라고 취임 일성을 밝혔다. 그녀의 말대로 이제 여성은 '여자'가 아닌 사회의 일원으로서, 그 집단의 일원으로서 존재해야 하는 것이다.

여자라는 이름을 앞세워 당장이 편안하다면 그렇게 해도 좋다. 하지만 그건 후배에게 선배들이 어렵게 닦아 놓은 길을 막아 버리는 행위나 마찬가지다. 내 딸에게, 내 후배에게 자랑스러운 여성이, 아니 자랑스러운 사람이 되고 싶다면 당장의 안위보다는 힘들어도 여성이 아닌 한 사람으로서 일을 해야 한다. 그리고 이제 맡은 바 일을 잘 하는 건 당연한 시대가 됐다. 직접 아이디어를 제출하고 일을 만들어 리더가 되어야 한다. 선배들이 눈물을 흘리며 닦아놓은 길을 조금씩 더 넓혀 가야 한다. 어려운 상황 속에서도 몇 배를 노력해 우리 시대의 처음이 됐던 선배들의 노력을 생각해야 한다.

앞장서서 남녀 차별을 없애 달라고 외칠 용기가 없다고 속상해할 필요는 없다. 소리 내어 외치지 않아도 이 사회에서 묵묵히 일하며 여성도 할 수 있다는 것을 보여 준 여성들이, 여성이 할 수 있는 일의 범위를 넓혀 온 여성들이 진짜 투쟁가이기 때문이다. 그래서 이들에게 감사한다. 그리고 나도 그렇게 후배들에게 감사하다는 말을 듣는 선배가 되고 싶다.

: 대한민국 땅
독도 하늘에서
MBC 뉴스 김주하입니다

철새들의 힘찬 날갯짓은
독도 사랑으로 똘똘 뭉친 온 국민에게 보내는 응원처럼 느껴집니다.
독도를 빼앗아 가려는 일본의 야욕이 노골화된 오늘,
하늘에서 바라본 우리 섬 독도는
전혀 흔들림 없이 제자리를 지키고 있었습니다.
대한민국 땅 독도 하늘에서 MBC 뉴스 김주하입니다.

뉴스를 진행하다 보면 매년 반복되는 뉴스가 있다. 대학 입시라든지 성탄절 뉴스 등 절기 때마다, 혹은 근본적인 문제가 고쳐지지 않아 고질적으로 고생하는, 예를 들어 여름철 상습 침수 지역에 대한 기사라든지, 늦여름 적조 피해(마지막 즈음에는 항상 적조 피해를 막을 수 있는 특별한 방법이 개발됐다는 소식이 나오는데도 이상하게 다음 해가 되면 적조 문제는 늘 그대로다)라든지, 여름철 휴가지에서의 바가지요금 등이 있다. 그리고 슬프지만 툭하면 터져 나오는 일본의 독도 영유권 주장 기사가 있다.

2005년 3월 16일은 일본 시마네현 의회가 독도가 일본 땅임을 주장하는 이른바 다케시마의 날 조례를 강행 처리한 날이다. 다케시마의 날 조례 통과는 이미 예정되어 있었고 따라서 이날 한·일 두 나라의 감정은 최악을 달리게 됐다. 일본 정부가 아닌 일개 현의 결정이라고는 하나 우리나라 국민의 한 사람이라면 누구나 울분을 감추지 못했고 국가 대 국가의 감정싸움으로까지 치닫고 있었다.

누구라도 이런 때라면 독도가 우리 땅임을 확인하고 싶은 마음이 생기게 마련이다. 그렇다고 국민 모두가 독도로 달려갈 수는 없지 않은가. 이럴 때 나설 수 있는 것이 바로 방송이다. 그것도 눈과 귀로 생생하게 그 바위, 그 바람, 그 바다의 감정을 전달할 수 있다면 얼마나 좋겠는가. 〈뉴스데스크〉는 독도 생방송을 추진하기로 결정하고 조용히 물밑 작업을 진행하기 시작했다. 하지만 공문서가 오가는 동안 〈뉴스데스크〉의 독도 단독 생방송은 비밀 아닌 비밀이 돼 버렸다. 결국 KBS와 SBS까지 독도에서 방송을 하기로 결정하면서 같은 내용을 어떻게 달리 보도해야 하는가가 숙제가 되어 내 앞에 떨어졌다.

섬 전체가 천연기념물인 독도는 일반인들의 출입이 금지되어 있어서 독도에 들어가기 위해서는 가장 상위 기관인 문화재청의 허가를 받고 그다음 경북도청, 그리고 울릉군청의 독도계 독도관리사무국의 허가를 받아야 했다. 지금은 많이 간소화됐지만 당시에는 배를 타기 전에 미리 신청서를 내고 상륙 허가를 기다려야 했는데 문제는 출발 준비를 다 마쳤는데도 아직 허가가 나지 않은 것이었다. 이유는 두 가지였다. 우선은 천연기념물인 독도에 1회 상륙할 수 있는 인원이 70명이고 하루 두 차례 상륙이 가능한데 앞서 언급했듯이 지상파 방송 3사가 모두 신청을 했기 때문에 그

인원이 초과되는 것을 우려해서였다. 하지만 MBC의 입도 신청 인원이 18명이었으니 방송 3사를 합해도 인원 걱정은 크게 할 필요가 없었다. 허가가 나지 않은 또 다른 이유는 무엇보다 이런 방송사의 입도 행동이 한·일 감정을 악화시키는 계기가 될까 걱정한 정부의 미묘한 정책(문화재청의 허가 자체가 나오지 않았다) 때문이었다.

그렇다고 손가락만 빨고 있을 방송사가 아니었다. 우선 3월 15일 스태프들이 울릉도에 집합했다. 울산에서 취재하고 있던 박재훈 기자 등 가까운 거리에 있는 기자들도 특명을 받고 차출됐다(차비를 줄일 겸 가까운 곳에 있는 사람들을 모이도록 했다는 후문). 나는 그 전날 방송을 끝내고 밤 11시에 퇴근한 상태였으므로 당일에 울릉도로 내려가야 했는데 가서 취재까지 하려면 도저히 시간을 맞출 수가 없어 헬리콥터를 타기로 했다.

헬리콥터는 밖에서는 커 보이지만 탈 수 있는 인원수가 매우 적다. 게다가 각종 방송 장비까지 싣고 가려니 많아야 5명을 태우는 게 고작이었다. 기장·부기장을 비롯해서 중계 PD, 입도 허가 등 출장 행정을 맡은 차장 그리고 나, 이렇게 5명이 가기로 했다가 마지막에 짐이 조금 줄어 다행히 여성이라면 1명 정도는 더 탈 수 있다는 연락을 받았다. 메이크업 담당자를 데리고 갈까, 헤어 담당자 아니면 의상 코디네이터를 데리고 갈까 망설이다가 그냥 AD(Assistant Director)를 데리고 가기로 했다(나중에 이 선택이 얼마나 잘한 결정이었는가 하나님께 감사드렸다).

김포공항에서 헬리콥터를 타고 강릉까지 2시간을 날아 연료를 보충하고 또다시 2시간을 날아 울릉도에 도착했다. 헬리콥터는 사람과 달리 해양경찰청에서 따로 입도 허가를 받아야 했는데 이 또한 허가가 나지 않은 상태라 우선은 울릉도에서 방송을 하기로 하고 울릉도에 내렸다. 도착하자마자 작은 여관에 짐을 풀고는 울릉도에 마련된 임시 〈뉴스데스크〉 스튜디오로 갔다.

바람이 정말 셌다. 밤에 과연 뉴스 진행을 할 수 있을까 걱정이 됐다. 뉴스 화면에 배경이 보여야 하기 때문에 바람을 막을 천막조차 칠 수 없었다. 육지 바람하고는 전혀 격이 다른, 성난 황소같은 바닷바람이 스튜디오를 장악해 버렸다. 추위는 문제가 아니었다. 3월의 봄바람을 기대한 건 아니었지만 바람 때문에 아예 눈이 떠지질 않았다. 스태프들은 추워서 발을 동동 굴렀고 나 또한 춥지 않은 척 하기 위해 안간힘을 썼지만 입에서 나오자마자 바람에 흩어지는 입김은 숨길 수가 없었다. 다행히 바람에 날아가지 않고 울릉도에서의 방송을 무사히 마칠 수 있었다.

다음날 아침, 독도에 입항하기 위해 방송 3사가 애를 쓴 덕인지, 국민들의 분노에 손을 든 것인지 문화재청이 입도 허가를 내쳤다. 나머지 경북도청과 독도관리사무소의 허가가 나올 동안 우리는 급하게 배를 구했다. 우리가 구한 배는 오징어잡이 통통배. 하지만 이거라도 타고 들어갈 수 있다는 말에 스태프들은 환호했다. 80만 원을 주고 빌린 통통배는 갑판에 오징어를 유인하기 위한 수백 개의 작은 등이 달려 있고 선장이 들어가 새우잠을 잘 수 있는 작은, 그야말로 코딱지만 한 방이 하나 달려 있었다. 날씨가 좋지 않아 위험하다는 기상청의 충고를 뒤로하고 배에 올랐다. 기다리고 기다리던 입도 허가가 나왔으니 파도가 높아 돌아오지 못할 수도 있다는 말은 귀에 들어오지도 않았다. 스태프들은 통통배에 방송 장비를 싣고 곧장 출발했다.

기상청의 충고를 왜 무시했던가. 울릉도에서 조금 멀어지자마자 파도가 무섭게 우리를 덮쳐 왔다. 기상청의 권고를 무시했다가 큰코다치는 영화를 많이 본 탓인지 간 큰 나도 겁이 나기 시작했다. 서울 김포공항에서 울릉도에 올 때처럼 헬리콥터를 탈 수도 있었지만 같이 고생하는 스태프들은 통통배에 보내고 혼자 편하게 간다는 게 양심에 걸려 통통배에 탄 것을 후회하기 시작했다. 하지만 이제 와서 티를 낼 수는 없지 않은가. 죽었다 생각하고 입술을 깨물고 버티기로 결심하니 마음이 조금 놓였다.

그래도 여성 스태프는 나와 AD뿐이라며 다른 스태프들이 선실을 내주었다. 두 사람이 나란히 누우면 앉을 자리조차 없을 정도로 작았으니 다른 사람은 들어올 엄두도 내지 못했다. 웬만해서는 멀미를 하지 않는 나도 파도가 심해 선상과 선실을 오가며 "나 살려"를 외치고 있는 동안 배는 독도를 향해서 조금씩 나아갔다. 4시간이면 간다던 배는(배가 작을수록 오래 걸린다) 높은 파도 때문에 5시간 반이나 걸려 도착했다.

멀미와 추위로 고생하던 스태프들은 생전 처음 보는 독도가 가까워지자 얼굴이 밝아지기 시작했다. 그러다가 좀 더 가까이 다가가 하늘 높이 솟은 계단을 보고는 또 까무러쳤다. 이 무거운 짐을 지고 저 계단을 올라가야 한단 말인가. 여기저기서 한숨 소리가 들려왔다. 독도에 짐을 올리는 시설이 아예 없는 것은 아니었다. 12개의 쇠 파이프를 엮어 만든 짐승 우리처럼 생긴 승강기가 있긴 있다. 하지만 바람이 불면 쉽게 흔들려 사람은 물론 떨어지면 깨지는 물건 등은 절대 실을 수가 없었다.

독도에 있는 접안 시설에 배를 대고 짐을 내리면서 우선 회사와 연락을 시도했다. 전화 신호가 잡히질 않았다. 휴대전화가 될 수도 있다는 얘기를 듣고 갔지만 아직은 접안 시설 맨 왼쪽 모퉁이에서만 간신히 신호가 잡혔다(지금은 휴대전화가 어디에서든 잘 걸린다고 한다). 산 위로 올라가면 괜찮겠지, 불안한 마음을 달래며 짐을 들고 수천 개는 됨직한 계단을 오르기 시작했다.

30분 넘게 걸려 계단을 올라가니(경비대원들은 이 절벽 같은 계단을 〈동물의 왕국〉에 나오는 산양처럼 쉽게 오르내리곤 했지만 계단이라면 질색하던 나는 남들보다 더 오래 걸려 정상에 도착했다) 독도 경비대원들의 생활 공간인 3층짜리 건물이 나타났다. 건물 안에는 식당·숙소·체육실·도서실 등이 갖추어져 있었다. 그 위쪽으로는 30평 남짓한 헬리콥터 착륙장이 있었다(그야말로 절벽 위의 허방에 철판을 깔아 만들었기 때문에 사방이 다 낭떠러지 같은데 경비대원들은 이곳에서 가끔씩 족구를 한다고 하니 기절할 노릇이다). 하늘에 올라가 독도를 확인하기 전에 기사를 대충 쓰고는 착륙장에 도착한 헬리콥터를 올라탔다.

빨리 취재를 마치고 〈뉴스데스크〉 진행 준비에 들어가야 했기에 헬리콥터 문을 연 채 타야 한다는 것도 두려워할 새가 없었다. 울릉도로 출발하기 직전 당시 영상취재부의 박승규 부장이 직접 날 불러 "김주하 씨, 헬리콥터에서 스탠드 업(stand up, 기사 중간에 기자들이 직접 마이크를 잡고 카메라 앞에 나와 시청자에게 설명하는 것을 말한다. 보통은 기자들이 서서 말하기 때문에 stand up이라고 한다)을 하는 이유는 생생함을 전하기 위해서지. 그런데 문을 닫고 스탠드 업을 하면 시청자가 그 생생함을 느낄 수가 없잖아. 그러니까 이번에 주하 씨가 할 때는 꼭 헬리콥터 문을 열어 놓고 해 봐" 하는 충고를 들은 상태여서, 또 그 말이 옳다고 생각했기 때문에 얼마나 위험할지는 생각도 못하고, 기장과 카메라 기자(최경순 기자)에게 "저 헬리콥터 문을 열고 스탠드 업을 할게요!"라고 소리쳤다(헬리콥터 안에서는 프로펠러 소리가 너무 커 소리를 질러야 말이 들린다. 그래서 보통은 대화를 편하게 하기 위해 서로 연결된 커다란 헤드폰을 쓴다). 고개를 갸우뚱거리는 카메라 기자 앞에서 자세를 잡아 보려니 좁은 헬리콥터 안이라 도저히 각도가 나오지를 않았다.

"저, 주하 선배! 미안하지만 안전벨트를 풀어야겠는데요."

아래를 내려다보니 200미터 높이는 됨직해 보였지만 빨리 일을 끝내는 수밖에.

'바다로 떨어지면 아플까? 아니 춥겠다!'

손에 힘줄이 드러나도록 다른 한쪽 의자를 잡은 채, 또 어떤 스탠드 업을 쓸지 결정하지 못해 여러 개의 스탠드 업을 찍느라 안전벨트도 없이 문 밖으로 몸을 반쯤 내민 채 그렇게 20분 동안을 매달려 있었다. 그래도 보람은 있었다. 적어도 박승규 부장은 화면이 살아 있는 것 같았다며 매우 기뻐했다.

그렇게 정신없이 취재를 하고 있는 사이 저 아래 독도에는 KBS 팀과 SBS팀이 막 도착해서 짐을 내리고 있었다. KBS는 삼봉호(울릉도와 독도를 오가는 여객선으로 270명을 태울 수 있다)를 타고 왔는데 여객선이다 보니 크기가 무척 커서 웬만한 파도에도 끄떡없을 것 같았다. 돈을 아끼기 위해 오징어잡이 배를 빌려 타고 온 우리와는 비교도 안 돼 보였다. 하지만 진정 우리가 부러워한 것은 따뜻한 실내도 아니고 깨끗한 의자도 아니고 3시간 만에 도착했다는 삼봉호의 속도였다. 찬바람을 직접 얼굴과 온몸에 맞으며 5시간 반 만에 도착한 우리와는 차원이 달랐다.

그런데 헬리콥터 착륙장에서 문제가 발생했다. 착륙을 시도하는데 밑에서 연신 손을 흔들어 대는 게 아닌가. 우리는 착륙을 도와주려는 것으로 알고 착륙했는데 알고 보니 그곳에 KBS 장비가 있어 혹시 바람에 날릴까 봐 내리지 말라는 신호였다. 물론 이 사실을 몰랐던 상태였고 독도에 또 다른 헬리콥터 착륙장이 있는 것도 아니요, 그렇다고 KBS 방송이 끝날 때까지 하늘에 떠 있을 수도 없는 상황이었지만 결국 착륙을 하는 과정에서 KBS의 장비가 손상을 입었다.

KBS와는 이렇게 독도 방송 시작도 하기 전부터 승강이를 벌이게 됐다. 우리도 오징어잡이 배를 타고 오면서 파도가 배 안으로 들이치는 바람에 조명 발전기(포장마차에서 쓰이는 것과 비슷하다)가 고장이 난 상태라 어디든 도움을 요청해야 했는데 우리 때문에 장비 손상을 입었으니 미안해서라도 KBS쪽에는 사정할 처지가 못 됐다. 게다가 가장 좋은 배경(생각해 보라. 좁은 독도 안에서 그나마 좋은 뉴스 배경은 등대가 전부다. 바다에 떠서 방송을 하지 않는 이상 나머지 배경은 바다밖에 없지 않은가)인 등대를 두고 서로 먼저 차지하기 위해 보이지 않는 경쟁을 하고 있었다. 하지만 우리는 조명 발전기에 바닷물이 들어가 배경을 비출 조명은 생각도 못하고 있는 처지였다. KBS에 같이 쓰자고 말하자니 뉴스 시간이 겹치고, SBS의 발전기를 빌리자니 SBS 뉴스가 끝나자마자 다시 가져다가 설치할 시간이 안 됐다. 방법이 없었다. 그냥 KBS의 조명이 등대를 비추는 사이 곁다리로 끼어 조금 어둡더라도 방송을 하는 수밖에 없었다.

조명 문제는 그렇다 치고, 내 기사를 보내고 또 뉴스를 진행하기 위해 내가 진행할 뉴스의 기사를 받는 게 문제였다. 독도 경비대원들이 생활하는 체육실에 기적같이 컴퓨터가 놓여 있었다. 10대 정도 됐다. 하지만 기쁨도 잠시, 바람이 심하게 불고 파도가 높고 날씨가 좋지 않아서인지 인터넷 연결이 되다 안 되다 하는 것이었다. 내 기사는 대충 보냈지만 뉴스를 진행할 다른 기자들의 기사는 받을 수가 없었다. 이럴 때 내가 제일 자주 쓰는 방법이 바로 전화기를 이용하는 것이다. 그런데 이게 웬일인가. 휴대전화가 되지 않는 게 아닌가. 위로 올라오면 될 줄 알았더니……. 기사를 전화로 받아 적으려면 시간이 오래 걸리기 때문에 독도 경비대원들의 유선 전화를 빌려 쓸 수도 없었다. 비상용으로 쓰이는 전화라 우리에게 세월아 내월아 사용하게 할 수 없었던 것이었다. 그렇게 독도 경비대장과 전화기를 빌리는 문제로 옥신각신하고, 컴퓨터와 씨름을 하는 동안 우선 8시 15분에 나가는 1분 뉴스부터 녹화를 하기로 했다. 조명 발전기가 나가 버린 상태에서 어두워지면 배경이 하나도 보이지 않을 것이므로 어둑어둑해질 무렵, 석양이 지는 모습을 등지고 먼저 녹화를 하기로 한 것이다.

그런데 문제는 이 바쁜 와중에 기사 한 장을 다 외워야 한다는 것이다. 보통 1분 뉴스는 5개 기사로 이루어지는데 제일 앞 기사만 앵커 얼굴이 나가고 나머지는 그림을 붙이기 때문에 맨 앞 기사만 외우면 된다. 하지만 독도까지 와서 다른 그림을 붙일 수는 없었다. 게다가 주요 뉴스의 대부분이 독도 관련 기사니 그림을 붙이기보다는 내가 현재 서 있는 배경을 더 많이 비춰 주는 것이 옳았다. 동쪽 끝 섬이니 해가 또 얼마나 빨리 지겠는가. 노을이 사라지기 전에 무조건 외우는 수밖에.

기적 같이 해가 지기 전에 주요 뉴스 녹화를 끝냈다. 이제는 〈뉴스데스크〉 진행을 위한 큐시트(Cue-Sheet, 프로그램의 시작에서 종료까지 무엇을 어떤 타이밍에 방송할 것인가를 적어 놓은 진행표로 뉴스에서는 진행자·뉴스 순서·뉴스 제목·기자 이름·시간

등이 기입돼 있다)와 기사를 받는 일이 시급했다. 컴퓨터도 경비대의 유선 전화 사용도 불가능해지자 휴대전화를 들고 그나마 전화가 걸리는 곳을 찾아다니기 시작했다. 그리고 헬리콥터 착륙장 맨 끝 모퉁이 부분에서 전화가 걸리는 것을 확인했다. 그나마 손과 귀를 있는 대로 하늘로 뻗고 발끝을 낭떠러지 쪽으로 내밀어야 했지만 그래도 전화가 되는 것이 어딘가. 안 그러면 다시 수백 개의 계단을 내려가 접안 시설 앞에서 전화를 걸어야 하는데 도저히 시간이 되지 않았다.

이렇게 휴대전화가 되는 곳을 찾은 뒤, 데리고 간 AD 이미연 씨에게 기사를 받아 적게 했다. AD는 그곳에서 아슬아슬하게 목숨을 걸고 기사를 받아 적어야 한다는 말에 기가 막혀 하면서도 전화기를 들고 열심히 받아 적었다. 그리고 그렇게 받아 적은 기사를 반영해 앵커 멘트를 써 내려갔다. 만일 내가 메이크업 담당자나 코디네이터를 데리고 왔더라면 화면에는 조금 예쁘게 나왔겠지만 진행이 엉망이 되었을 것을 생각하니 함께 온 AD가 그렇게 믿음직해 보일 수가 없었다.

그날 날씨가 좋지 않고 조명이 제대로 비춰지지 않은 것이 어쩌면 다행이었을지도 모르겠다. 나는 대학을 졸업하자마자 방송사에 입사했고 대학 때는 화장을 하지 않았으며 방송사에 입사해서는 항상 분장을 받았기 때문에 내 스스로 화장도, 머리도 만질 줄 모르는 바보다. 때문에 메이크업 담당자와 헤어 담당자가 오지 않으면 겉모습을 어떻게 처리해야 할지가 제일 난감하다. 그래서 부끄럽지만, 사실대로 말하자면, 그 전날 울릉도로 내려오면서 미리 메이크업과 머리를 하고 와서는 울릉도 방송이 끝난 후 여관에서 아예 씻지 않고 잠을 잤다. 그러나 오징어잡이 배 안에서 멀미로 이리 구르고 저리 구르는 사이 얼굴과 머리는 이미 엉망이 돼 있는 상태였다. 평소 친분이 있는 정세진(당시 KBS 앵커) 씨가 메이크업 담당자와 헤어 담당자를 데리고 와서 어떻게 부탁을 해보려 했지만 내 기사를 보내고 주요 뉴스를 녹화하고 진행할 기사를 받아 적느라 시간이 없어 그나마도 할 수 없었다.

눈도 제대로 못 뜰 정도의 심한 바람과 여러 가지 악조건 속에서도 다행히 무사히 방송을 끝냈다. 하지만 산 넘어 산이라고 아직 모든 게 끝난 것이 아니었다. 다음날 아침 뉴스까지 독도에서 방송을 할 계획이었는데 독도 경비대원들이 나가라는 게 아닌가. 원래 MBC는 다음날 아침 뉴스까지 하기 위해 독도에 숙박 허가까지 받아 놓은 상태였는데 이게 취소된 것이었다. MBC에 숙박 허가를 하게 되면 방송 3사가 모두 독도에서의 숙박을 하겠다고 할 텐데 30명이 지내는 독도 경비대원들의 건물에 누구는 재워주고 누구는 나가라고 할 수가 없어 언론사 모두 숙박 허가가 나지 않은 것이었다.(독도는 식량이 나질 않아 음식과 음료가 매우 귀하다. 그래서 원래 식량은 우리가 자체 해결하기로 돼 있었다. 그런데 아무도 식량을 챙겨 가지 않았다. 배 안에서 초코바를 나눠 줄 때 받지 않은 것을 두고두고 후회했다. 독도 경비대원들의 식당 안에서 풍겨 오는 라면 냄새는 속까지 쓰리게 했다.)

"아니 아저씨들. 이 파도치는 날 밤에 우릴 보고 어디로 나가라고요……."

하지만 문화재청의 불가 방침에 경비대원들도 불복할 수는 없었다. 오히려 문제는 우리였다. 이 험한 날씨에 우리가 타고 온 통통배에 목숨을 맡기고 검은 밤바다로 나갈 수는 없었다. 다음날 아침 뉴스가 문제가 아니었다. 살고 봐야 하지 않겠는가 말이다. 그래서 우리들은 버티기로 했다. 우선 체육실의 탁구대를 한쪽으로 밀어 놓고 차가운 시멘트 바닥 위에 앉았다. 엉덩이를 붙이자마자 잠이 드는 스태프도 있었다.

그러는 사이 우리 중계 PD와 행정 담당 차장이 KBS와 SBS를 찾아가 합의를 봤다. 방송 3사가 모두 다음날 아침 독도 방송을 포기하고 KBS가 타고 온 삼봉호를 타고 돌아간다는 내용이었다. SBS도 그리 큰 배를 타고 오지 않았기 때문에 그 배로 울릉도로 돌아간다는 것은 무척 위험했다. 그래서 모두 KBS가 타고 온 배를 타고 가는 대신 KBS가 비싸게 배를 빌렸으므로 돌아가는 비용을 3분의 1씩 나누어 내기로 한 것이었다. 사실 KBS는 MBC의 헬리콥터가 착륙장에 내리면서 자신들의 장비를 손상시킨 사건 때문에 우리를 태워 주기 싫어하는 눈치였지만 이런 상황에 비인도적으로 우리를 버릴 수도 없었다. 더구나 MBC를 버리고 간다면 다음날 우리만 독도 아침 방송을 할 게 뻔했다. 새벽 1시 반, 염치없지만 삼봉호에 올라타니 피곤이 쏟아졌다. 구석에 자리를 잡고 눈을 좀 붙이려는데 KBS PD가 오더니 자기가 갖고 온 침낭을 빌려 주는 게 아닌가.

"매일 방송하는 사람이 감기라도 걸리면 어쩌려고요. 이거라도 쓰세요."

"감사……합니다……."

경쟁이 치열하다 치열하다 하지만 그래도 우리는 언론이라는 한솥밥을 먹고 사는 식구들이다. 장비가 파손되고 내일 아침 방송을 하니 마니 서로 소리를 질러 댔지만 그래도 목소리 걱정을 하며 챙겨 주는 건 역시 방송사 식구들밖에 없는 것이다. 단 한 번예의상의 거절도 하지 않은 채 냉큼 받아서 침낭 안으로 들어갔다. 찬바람을 맞으며 매달려 있었으니 분명 냉기가 있었을 텐데전혀 찬 기운이 느껴지지 않았다. 너무너무 따뜻했다. 그리고 그렇게 고생했음에도 불구하고 그날 밤은 내 평생 몇 안 되는 정말편안한 밤이었다.

오늘 독도는

앵커 | 그렇다면 이렇게 심각한 문제가 된 우리 땅 독도에서는 과연 오늘 어떤 일들이 있었는지, 독도 현장을 연결해 보겠습니다. 김주하 앵커.

김주하 | 네, 여기는 독도입니다.

앵커 | 오늘 소식 현장에서 진행해 주십시오.

김주하 | 시마네현의 행위는 또 한 번의 한국 침략이나 다를 바 없습니다. 하지만 우리 섬 독도는 뒤에 보이는 것처럼 태극기를 휘날리며 의연하고 당당하게 제자리를 지키고 있습니다. 헬기를 타고 독도를 돌아봤습니다.

김주하 | 바다 속 2000미터의 물길을 뚫고 다시 100여 미터를 솟구쳐 오른 2개의 돌산. 그 깊은 뿌리 때문인지 아무리 거센 파도가 밀려와도 언제나 늠름하고 당당한 섬, 독도. 그래도 오늘 만큼은 분노를 감출 수 없는 듯 해발 179미터의 정상이 유난히 더 날카롭게 보입니다.

김주하 | 해풍에 펄럭이는 태극기와 한국령이라는 선명한 돌 글씨, 오늘따라 두 눈을 더 시리게 만듭니다. 경비대 막사 앞의 빨간 우체통은 독도가 언제나 우리의 이웃이었음을 말해 줍니다. 24시간 독도 주변을 물샐틈없이 감시하는 경비대원들과 경비정 삼봉호. 높아

지는 긴장의 파고에 경비 태세는 그 어느 때보다 삼엄하지만 동요는
없습니다.

김주하 | 철새들의 힘찬 날갯짓은 독도 사랑으로 똘똘 뭉친 온 국민
에게 보내는 응원처럼 느껴집니다. 독도를 빼앗아 가려는 일본의 야
욕이 노골화된 오늘, 하늘에서 바라본 우리 섬 독도는 전혀 흔들림
없이 제자리를 지키고 있었습니다.

김주하 | 대한민국 땅 독도 하늘에서 MBC 뉴스 김주하입니다.

: 뉴스가 필요한 이유,
뉴스는
생활이다

금융 당국과 은행들의 반응은 빨랐다.
바로 다음날, 텔레뱅킹의 보안을 강화한다는 발표가 연거푸 나왔다.
이런 즉각적인 반응들을 보자 왈칵 눈물이 쏟아질 뻔했다.
그동안의 고생은 다 녹아 없어지는 듯했다.
게다가 회사에서는 그해 말 특종상까지 받았으니
나에겐 영원히 잊지 못할, 뿌듯한 취재로 기억될 것이다.

요즘은 은행에 직접 가서 돈을 찾고 부치는 것이 흔하지 않은 일이 돼 버렸다. 그도 그럴 것이 차비를 들여 은행에 가서 번호표를 받아 들고 긴 줄을 기다렸다가 예금을 하거나 찾아야 하고, 혹 다른 은행으로 돈을 부쳐야 할 때는 비싼 수수료까지 물어야 하기 때문이다. 그래서 요즘 사람들은 전화로 돈을 이체하는 텔레뱅킹 서비스나 인터넷을 이용하는 인터넷 뱅킹을 더 선호한다.

물론 나도 그렇다. 시간도 없지만, 통장에서 엉뚱한 돈이 빠져나가고 그 돈을 돌려받는 데 한참이 걸린 뒤부터 자동이체를 믿지 않는 남편 때문에 매달 가스 요금이니 전화 요금이니 하는 것들을 직접 은행에 가서 내야 했다. 그래서 직접 은행에 가지 않고도 은행 업무를 볼 수 있는 텔레뱅킹이 없으면 큰일 나는 줄 알고 살고 있었다. 이렇게 텔레뱅킹으로 집 안의 모든 돈을 관리했던 내게 눈에 확 들어오는 제보가 있었다.

'나도 모르게 텔레뱅킹으로 돈이 빠져나갔다!'

청천벽력 같은 소리였다. 제보자를 만나고 상황을 들어 봤지만 이 사건 역시 단순한 제보만으로는 기사화될 수가 없었다. 전문가와 경찰을 대동하고 제보자가 일하고 있는 업체로 찾아갔다. 제보자는 작은 중소기업 사장으로 텔레뱅킹을 이용해 돈을 입출금하고 직원들의 월급도 주고 있었는데 자신이 사용하지 않은 텔레뱅킹으로 인해 6000만 원을 잃고 은행에 하소연했지만 은행은 나 몰라라 하고 있다며 암담해했다. 실제로 은행에 확인했더니 돈은 분명 텔레뱅킹으로 빠져나갔다고 했다. 게다가 전화국에 연락해 보니 그 업체 전화로 텔레뱅킹을 사용한 것이 맞다고 했다.

제보자의 말대로 텔레뱅킹으로 돈을 털렸다면 어떤 방법으로 빠져나갔을까. 그때 문득 전에 취재했던 사건이 떠올랐다. 남의 집 전화단자함에 선을 연결해 국제전화를 사용하고 게임 요금 등을 결제한 사건이었다(빌라나 다세대 같은 곳은 전화단자함이 아무나 손을 댈 수 있는 곳에 허술하게 설치돼 있는 경우가 많다). 텔레뱅킹 역시 전화를 이용하는 것이니 전화단자함을 열어 보기로 했다. 이 업체의 전화단자함은 전봇대 꼭대기에 있어 크레인을 타고 올라갔다.

그 업체의 전화선들만 깨끗하게 닦여 있었다. 그리고 피복이 벗겨진 전화선도 눈에 확 들어왔다. 업체 주인에게 동의를 얻고 그 선에 잭을 연결하니 이 업체에서 거는 모든 전화 내용을 잡음 하나 없이 확실히 들을 수 있었다. 또 직접 선에 전화를 연결하니 그곳에서 전화도 걸 수 있었다.

물론 이 정도로 취재를 끝내고 텔레뱅킹을 조심하라고 경고해 주는 것도 나쁘지는 않았다. 하지만 당시 텔레뱅킹을 사용하고 있는 750만 명에게 텔레뱅킹의 위험성을 알려 주는 것으로 끝낼 것이 아니라 은행들로 하여금 더 완벽한 보안 체제를 만들도록 하는 게 옳았다. 아니, 꼭 그렇게 해야 했다. 그 피해자가 내가 아는 사람, 아니 하루가 멀다 하고 텔레뱅킹으로 모든 요금을 내는 바로 나일 수도 있기 때문이다. 어떻게 하면 이를 증명할 수 있을까.

이 취재를 시작하기 직전, 난 엉터리 컴퓨터 백신 프로그램을 취재했었는데(지금은 많이 좋아졌지만 당시에는 돈을 받고 바이러스를 잡아 준다는 백신 프로그램들 상당수가 잡아야 할 바이러스는 잡지 못하고 운영 체제에서 나중에 자동으로 삭제되는 것들을 삭제하고 있었다) 덕분에 관련 보안 전문가와 친분을 맺고 있었다. 염치없지만 또 한 번 이 전문가에게 연락해 모든 전화는 전화번호 버튼마다 고유의 신호음이 있다는 사실을 알아냈다. 그리고 그 신호음을 다시 숫자로 바꿀 수 있다는 것도 알았다.

이제는 내가 직접 텔레뱅킹으로 돈을 보내고 다시 도청으로 돈을 빼낼 수 있는지를 실험할 차례였다. 이를 위해 먼저 8개 은행에 통장을 만들고 돈을 예금했다. 여의도에 있는 은행마다 다니며 2만 원씩 예금하는 나를 혹 누가 의심할까 봐, AD를 데리고 다니며 은행 계좌를 만들게 했다(나중에는 돈이 모자라 만 원씩 입금했다). 그리고 동시에 8개 은행 모두 텔레뱅킹에 가입했다.

다음 문제는 이 신호음을 다시 숫자로 바꾸는 기계를 사는 것이었다. 신호음을 숫자로 바꾸는 특수 장비는 인터넷을 통해 얼마든지 다운받을 수 있었지만 그 기계를 시청자들에게 직접 보여 주고 경각심을 일깨워 주고 싶었다. 청계천에 가면 기계를 쉽게 구할 수 있다는 말을 듣고 후배 기자에게 돈을 줘 보냈다(내가 가면 분명 팔지 않을 게 뻔했다). 초조하게 3시간을 기다린 끝에 후배 기자에게 전화가 왔다.

"저, 선배……."

"무슨 일이야? 안 판대?"

"그게 아니라…… 팔긴 파는데……."

"근데 뭘? 샀어, 안 샀어?"

"10분 뒤에 갖고 온다면서 40만 원을 받아 갔는데. 1시간을 기다려도 갖고 오질 않아요. 전화도 꺼 놓고요. 계속 찾아보고 있는데……."

청계천 아저씨(?)는 우리보다 한 수 위였다. 그냥 갖고 튄 거였다(나중에 알아보니 그렇게 돈을 들고 도망간 사람들은 며칠 동안 아예 나오질 않기 때문에 잡는 건 불가능하다고 했다).

"그래, 수고했다. 들어와라."

저녁 시간은 뉴스 진행 준비를 해야 하는 상황이라 직접 갈 수도 없고, 간다고 하더라도 얼굴을 알아보고 팔지 않을 테니 답답해 미칠 지경이었다. 뉴스 준비에 전념해야 하는데 눈앞에서, 돌아오지도 못하고 쩔쩔매고 있는 후배와 거금 40만 원이 왔다 갔다 했다.

다음날, 기자를 속여 먹은 청계천 아저씨를 응징하겠다며 벼르는 후배를 간신히 달랜 다음 또 다른 후배 기자를 불렀다. 그리고는 앞 기자의 실수를 주지시키며 정신 똑바로 차리고 사 오라고 했다. 다시 두어 시간 뒤.

"저…… 선배……."

"샀냐? 사어?"

"……."

"넌 또 왜 그래?"

"갖다 준다는 사람이 안 와요. 20만 원 가져갔는데……."

"악!"

정말 사람 미칠 노릇이었다. 주위에 아무도 없다면 울었을지도 모르겠다. 뉴스 진행이 1시간도 안 남았는데, 돈 60만 원이 눈앞에서 아른아른했다. 할 수 없었다. 염치없지만 청계천에서 특수 장비를 살 수 있다고 말한 보안 전문가에게 부탁할 수밖에. 전문가는 전문가를 알아보는 것일까. 그 보안 전문가는 1시간도 안 돼 장비를 구해 왔다.

다음날 바로 실험에 착수했다. 실험의 정확성을 위해 금융감독원 관련 부서에 연락해 함께 실험을 해 보자고 했지만 거절당한 뒤 그냥 실험 장면을 녹화만 하기로 했다. 8개 계좌에서 돈을 조금씩 빼내 다른 계좌로 부치며 실제로 신호음이 숫자로 바뀌는지 알아보는 것이었다. 결과는 100퍼센트 정확했다. 텔레뱅킹을 하기 위해 누르는 주민번호와 계좌번호, 비밀번호 모두가 0.01초도 걸리지 않아 고스란히 화면에 떴다. 그나마 내가 믿고 있던, 은행에서 발급해 준 보안 카드 중 어떤 것은 여러 번 해 봐도 늘 나오는 번호 10여 개만 누르게 돼 있었다. 게다가 이렇게 몇 번 하다 보니 아예 보안 카드 한 장을 어렵지 않게 만들 수 있었다. 그 뒤 다른 피해 사건들을 모으고, 영국·미국 등에 나가 있는 특파원들에게 연락해 선진국에서도 텔레뱅킹을 사용하는지, 한다면 어떻게 보안 체계를 갖추고 있는지 알아봤다.

다음날, 이 뉴스는 대대적으로 보도가 됐다. 텔레뱅킹의 문제점과 실험이 함께 보도되어야 하는데 내가 2개 모두 리포트를 할 수는 없기에 하나는 후배에게 줘 두 편이 나란히 보도됐다. 그리고 그 다음날 총체적인 문제점을 정리한 리포트를 하나 더 내보냈다.

금융 당국과 은행들의 반응은 빨랐다. 바로 다음날, 앞으로 텔레뱅킹의 보안을 강화한다는 발표가 나왔다. 은행에서는 당시 4개씩 30개 정도의 숫자로 돼 있던 보안 카드 번호를 앞뒤 2개씩 누르도록 바꾸어 숫자 조합을 훨씬 더 복잡하게 만들겠다고 발표했고, 사전에 등록된 전화번호로만 텔레뱅킹을 할 수 있는 서비스도 내놓았다. 금감원에서는 정보통신부·산업자원부 등과 공조해 텔레뱅킹의 보안 등급을 3단계로 분류하고 보안 등급별로 거래 한도에 차등을 둔다는 내용 등을 연거푸 발표했다.

이런 즉각적인 반응들을 보자 왈칵 눈물이 쏟아질 뻔했다. 그동안의 고생은 다 녹아 없어지는 듯했다. 게다가 회사에서는 그해 말 특종상까지 받았으니 나에겐 영원히 잊지 못할, 뿌듯한 취재로 기억될 것이다.

텔레뱅킹 뚫린다 - 수사착수

2005년 7월 25일 **뉴스데스크**

앵커 | 고객들 텔레뱅킹 정보가 새고 있습니다. 남의 계좌에 있는 돈을 마음대로 **빼** 가는 사건이 잇따르고 있는데 경찰은 이런 범죄가 도청을 통해 이루어진 것으로 보고 수사에 착수했습니다. 김주하 기자가 취재했습니다.

기자 | 경기도 벽제의 한 철강업체. 지난 1월과 5월 사이 누군가 네 차례나 텔레뱅킹으로 계좌의 돈을 몰래 빼내 갔습니다. 지난 1월 회사 대표 안 모 씨의 계좌에서 2500만 원, 4월에는 안씨 부인 계좌에서 2800만 원, 5월에는 직원 계좌에서 480만 원, 3월에는 이 회사에 왔던 거래업체 사장 계좌마저 털렸습니다. 모두 이 업체 전화로 텔레뱅킹 서비스를 이용한 뒤 당했습니다.

피해자 | 제 집사람은 내가 다 관리를 하니까 다 썼다고 보고, 직원이니까 많이 이용을 했고, 다른 업체 사장 같은 경우는 이 전화로 딱 한 번 썼어요.

기자 | 현장 조사에 나선 경찰은 텔레뱅킹에 쓰인 전화의 단자함 전화선에서 도청된 흔적을 발견했습니다. 문제의 전화선만 누군가의 손을 타 깨끗하게 닦인 채 전화선 피복이 새로 벗겨져 있습니다. 경찰은 지난 4월, 똑같은 피해를 당한 임 모 씨의 전화단자함에서도 비슷한 흔적을 발견하고 전면 수사에 나섰습니다.

박충민 강력 반장(서울시경) | 전화단자함을 확인해 보니까 잭을 연결한 흔적이 있었습니다. 그래서 저희는 도청에 의한 폰뱅킹 사건으

로 보고 그 부분으로 집중 수사하고 있습니다.

기자 | 경찰은 텔레뱅킹 도중 도청을 통해 계좌 번호와 보안 카드의 비밀번호까지 유출된 것으로 보고 있습니다.

김성주(보안 전문가) | 도청이라는 방법 하나만 가지고도 지금 현행 은행 보안 체계를 무너뜨리는 데는 아무런 문제가 없습니다.

기자 | 현재 국내의 텔레뱅킹 이용자는 750만 명. 은행 인터넷 뱅킹이 해킹된 데 이어 텔레뱅킹마저 뚫린 것으로 보여 대책 마련에 비상이 걸렸습니다. MBC 뉴스 김주하입니다.

N E W S

텔레뱅킹 너무 허술하다

2005년 7월 25일 **뉴스데스크**

앵커 | 경찰의 잠정 결론대로 과연 텔레뱅킹이 도청을 통해 뚫리는지 직접 실험을 해 봤습니다. 너무도 허술했습니다. 전준홍 기자입니다.

기자 | 피해자의 동의를 얻어 전문가와 함께 도청을 통해 텔레뱅킹 정보를 알아낼 수 있는지 실험해 봤습니다. 전화선 단자함에 도청 장치를 설치하고 텔레뱅킹을 위해 전화번호를 누를 때 나는 고유한 신호음을 녹음했습니다. 이 신호음을 특수 장치에 통과시키자 계좌 번호와 보안 카드 비밀번호 등 이용자 정보가 모두 숫자로 나타납니다. 단자함 도청 장비는 거래가 불법이지만 시중에서 어렵지 않게 구할 수 있습니다.

점포 상인 | 14만 원에 해 드릴게요.

기자 | 14만 원이요?

점포 상인 | 네, 이야기했을 때 장만하세요. 서류까지 다 만들어 드릴 테니까…….

기자 | 신호음을 다시 번호로 바꾸어 주는 특수 장비도 인터넷을 통해 얼마든지 구할 수 있습니다. 전화선 단자함 관리도 허술합니다. 실제 도청을 당한 사무실의 전화단자함입니다. 누구나 쉽게 접근할 수 있도록 노출되어 있습니다. 아파트나 대형 빌딩의 경우는 단자함이 건물 안에 설치되어 있지만 대부분 감독의 사각지대에 있습니다.

사무실 관리인 | 저희들이 만날 지켜 있을 수는 없는 것이고 저희들로서는 이것을 특별하게 관리할 방법이 없잖아요.

기자 | 전문가들은 간단한 원리만 알면 일반인도 국내 모든 은행 계좌의 텔레뱅킹 정보를 빼낼 수 있다며 추가 피해를 우려하고 있습니다. MBC 뉴스 전준홍입니다.

N E W S

텔레뱅킹 도청 알고도 쉬쉬

2005년 7월 26일 **뉴스데스크**

앵커 | 도청을 통한 텔레뱅킹 사고가 잇따르고 있다는 뉴스, 어제 보도해 드렸는데 어제오늘 얘기가 아닙니다. 이미 7년 전부터 같은 수법의 사건이 계속 일어나고 있지만 당국이 알고도 쉬쉬하느라 문제

를 키웠습니다. 김주하 기자가 취재했습니다.

기자 | 은행 텔레뱅킹 도청 사건은 지난 98년 처음 발생했습니다. 범인들은 은행의 텔레뱅킹 전화선에 도청 장치를 연결해 이용자들의 계좌 정보를 알아낸 뒤 3억 2000만 원을 빼내 갔습니다. 2년 전에도 텔레뱅킹 이용자의 전화를 도청해 1억 2000여만 원을 빼낸 40대가 붙잡히기도 했습니다. 하지만 당국의 대처는 허술했습니다. 경찰 수사를 통해 도청 피해가 확인됐는데도 은행과 금융 당국은 도청 사실이 없다고 주장했습니다.

금융 관계자 | 그런 얘기는 나온 거 없었습니다. 기자분한테 처음 들은 것이거든요. 그런 내용이 있었으면 저희한테 넘어왔을 텐데 98년도 것은 들은 적이 없는데…….

기자 | 후속 취재 결과, 금감원은 텔레뱅킹 도청 피해를 알고 있었지만 대책 마련에 미온적이었습니다.

금감원 관계자 | 그 문제를 모르는 것도 아니고 지금 알기 때문에 대응 방안을 만들려고 팀 운영을 하고 있는데…….

기자 | 은행 측은 이번에는 자신들만의 책임은 아니라고 한발 뺍니다.

은행 관계자 | 이게 우리 금융기관 문제가 아니라 KT라든지 이런 전화 회선에 문제가 있다는 거죠.

기자 | 해마다 수백억 원의 텔레뱅킹 수수료를 거두어들이는 은행들. 정작 고객 돈 보호에는 적극적이지 않았다는 비난을 피할 수 없을 것으로 보입니다. MBC 뉴스 김주하입니다.

episode

09

: 나를 키운 건 8할이
손석희라는
악몽이었다

그런데 얼마 후 개편과 함께 남자 앵커가 바뀌었다.
2년간 미국에서 공부를 하던 손석희 앵커가 돌아온 것이다.
존경해 마지않던 손석희 앵커와 파트너가 된다니…….
공정 방송을 위해 저항하다 수갑을 찬 채 차에 오르고,
그러면서도 미소를 잃지 않던 흑백사진이
내 앞을 스쳐 지나가는 듯했다.
그분과 뉴스를 한다니!

난 눈이 나빴다. 시력이 좋지 않았지만 방송을 하면서 안경을 쓰는 건 생각도 하지 못했다. 왜 여성들은 안경을 쓰고 방송을 하지 않는지, 아니면 못하게 하는 어떤 보이지 않는 약속이라도 있는 건지……. 생각할 틈도 없이 입사 직후부터 난 항상 콘택트렌즈를 착용했고 1주일이 멀다하고 다녔던 출장 때문에(밤새 콘택트렌즈를 끼고 있었던 날도 많았다) 결국 콘택트렌즈까지 쓸 수 없는 처지가 돼 버렸다. 각막이 너무 많이 상한 것이다. 그래서 이참에 그동안 밀린 휴가도 쓸 겸 사흘 휴가를 내고 아예 라식 수술을 해 버렸다. 빨간 토끼 눈에서 해방된 것이다.

그렇게 집에서 쉬고 있는데 회사에서 연락이 왔다. 백지연 앵커가 아침 뉴스를 그만두게 돼 아침 뉴스 앵커 오디션을 보는데 회사 방침이 1명도 빠짐없이 오디션을 봐야 한다는 것이다. 수술 후

쉬고 있었고 자신도 없던 터라 한발 뺐다가 호되게 혼만 나고 회사로 나왔다. 그리고 며칠 뒤, 믿을 수 없는 결과가 나를 기다리고 있었다. 내가 아침 뉴스를 맡게 된 것이다. 꿈에 그리던 일이었고 이를 위해 출장을 다닐 때도 신문을 손에서 놓지 않고 있었지만 이렇게 빨리 기회가 오게 될 것이라고는 상상도 하지 못했다.

　나는 빨리 뉴스를 맡게 됐다고 생각했지만, 회사 선배들 중엔 스물일곱 살 된 내가 뉴스를 맡게 된 것에 놀라는 사람도 있었다. 반 농담으로 "노친네가 뉴스를 하다니"라는 말까지 들었으니 말이다. 그럴 수밖에 없는 것이 요즘은 많이 달라졌지만, 예전 여사원들은 입사하자마자 24,25세에 뉴스를 진행하곤 했기 때문이다. 하지만 내가 뉴스를 맡게 됐다는 말에 아버지는 "너무 이른 것 같다"며 걱정을 하셨다. 나 또한 아버지 말씀에 공감해 일부러 나이 들어 보이게 분장을 해 달라고 분장사에게 부탁을 하기도 했다.

　방송 하루 전날 통보를 받은 탓에(방송사는 미리미리 준비를 하게 할 거라고 생각하지만 천만의 말씀이다) 밤을 새워 아침 뉴스 녹화분을 돌려 보고 또 돌려 봤다. 아침 뉴스는 2시간짜리로 일반 뉴스는 물론 의사·경제인 등과의 인터뷰, 교통 정보, 수시로 소개되는 날씨 등이 있어 그 순서를 완전히 익히지 않으면 전달 내용에 충실할 수 없기 때문이다.

　안 그래도 첫 뉴스인데 밤까지 새웠으니……. 순서 따라가기에 급급한 내게 뉴스 내용을 완전히 숙지하고 앵커 멘트를 써 내려가는 신경민 앵커(당시 아침 뉴스 〈굿모닝 코리아〉의 남자 앵커)는 무슨 신 같아 보였다. 내 마음을 아시는지 신경민 앵커는 앵커 멘트 쓰는 법을 가르쳐 달라는 나의 부탁에 흔쾌히 승낙했다. 아침 뉴스는 새벽부터 나와야 하기 때문에 뉴스 준비를 하면서 내 앵커 멘트까지 봐 달라는 건 무리였다. 그래서 뉴스가 끝나고 아침 식사를 하고 나면 내가 그날 아침에 썼던, 혹은 지금 막 들어온 뉴스를 보고 쓴 앵커 멘트를 가져가 이건 왜 이렇게 쓰면 안 되는지, 이건 왜 이렇게 써야 하는지 등을 배웠다.

그런데 얼마 후 개편과 함께 남자 앵커가 바뀌었다. 2년간 미국에서 공부를 하던 손석희 앵커가 돌아온 것이다. 존경해 마지않던 손석희 앵커와 파트너가 된다니……. 공정 방송을 위해 저항하다 수갑을 찬 채 차에 오르고, 그러면서도 미소를 잃지 않던 흑백사진이 내 앞을 스쳐 지나가는 듯했다. 그분과 뉴스를 한다니!

그런데, 손석희 앵커는 날 보자마자 "야! 선배를 봤으면 냉큼 달려와 인사를 해야 할 것 아니야!"고 소리를 지르며 내 환상을 단번에 확 깨 주었다. 누가 알았겠는가. 바른 말만 구사하고 바른 생활만 할 것 같은 그가(생활은 무척 바른 분이다. 너무 곧아 부러지지 않는 게 이상할 정도로 그 이상 바르게 사는 분은 본 적이 없을 정도다) 그 같은 욕쟁이였을 줄.

아침 뉴스는 아침 6시 정각에 시작하는데 이를 위해서 남자 앵커는 최소한 새벽 4시 반에, 여자 앵커는 3시 반에 출근을 한다. 분장을 하고 머리를 만지고 의상을 맞춰 입고 뉴스를 준비하기 위해서다. 나는 당시 새벽 3시에 일어나 3시 반에 출근해서 분장 등 준비를 마치고는 5시에 뉴스 센터로 올라갔는데 손 선배와 이틀째 일을 하던 날 갑자기 청천벽력 같은 소리를 들었다.

"네가 무슨 천재라고 1시간 만에 뉴스 준비를 다 한다는 거야? 그렇게 하려면 하지를 말던가! 늦어도 4시 반까지는 올라와!"

세상에나. 4시 반까지 뉴스센터로 올라가려면 2시 반에는 일어나야 하는데……. 손석희 선배는 방송계에서 분장을 하지 않고 방송을 하는 남자 2명 중 1명이다(다른 한 분은 김동건 아나운서다. 김동건 아나운서는 농담으로 "내가 분장을 하는 것과 하지 않는 것이 달라 보일 것 같냐"며 분장을 하지 않으신다). 사실 손 선배는 분장을 하는 것과 하지 않는 것이 별반 차이가 없다. 그래서 분장을 하지 않으니 남들보다 훨씬 여유 있는 시간을 갖는다. 하지만 나는, 나는 여자이지 않은가. 게다가 내가 무슨 배짱으로 분장도 하지 않고 텔레비전에 얼굴을 내민단 말인가. 더구나 손 선배는 때때로 "억울하면 너도 분장을 하지 말라"고 화로에 기름을 붓곤 했다. 그렇게 해서 나는 전날 9시 〈뉴스데스크〉를 모니터하고, 앵커를 위해 집으로 직접 배달되는 6종류의 가판 신문을 읽고 밤 11시에 잠을 청해 새벽 2시 반에 일어나는 고된 생활을 하게 되었다.

그것이 끝이 아니었다. 손 선배는 앵커 멘트 선생님을 잃어 다시 교육을 맡아 달라고 부탁하는 내게 "내가 왜? 여기가 학교냐?"라며 단번에 거절해 버렸다. 내가 정말 치사하고 더러워서…….

하지만 파트너 외에 누구에게 부탁을 하겠는가 말이다. 그래서 다시 부탁했다.

"뉴스 망치면 나 혼자 죽나요, 뭐! 다 같이 죽지……."

감히 얼굴을 들어 쳐다보지도 못하던 대선배에게(손 선배는 나보다 17년 위다) 뻔뻔하게 말하는 나를 보고 기가 막혔는지 손 선배는 아무 말 없이 있다가 뉴스가 끝난 후 말했다.

"너 때문에 내가 욕먹겠다. 냉큼 가져와 봐!"

그날 이후로 내가 왜 그런 부탁을 했는지 수십 번도 더 후회했다. 하지만 안 해 주겠다는 걸 매달려서 배우고 있는 것이니 싫다고 말할 수도 없었다. 손 선배의 교육 방식은 아주 매몰찼다. 단 한 번의 칭찬도 없이 내내 욕만 먹으니 누구라도 그렇게 생각했을 것이다.

뭐니 뭐니 해도 잊을 수 없는 건 그로부터 욕을 먹다가 생방송 내내 운 사건이었다. 손 선배는 뉴스를 시작하기 전에 먼저 본인의 앵커 멘트를 다 쓰고 나서 내 앵커 멘트를 봐 줬는데 그날은 좀 배웠다고 머리가 커졌는지 나도 모르게, "제가 쓴 것도 괜찮은 것 같은데요"라고 말해 버렸다. 그리고 그때부터 그날의 사단이 벌어지기 시작했다.

"괜찮다고? 뭐가 괜찮아?"

"아니, 그게…… 리포트 내용을 봐선 큰 문제가 없어 보이는데요?"

"뭐라고? 어따 대고…… 이건 아까부터 아니라고 했잖아!"

심상치가 않았다. 이건 그동안의 상황하고는 낌새부터 달랐다. 손 선배는 이쯤에서 날 잡아 놓지 않으면 앞으로 얘 땜에 골치가 좀 아플 거라고 판단한 모양이었다. 평소의 2배는 됨직한 양으로 속사포가 날아오기 시작했다. 그리고 사태는 잦아드는 게 아니라 시간이 갈수록 오히려 커지고 있었다. 내가 그 말 한 게 그렇게 죽을죄를 지은 건가. 사실 욕을 먹으면서 억울하기도 했지만 이게 언제 끝날까 조바심이 나기 시작했다. 곧 뉴스가 시작되는데.

손 선배는 정말이지 대단했다. 뉴스에 들어가서도 이른바 혹독한 군기 잡기는 계속됐다. 태어나 처음으로 남에게 그렇게 욕을 먹으니 아무리 강심장이라고 소문이 났던 나지만 눈물이 왈칵 쏟아지기 시작했다. 손 선배의 비난과 꾸짖음은 남자 앵커 부분이 끝나고 여자 앵커, 내 차례가 됐는데도 끝나지 않고 계속 이어졌다.

시청자들이 어떻게 보았을까 하는 생각은 나중이었다. 울음 섞인 목소리로 뉴스를 했으니……, 부조정실(스튜디오에서 촬영한 내용을 정리해 주조정실로 보내는 곳. PD와 기술 감독, 음향·조명 담당자 등이 일하며 뉴스의 경우는 생방송이기 때문에 더 중요한 역할을 한다)에 있던 PD와 기술진은 난리가 났다.

"김주하 씨, 왜 그래? 눈이 빨개, 우는 사람 같아 보여!"

'우는 사람 같긴, 나는 지금 울고 있단 말입니다.'

나중에 안 일이지만 PD와 기술진들도 내가 손 선배에게 깨지고 있는 걸 알고 있었고 그 때문에 우는 줄 알고 있었지만 차마 대선배님께 그만하라는 말은 못하고 고작 내게 눈이 빨갛다고밖에 말을 못한 것이었다. 중간 광고 방송이 나가는 동안 뛰쳐나와 눈물에 번진 분장을 고치고 다시 들어가길 반복했다(앞서 말했듯 아침 뉴스는 2시간짜리라 중간 중간에 광고가 들어간다). 심지어 어느 부분인가는 내가 미처 들어가질 못해서 여성 앵커 몫을 손 선배가 대신해야 하기까지 했다. 스튜디오 밖에서는 이게 무슨 일이냐고 물어 오는 시청자들의 전화를 받느라 AD가 쩔쩔매고 있었고 난 왜 울었냐고 놀라 전화하신 부모님이 걱정하실까 봐 제대로 말도 못했다. 상황이 이렇게 되니 손 선배도 적잖이 당황한 모양이었다. 그때는 그걸 몰랐는데 그날 저녁이 돼서야 알았다.

그 당시 나는 손 선배가 복귀하면서 아침 뉴스 개선 안으로 가져온 '앵커 출동'에 매달리고 있었다. 앵커들이 1주일에 한 편씩 직접 현장에 나가 5분짜리 뉴스를 제작해 내보내는 일이었다. 이때 난 손 선배가 수동적으로 주어진 일을 하는 사람이 아니라 일을 만들어 뛰어드는 사람이란 것을 알았다. 이것이 오늘날의 손석희를 만든 성공 비결 중 하나였으리라.

일반 뉴스가 보통 1분 10초 정도니, 5분짜리 뉴스를 만드는 건 1주일에 한 편이라고는 하나 1주일 내내 만든다고 해도 과언이 아니었다. 게다가 난 당시 취재를 전혀 모르는 초짜였으니(훗날 내가 기자로 전직해서 일하는 데는 이때의 취재 경험이 큰 도움이 됐다) 나뿐 아니라 데스크(기자의 취재 방향을 잡아 주고 기사를 손봐 주는 사람)였던 손 선배도 내가 취재만 나가면 내내 걱정을 하곤 했다. 혹시 뭐 하나 빠뜨리고 오는 건 아닌지, 인터뷰 중 실수를 하는 건 아닌지 전화로 계속 확인을 했다. 선배에게 미안해서라도 잘해야 했기에 밤 10시에 취재를 끝내고 돌아와 데스크 검토를 받고 밤새 편집을 한 뒤 새벽 3시에 다시 분장을 하고 방송을 한 적이 있을 정도로 열심히 매달리고 있었다. 이 때문에 손 선배도 늦게 퇴근하는 일이 잦았다. 또 손 선배가 취재를 나갈 경우에는 공부도 할 겸 내가 AD 역할을 맡았기 때문에 정말 쉬지 않고 일을 했다고 해도 과언이 아니었다.

그렇게 눈물을 질질 짜고 방송을 한 날도 어김없이 취재를 나갔다가 밤 9시가 훌쩍 넘어 들어왔는데 모두가 퇴근하고 난 빈 사무실에 손 선배가 혼자 앉아 꾸벅꾸벅 졸고 있었다. 당시 아침 뉴스에는 주말 앵커가 따로 없었다. 때문에 매일, 토요일까지도 새벽에 출근을 하니 늘 잠이 모자랐다. 그날 취재한 내용은 다음날 방송할 게 아니었기 때문에 굳이 날 기다렸다가 퇴근할 필요도 없었는데 일부러 남아 있었던 것이다.

"밥 못 먹었지? 밥이나 먹자."

아침의 그 기세가 아니었다. 하긴, 초짜 후배를 울렸으니 미안하기도 했겠지……. "고기 먹어요!"라고 하면 늘 내가 돈이 어디 있냐며 쌀국수 집이나 북어국 집으로 향했던 다른 날과 달리 그날은 고깃집에 날 데리고 갔다. 그리고는 꾸역꾸역 먹는 내게 "고기 처음 먹어 보냐?"며 고기를 더 시켜 주었다.

"서운해 마라. 싹수가 보이니까 매정하게 구는 거다."

미안해서 하는 말이었든 진심으로 하는 말이었든 상관없었다. 서운함은 그것으로 풀렸고, 싹수가 있다는 그 말은 지금까지도 내게 힘이 되고 있는, 그의 처음이자 마지막 칭찬이었다.

손 선배의 교육 방법은 엄격하고 매정하기까지 하지만 지금 되돌아보면 매우 감사하다. 당시 뉴스 좀 안다고 감히 대들었다 호되게 혼난 경험 덕에 난 철저히 밑바닥부터 열심히 배웠다. 물론 불만이 있어도 입도 벙긋 못했다. 혹 불만이 생기면 재차 확인 작업을 거치며 더 공부했다.

앵커들은 기사를 외워서 전하지 않는다. 사람들은 가끔 "그걸 다 어떻게 외워요?" 하고 묻곤 하는데 그걸 외울 시간은 없다. 가장 최신 뉴스를 전해야 하니 마지막까지 들어온 뉴스를 정리하는 것만도 시간이 모자란다. 그래서 앵커가 정리한 내용을 카메라 앞에서 띄워 놓고 앵커가 읽을 수 있도록 한 '프롬프터'라는 것을 쓴다. 뉴스는 생방송이다 보니 '너무 떨려서 프롬프터가 백지로 보이더라', '글씨가 안 보이더라' 등 방송계에도 무시무시한 괴담들이 나돈다.

나도 뉴스를 시작한 지 얼마 되지 않았을 때는 프롬프터 없으면 큰일 나는 줄 알고 있었다. 특히 라식 수술 직후에는 글씨가 잘 보이지 않아 뉴스 시작 전에 여러 번 읽어 보곤 했다. 그날도 방송 중간 중간 열심히 프롬프터를 미리 읽어 보고 있는데 갑자기 손 선배가 토크 백 버튼(talk back button, 부조정실 안의 PD와 말을 주고받을 수 있도록 한 앵커 석에 붙어 있는 단추)을 누르더니

"프롬프터 꺼"라고 하는 게 아닌가.

"?"

"나 때는 저런 거 없이 했어. 그리고 프롬프터 의지하면 발전 못 해."

"하지만…… 시간이 얼마 안 남았는데 언제 외워요!"

이런 얘기를 주고받는 사이, 기자 리포트가 끝날 시간은 15초도 남지 않았고 PD는 "10초 전"을 외쳤다.

"저걸 언제 다 외워, 그냥 주요 단어만 몇 개 가지고 정리해야 지!"

생각할 틈이 없었다. 물론 외울 시간도 없었다. 그냥 종이에 머리를 붙이고 읽다시피 방송을 했다. 하지만 계속 그렇게 방송할 수는 없었다. 이 많은 걸 다 외울 수는 없고, 손 선배 말대로 주요 단어만 가지고 정리를 해야 하는데 미리 해 보니 어떤 때는 되다 가도 어떤 때는 말이 늘어지고 꼬이는 등 제대로 되지 않았다(앵커의 말은 길어지면 안 된다. 기사를 다 정리해 버리면 기자 리포트는 들어 무엇 하겠는가. 게다가 한 화면이 20초를 넘어가면 시청자가 채널을 돌린다는 조사 결과까지 나와 있다).

덕분에 난 '앵커 출동'을 취재하고 집에 가서 쉬기는커녕 기사를 한 번 보고 정리하는 연습까지 해야 했다. 하지만 훗날 생각해 보면 이 훈련 또한 내게 너무나 큰 재산이 됐다. 출장을 갈 경우 프롬프터가 없는 경우가 허다했기 때문이다. 물론 출장 인력을 줄여 경비를 줄이기 위해서였지만 나중에는 내가 출장을 나갈 때면 회사에서 잘 됐다며 으레 프롬프터를 제외하곤 했다.

손 선배의 뉴스 실력은 누구나 인정하지만 특히 그를 인정하는 사람들이 있다. 누군가 내게 '파트너에게 인정받는 사람이 진짜 실력자'라고 말해 준 적이 있는데 손석희 선배가 바로 그런 사람이었다. 워낙에 여자 후배들에게 냉정하게 대하니 좋은 말은 듣기 쉽지 않지만 뉴스 진행 실력 하나는 함께 일했던 여자 앵커 누구나 인정했다.

손 선배와 함께 뉴스를 진행한 지 얼마 안 됐을 때의 일이다. 1999년 6월 30일, 방송 중 갑자기 다급한 PD의 목소리가 들렸다.

"유치원생 아이들이 죽었대. 화재야, 많이 죽었대!"

그러고 나서 10여 초 뒤, 손석희 앵커에게 화면이 들어왔다.

"속봅니다. 조금 전 오늘 새벽, 어린이들이 화재로 숨지는 참사가 발생했습니다. 아이들은 대부분 유치원생들로……."

'와……!'

단지 유치원생과 화재라는 말만 들었을 뿐인데 그 두 마디만 갖고 조금도 흔들림 없이 침착하게 뉴스를 정리해 전하고 있었다. 그리고 오랜 뉴스 경험으로 이것이 아주 큰 사고라는 것을 직감했는지(온 국민을 슬픔에 몰아넣었던 씨랜드 화재 참사였다) 서둘러 속보가 들어오는 대로 전해 주겠다는 말까지 했다. 한편으로 나에겐 당분간 주요 뉴스가 될 테니 주시하라고 말했다. PD가 나에게 한 말이 아닌데도 옆에서 긴장 속에 당황하고 있던 나와는 차원이 달랐다.

그렇게 몇 번 현장에 나가 있는 이동애 기자(너무도 생생해서 기자 이름도 잊을 수 없다)와 연결해 계속되는 상황을 전하는 동안 나도 조금씩 머릿속에서 뉴스가 정리되기 시작했다. 이런 속보는 타사보다 1초라도 먼저 뉴스를 전해야 하기 때문에 여자 앵커 남자 앵커를 가리지 않고 우선 마이크를 넘겨 소식을 전하고 본다. 때문에 나도 혹시 내가 뉴스를 전하고 있는 동안 사고 현장과 연결될 경우를 대비하고 있었는데 시간이 지나면서 조금씩 자신감이 생겼다.

'마이크가 연결되면 이렇게 저렇게 얘기를 해야지.'

정말로 내가 진행을 하고 있을 때 다시 이동애 기자와 연결이 됐다. 그러나 결과는 비참했다. 그렇게 열심히 준비했는데. 정말 '준비한 것' 밖에 못했다. 분명 아까 들었던 사망자 수보다 4명이나 숨진 어린이가 늘었는데도 난 그걸 정리해 주지 못하고 머릿속으로 열심히 외우던 말밖에 못한 것이다. 창피하고 부끄러웠다. 그자리에 앉아 있을 자격이 없는 것 같았다. 외우던 말만 하면 그게 앵커인가.

그 일 이후 손석희 선배에 대한 불만은 싹 사라졌다. 저 좋은 기계가 있는데도 굳이 앵커 멘트를 정리해 전하는 연습을 시켜 골탕을 먹인다고 불평하던 소리(물론 마음속에서만 내던 소리다. 어디 감히 소리 내어 불만을 얘기할 수 있겠는가)도 쏙 들어갔다. 그리고 더 열심히 공부했다.

지금은 그렇게 훈련을 시켜 준 손 선배에게 너무나 감사하다. 언젠가 그가 나에게 휴가를 가야 한다며 라디오 시사 프로그램 〈손석희의 시선 집중〉을 대신 진행해 주겠냐고 물은 적이 있었다. 난 바로 손사래를 쳤다. 내가 그의 진행 실력의 10분의 1정도가 되면 감히 그자리에 앉아 볼까 아직은 상상도 할 수 없는 일이다. 하지만 한편으로는 그것이 반 농담이었다 할지라도 그가 나를 어느 만큼은 인정해 준 것 같아서 기쁘다. 그리고 지금도 그의 방송을 듣거나 볼 때면 짜증이 난다.

"어떻게 하면 저렇게 잘할 수 있는 거지?"

: 대의와 소의
사이에서,

그때 그 렌터카 사장님 정말 죄송합니다

이제 증거를 다 모았으니
내가 직접 들어가 렌터카 회사와 부딪힐 차례였다.
왜 불법을 부추기느냐고, 나중에 책임을 질 수 있냐고,
회사가 도산하면 차는 무적 차량이 될 수 있는데 어떻게 할 거냐고
따질 요량으로 당당하게 회사 문을 열고 들어갔다.
업체 사장은 날 보고는 반색을 하며 달려왔다.
그리고는 평소 내 팬이라며 커다란 종이를 가져와 사인을 부탁하고는
차를 그냥 빌려 주고 싶다며 아무 차나 골라 보라고 했다.
이를 어찌해야 한단 말인가.

강서경찰서에 출입할 때의 일이다. 평소 친분이 있던 유정민 형사가 내게 한 가지 제보를 해 주었다. 얼마 전 자기 어머니가 영등포의 한 도로에서 분명 주차비를 내고 차를 주차시켰는데 그곳에서 주차 위반 딱지를 떼였다는 게 아닌가. 어머니가 가서서 항의했지만 주차 선 안에 주차한 것이 아니라 어쩔 수 없이 과태료를 냈다는 얘기였다. 세상에 형사 어머니가 당하다니…….

그래서 근처에 차를 세워 두고 사흘을 잠복했다. 뉴스 준비를 하러 들어와야 했으므로 주차 시간이 끝나는 저녁 7시까지는 있을 수 없었지만 최대한 오랜 시간 잠복해 있기 위해 초조한 마음을 누르며 기다렸다. 유 형사 어머니의 항의가 있은 지 얼마 되지 않아서일까? 확실한 제보였으니 기다리면 현장을 잡을 수 있을 것 같았는데 며칠을 기다려도 차들은 확실히 주차 선을 그은 곳에만 세워져 있었다. 유 형사와 계속 통화하며 어머니가 주차를 했다는 시간까지 맞춰 가며 기다려 봤지만 허사였다. 취재를 하다 보면 이렇게 고생만 하고 끝나는 경우도 허다하다. 그래도 이번엔 서울이었으니 멀리 가지는 않아 다행이지 뭐, 이렇게 위로를 하며 돌아섰다.

　내가 허탕 친 것이 미안했는지 유 형사가 또 다른 얘기를 전해 주었다. 최근 아파트 주차장에 렌터카가 많이 늘었다는 것이다. 또다시 현장을 확인하는 수밖에. 아파트 주차장은 외부 차량 출입 금지였으므로 며칠 동안 출근할 때와 퇴근할 때 집까지 1시간 거리를 걸어 다녔다(기자들은 확실한 취재가 있을 때, 미리 인터뷰 약속을 잡아 놓거나 카메라로 촬영할 그림 거리가 있을 때만 취재 차량을 신청해 타고 갈 수 있다. 차량이 모자라기 때문인데 이 때문에 기자들은 미리 사전 조사를 할 때는 자기 차량을 이용하거나 대중교통을 이용한다). 오늘은 이쪽 아파트, 내일은 저쪽 아파트, 이런 식으로 돌다 보니 어느 날은 욕심을 내 좀 더 먼 아파트까지 들려 보느라 2시간 이상을 걷기도 했다. 그래도 보람은 있어서 실제로 아파트 주차장마다 생각보다 많은 렌터카가 세워져 있는 걸 확인할 수 있었다(렌터카는 '허' 자 번호판을 달고 있어 구별이 쉽다). 그리고 친절한 수위 아저씨들 덕에 그 차들이 대부분 개인 소유의 차량들이라는 것도 확인했다.
　'왜지? 왜 사람들이 자기 차를 사지 않고 비싼 렌터카를 빌려 타고 다니는 거지?'

이번엔 자동차 영업소로 찾아갔다. 차를 구경한 뒤 영업 사원에게 차를 좀 더 싸게 살 수 있는 방법이 없냐고 물으니 솔깃한 제안을 했다. 렌터카 업체를 소개해 줄 테니 그곳을 통해 구입하라는 얘기였다. 자기는 차량을 팔 수 있어 좋고, 렌터카 회사는 명의를 빌려 주는 대가로 매달 돈을 받으니 좋고, 소비자는 각종 세금 면제에, 저렴한 LPG 연료를 써 유지비도 줄이고, 등록비도 안 들고 보험도 직접 들 필요가 없으니 일석삼조라는 말이었다. 이 말을 들으니 취재 중인 기자까지 귀가 솔깃해지는데, 일반인들은 어떨까.

이야기를 들어 보니 그럴싸했다. 불법이라고는 하지만 이런 혜택이 있다고 보도를 하면 렌터카 회사를 통해 차를 사라고 오히려 장려하는 것으로 보일 정도였다. 이런 방법으로 렌터카를 구입해 타다가 손해를 본 사람을 찾아야 했다. 하지만 불법을 저지른 사람이 "내가 남의 명의로 몰래 차를 샀다가 피해를 봤소!" 하고 당당하게 나타날 리가 없었다. 수소문을 하고 몇 주가 흐른 뒤 이번에도 허탕인가 싶어 한숨을 쉬고 있는데 연락이 닿았다. 렌터카 회사에서 차를 빌려 타다가 차도 뺏기고 돈도 날렸다는 사람이었는데 사정은 딱하지만 정말 반가웠다.

피해자는 차량을 받을 때 취득세와 등록세 등을 렌터카 회사에 줬다. 처음 약속은 취득세와 등록세가 들지 않는다고 했지만 막상 차를 받으려고 하자 말이 바뀐 것이었다. 통장에 돈을 보낸 증거가 고스란히 남아 있었지만 업체는 돈을 받지 않았다며 오리발을 내밀었다. 오히려 통장에 찍힌 돈은 꾸어 간 돈을 돌려받은 것이라고 반박했다. 이렇게 렌터카 업체는 취득세와 등록비는 물론 영업부과세와 차고비 명목으로 매달 10만 원씩 받아 갔으면서도 나중에 회사가 부도나자 나 몰라라 했다. 자동차 영업소의 말대로 면세 등의 혜택을 받아 차를 싸게 사려면 차를 렌터카·업체의 명의로 사고 서류상에도 차량이 개인의 것이 아닌 렌터카 업체의 것으로 되어 있기 때문에 실제로는 내 돈을 내고 사면서도 서류 어디에도 내 이름은 올라가 있지 않은 것이다. 그러니, 렌터카 업체가 마음만 먹으면 얼마든지 차를 다시 빼앗아 갈 수도 있는 것이다.

렌터카를 구입해 타다가 사기 아닌 사기를 당한 사람에게 얘기를 듣자 이 취재는 반드시 성공해야겠다는 생각이 들었다. 기름값 아끼겠다고 렌터카를 샀다가(앞서 말했듯이 렌터카는 대부분 LPG를 연료로 쓴다) 차도 뺏기고 돈도 날린 이 사람은 거의 자포자기 상태였다. 아무리 불법을 저질렀다고는 하나 살아 보려고 발버둥치는 사람의 뒤통수를 치다니……. 앞으로 또 이런 피해자가 생기지 않도록 경종을 울려야 했다.

이제는 렌터카 회사를 찾아가야 했다. 하지만 내가 직접 들어가서 렌터카를 구입하고 싶다고 하면 믿지 않을 게 뻔했기에 카메라 기자를 들여보내 렌터카를 구입할 수 있는지 물어보게 했다. 렌터카 업체는 자동차 영업 사원과 똑같은 말을 되풀이하며 가스 연료 차를 살 수 있으니 중형차를 사라고 친절하게도 큰 차를 권해 주었다.

이제 증거를 다 모았으니 내가 직접 들어가 렌터카 회사와 부딪힐 차례였다. 왜 불법을 부추기느냐고, 나중에 책임을 질 수 있냐고, 회사가 도산하면 차는 무적 차량이 될 수 있는데 어떻게 할 거냐고 따질 요량으로 당당하게 회사 문을 열고 들어갔다.

"어서 오세…… 어머? 이게 누구야!"

업체 사장은 날 보고는 반색을 하며 달려왔다. 그리고는 평소 내 팬이라며 커다란 종이를 가져와 사인을 부탁하고는 차를 그냥 빌려 주고 싶다며 아무 차나 골라 보라고 했다. 이를 어찌해야 한단 말인가. 아무리 마음이 독하다 하더라도 나 좋다는데 두 눈 부릅뜨고 따질 사람이 어디 있겠는가.

"저, 그게 아니고…… 불법 렌터카…….."

그때 그 사장의 표정은 떠올리기조차 민망하다. 갑자기 얼굴이 굳어 버린 사장과 말씨름을 해야 했으니……. 그런 말 한 적 없다고 말하는 사장에게 녹음한 목소리까지 들려줘야 하는 내 마음은 정말이지 착잡하고 난처했다. 렌터카 회사 문을 열고 나오는데 등 돌리고 앉아 있는 사장에게 뭐라 해 줄 말이 없었다.

"인터뷰 감사합니다…….."

여러 곳을 다니고, 여러 사람을 만난 취재였지만 이번 취재에서는 그 누구보다 렌터카 업체 사장에게 감사했다. 아니 미안했다.

'차를 빌려 주는 것만으로는 먹고 살기 힘들어 할 수 없이 렌터카를 팔았다고, 렌터카 업체가 그렇게 어렵다는 것도 꼭 보도해 달라고 하신 사장님. 시간 관계상 도저히 그런 내용까지 쓸 수는 없었습니다…… 죄송합니다. 그리고 앞으로는 장사가 잘돼서 그런 불법 없이도 잘 사셨으면 좋겠습니다.'

<< 현장 출동

불법 판친다

2004년 11월 13일 **뉴스데스크**

앵커 | 렌터카는 개인이 구입할 수 없죠. 그런데 렌터카 용도로 값싸게 차를 사서 몰고 다니는 분들이 많습니다. 렌터카는 아닌 것 같은데 '허'자 번호판을 단 차량들이거든요. 이렇게 하면 불법인 거 아시죠? 김주하 기자입니다.

기자 | 최근 아파트와 주택가 주차장 등지에 '허'자 번호판을 단 차들이 부쩍 늘었습니다. 상당수가 렌터카 업체에서 번호판만 빌려 불법으로 등록한 개인 차량들입니다. 서울의 한 렌터카 업체입니다. 번호판을 임대하면 차 값을 수백만 원 아낄 수 있고 연료비도 적게 든다며 꼬드깁니다.

렌터카 업체 관계자 | 휘발유로 굴리다 LPG로 굴린다고 생각해 봐. 거기에서 모든 걸 번다고 생각하면 돼.

기자 | 렌터카 업체늘은 번호판을 임대해 줄 경우 동상 한 날에 10만 원씩 임대료를 받고 있습니다. 여기에는 불황에 한 대라도 더 팔려는 자동차 영업소들도 연계되어 있습니다.

기자 | 렌터카 살 수 있어요?

렌터카 업체 관계자 | 가능해요, 가능해요.

기자 | 어느 정도 싸죠?

렌터카 업체 관계자 | 면세 받을 수 있고 등록비가 안 들어가요.

기자 | 보험료도 안 내요?

렌터카 업체 관계자 | 보험료는 어차피 회사가 내지.

기자 | 실제로 렌터카 용도로 구입하면 특소세와 부과세 등이 면제되거나 줄고, 등록세와 공채 부담도 적어 일반 차량으로 살 때보다 20퍼센트가 쌉니다. 여기에 값싼 LPG 연료를 쓸 수 있고 자동차세는 10분의 1수준입니다. 탈세 얌체족들이 편승하면서 렌터카 업체는 작년보다 4개 늘었지만 등록 차량은 무려 5000대나 늘었습니다. 하지만 돈을 아끼려다 낭패를 보는 경우도 적지 않습니다. 렌터카 업체가 영업부과세와 차고비를 물리고 심지어 엉뚱한 돈까지 요구하기도 합니다.

피해자 | 분명히 차를 구입할 때 취득세와 등록세도 다 줬거든요. 다 줬는데 지금 그 부분까지 압류가 돼 있어요.

기자 | 또 처분할 때 LPG차량 수요가 적어 헐값에 팔아야 되는 데다가 업체가 도산하면 무적 차량이 되기 일쑤입니다. MBC 뉴스 김주하입니다.

: 죄 없는 벌레를 입에 물고
평화의 시대를
희망해 보다

수많은 지뢰 때문에, 남북의 뼈아픈 현실 때문에
갈 수 없는 곳으로 막연한 그리움의 대상이 되어 왔던 DMZ.
어쩔 수 없이 만들어진 DMZ라고 하지만 DMZ의 자연만은
그렇게 남겨진 것이 어쩌면 다행일지도 모른다는 생각이 든다.
욕심 많은 인간을 피해 자리 잡은 그들만의 세상.
비록 방송에서는 날 도와주지 않았지만
이다음에 통일이 된 이후에도 그들의 세계만은 지켜 주고 싶다.

　　　　　　　출장을 다니다 보면 여러 가지 어려움과 부딪히게 된다. 인터뷰할 사람 섭외가 잘 이루어지지 않거나 취재가 잘 안 되거나, 뉴스 진행을 해야 하는데 장소가 섭외되지 않는 등 일과 관련된 것도 있지만 아주 기본적인 것들, 예를 들어 여름에는 벌레, 겨울에는 추위 같은 것들과 싸워야 하기도 한다.

　뱀을 손으로 들어 올려 얼굴에 비벼 보고 커다란 호랑이도 껴안아 본 사람이지만 이런 나에게도 아킬레스건이 하나 있다. 내가 세상에서 가장 무서워하는 것이 바로 벌레다. 벌레는 종류를 막론하고 무서워한다. 살아 있는 쥐가 붙어 허우적대는 쥐 잡는 찐득이도 돌돌 말아 갖다 버리는 사람이 벌레를 무서워한다면 믿지도 않겠지만 사실이 그러니 창피해도 할 수 없다.

　2002년 6월 월드컵이 한창이던 때였다. 온 나라를 들썩였던 월드컵 분위기를 살리기 위해 경기가 있는 곳은 다 찾아다니며 뉴스를 전하고 있었다. 그날은 대전에서 경기가 있어 현지에서 〈뉴스데스크〉를 진행하기로 했는데 우리가 잡은 장소는 산 중턱 높은 언덕 위에 있는 커다란 식당 앞마당이었다. 그 앞마당은 월드컵 경기장이 잘 보여 뉴스 배경으로 삼기에 안성맞춤이었다. 기사를 쓰고 분장도 할 겸 식당 안 작은 방으로 들어선 순간, 온몸에 소름이 끼쳤다. 그날따라 날이 더워 창문을 모두 열어 놓았는데 모기가 벽에 새까맣게 앉아 있었던 것이다. 안 그래도 벌레를 싫어하는 내 눈에는 방이 아니라 지옥 같아 보였다. 하지만 이미 그 방에 인터넷도 설치하고 프린터도 설치해 놓은 터라 뉴스 준비를 하려면 들어가지 않을 수 없었다.

의자에 앉기도 전부터 굶주린 모기 떼의 공격이 시작되었다. 산속 모기는 왜 그렇게 색깔도 진한지……. 한창 일본 뇌염 주의보 얘기도 나돌고 있던 터라 스태프들은 더욱더 몸서리를 쳤고 나 또한 먹잇감을 향해 날아드는 모기를 피하기 위해 손을 휘둘렀다. 사실 비키라고 손사래를 친 것이었는데 그 어설픈 손짓에도 모기가 잡힐 정도로 모기가 많았다. 처음에는 장난으로 잡은 모기의 수를 세기 시작했다가 50마리가 넘으니 나중에는 수를 세는 것도 포기했다.

지금은 많이 보편화됐지만 2002년만 해도 도라산역은 일반인들이 거의 찾지 않던 곳이다. 2002년 4월에 첫 운행을 시작했으니 잘 알려지지도 않았겠지만 임진강역에서 내려 별도의 수속을 밟고 셔틀버스를 이용하거나 열차를 갈아타고 이동해야 하기 때문에 일반인들에게는 더욱 멀게 느껴졌을 것이다.

자가용을 타고 들어가는 것은 더욱더 어려워서 군인들이 삼엄한 경계를 서고 있는 관문을 여러 번 지나쳐야 했는데 난 이곳에서 세 차례나 뉴스를 진행하는 영광을 안았다. 두 번은 연말·연초 뉴스 진행을 위해, 또 한 번은 '6·15 남북정상회담' 기념을 위해서였다. 사람이 많이 오가는 역은 아니지만 역사적인 의미가 커서인지, 통일 후를 대비해서인지 도라산 역사는 굉장히 크고 화려하게 지어져 있었다.

2002년 12월 31일. 도라산에서 연말 특집 〈뉴스데스크〉를 진행하게 됐다. 그해 여름 대전에서의 '모기 떼의 습격(?)'이 채 잊혀지기도 전에, 이번에는 추위에 호되게 당해야 했다. 지금은 그때의 경험을 살려 출장을 갈 때면 중계 팀에서 미리미리 난로를 준비하지만, 당시는 방송 장비 이외에 다른 생존(?) 장비는 신경 쓸 겨를이 없을 때였다. 원래는 외투를 벗고 진행하려고 안쪽에 정장을 입고 왔지만 외투를 벗기는커녕 목도리라도 있으면 둘둘 두르고 뉴스를 진행해야 할 판이었다. 와들와들 떨며 뉴스를 진행하고는 뉴스가 잘 끝났음을 알리기 위해 회사에 전화를 걸었다. 유기철 부장이 전화를 받았다.

"부장님, 뉴스 잘 끝났습니다."

"어, 그래. 수고했다. 그런데 많이 추웠냐? 입김이 왜 그렇게 많이 나와?"

"여기 체감온도가 영하 18돕니다."

"그래? 입김은 보기 좋지 않았지만 분위기는 좋더라. 내일 1월 1일도 거기서 진행해 봐!"

"······!"

"왜? 싫으냐?"

"내복 한 벌만 보내 주십시오······."

2005년 6월 15일은 남북정상회담 5주년을 맞는 날이었다. 〈뉴스데스크〉는 이번에도 특집 뉴스를 기획하고 도라산에서 2원 생방송을 하기로 결정했다. 그리고 도라산에는 내가 나갔다. 오늘은 추위와 싸울 일은 없겠지, 지난번 추위에 떨었던 기억만 가지고 저녁이 다 돼 도라산역에 도착한 나는 이번에는 추위가 아닌 벌레 떼와 마주쳐야 했다. 추위보다 더 무서운 것이 나를 기다리고 있었던 것이다. 50여 년 동안 사람의 발길이 닿지 않았던 비무장지대 남방한계선에서 불과 700미터 떨어진 곳이어서 그런지 온갖 벌레들이 하늘을 뒤덮고 있었다. 아니, 정확하게는 수천, 아니 수만 마리로 보이는 벌레 떼가 조명 전체를 둘러싸고 있어 조명은 흐릿하게 흔적만 보일 뿐이었다. 벌레 떼가 조명을 다 가려 버리니 조명 팀에서도 난리가 났다. 약을 뿌려 대고 손을 휘둘렀지만 암흑 속에서만 살다가 환한 불빛에 매혹돼 덤벼드는 벌레들은 지칠 줄을 몰랐다.

간이 스튜디오가 마련된 곳은 철길 건너편이었는데 그쪽으로 가기 위해 철길 아래로 내려서는 순간, 내 입 안에 가득 들어온 벌레 맛은 지금도 잊을 수가 없다. 다른 스태프들을 부르기 위해 입을 벌리고 뛰어내린 게 화근이었다. 뛰어내린 사람이나 그곳에서 날아다니고 있던 벌레 떼나 모두 순식간에 벌어진 일이었다. 거의 울다시피 해서 자리로 갔지만 조명이 집중돼 있는 임시 스튜디오는 이미 벌레들이 접수한 뒤였다. 내가 앉을 의자에도 다닥다닥 벌레들이 먼저 자리를 잡고 있었다. 태어나 처음 보는 벌레들도 허다했다.

뉴스를 진행하면서도 계속 종류도 알 수 없는 벌레 맛을 봐야 했다. 'On Air' 표시가 들어와 말을 하기 위해 입을 벌리는 순간 몇몇 나를 좋아한(?) 벌레들이 입 안까지 날아 들어왔지만 티를 낼 수는 없었다. 그렇다고 생방송 중에 휴지로 벌레를 끄집어낼 수도 없어(만약 그랬다간 뉴스가 아니라 엽기 방송이 됐을 것이다) 아무 일도 없는 척 뉴스를 진행했다. 하지만 옆에서 지켜보던 스태프들은 그게 안쓰러워 보였는지 앵커 멘트가 끝나면 뱉어 내라며 휴지를 가져다줬다. 내가 입에서 벌레를 빼내자 어떤 이는 구역질을 하기도 했다. 그때의 기억은 지금까지도 충격인지라 환한 조명 아래 입 속으로 들어왔던 첫 번째 벌레는 그 생김새까지도 잊혀지지 않는다. 몸 전체가 연두색으로 손가락 마디 하나 정도 되는 크기에 기다란 날개까지 온통 연두색이었다. 머리 쪽에 눈처럼 보이는 2개의 둥근 부분은 꽤 큰 편이었는데, 마치 내 입

속에 들어와 비명횡사한 것이 내 탓이라도 되는 양 나를 노려보는 것처럼 보였다.

수십 년 동안 사람의 발길이 닿지 않아 희귀 동물이 서식하는 생태계의 보고, DMZ(비무장지대). 하지만 수많은 지뢰 때문에, 남북의 뼈아픈 현실 때문에 갈 수 없는 곳으로 막연한 그리움의 대상이 되어 왔던 DMZ는 나를 이렇게 환영해 줬다. 어쩔 수 없이 만들어진 곳이지만 DMZ의 자연만은 그렇게 보존되고 있는 것이 어쩌면 다행일지도 모른다는 생각이 든다. 욕심 많은 인간을 피해 자리 잡은 그들만의 세상. 비록 방송에서는 날 도와주지 않았지만 이다음에 통일이 된 이후에도 그들의 세계만은 지켜 주고 싶다.

그때의 기억이 너무 충격이었는지 그 뒤로 연두색 벌레 꿈까지 꿨지만 그래도 그 경험 덕에 나는 벌레에 대해 조금은, 아주 조금은 덜 민감해졌다. 뭐 그렇다고 또다시 벌레 맛을 봐도 좋다는 것은 아니지만 말이다.

도라산역에서
연말특집 〈뉴스데스크〉

2002년 12월 31일 **뉴스데스크**

앵커 | 네, 여러분 안녕하십니까? 숨 가쁘게 달려온 2002년 임오년 재야입니다. 정말 대단한 해였습니다. 감동과 환희가 있었는가 하면 아쉬움도 함께 교차했습니다. 오늘 〈뉴스데스크〉는 올 한 해를 마무리하면서 2002년 끝자락에서 온 국민이 간절하게 바라는 것, 한반도 평화와 정치 개혁 문제를 3원 생방송으로 전해 드리도록 하겠습니다. 지금 김주하 앵커가 경의선 연결 작업이 한창인 도라산역에 나가 있습니다. 불러 보겠습니다. 김주하 앵커!

김주하 | 이곳은 도라산역입니다.

앵커 | 북한 핵 강경책으로 지금 그곳도 멈칫하고 있죠?

김주하 | 그렇습니다. 당초 예정대로라면 통일 열차는 이곳 도라산역을 거쳐서 개성공단까지 달리게 되어 있었습니다. 하지만 잇따른 핵 파문으로 일단은 내년을 기약해야 될 것 같습니다. 우선 이런 아쉬움을 뒤로하고 도라산역에서의 첫 소식 전해 드리겠습니다. 북한의 핵 활동을 감시해 오던 국제원자력기구 IAEA 사찰관 2명이 북한의 추방 결정에 따라서 오늘 북한에서 철수했습니다. 미국은 북한에 대한 맞춤형 봉쇄 정책이 미국 정부의 공식 입장이 아니라고 우리 정부에 알려 왔습니다. 여홍규 기자가 보도합니다.

기자 | 북한이 추방한 국제원자력기구 IAEA 사찰관 2명이 오늘 오전 중국 베이징에 도착했습니다. 공항에 도착한 이들은 취재진의 질문에 시종 노코멘트로 일관했습니다.

IAEA 사찰관 | IAEA 보도 자료에 나와 있는 내용 외에 더 이상 할 말이 없다.

기자 | 이들 사찰관들은 곧 IAEA 본부가 있는 오스트리아 빈으로 돌아가 북한 핵 활동에 관한 보고서를 제출할 것으로 알려졌습니다. 한편 미국은 북한에 대한 이른바 맞춤형 봉쇄 정책과 관련해 이는 미국의 공식 입장이 아니라는 입장을 외교 경로를 통해 우리 정부에 알려 왔습니다.

심윤조(외교부 북미국장) | 미국의 공식 입장은 아직 북한과의 대화 가능성을 배제하지 않고 국제적 공조를 통한 외교적 압력을 계속 가중시켜 가겠다는 입장인 것으로 알고 있습니다.

기자 | 정부 당국자는 파월 미 국무장관이 방송에 잇따라 출연해 북한과 의사소통을 원한다고 말한 것도 맞춤형 봉쇄라는 《뉴욕 타임즈》의 잘못된 보도를 바로잡기 위한 것으로 알고 있다고 전했습니다. 이에 따라 정부는 한·미·일 3국 공조와, 중국·러시아와의 협력을 통한 외교적 해결 노력을 더욱 강화해 나가기로 했습니다. MBC 뉴스 여홍규입니다.

6·15 남북정상회담 기념
2원 생방송

2005년 6월 15일 **뉴스데스크**

죄 없는 벌레를 입에 물고 평화의 시대를 희망해 보다

김주하 | 안녕하십니까? 6·15 남북정상회담 5주년을 기념해 도라산 역에 나와 있습니다. 분단 55년 만에 평양에서 남북의 두 정상이 뜨 거운 포옹을 하던 장면 기억하실 겁니다. 우리나라 땅인데도 힘들게 여러 관문을 통과해야 들어올 수 있는 도라산. 하지만 곧 대한민국 사람이라면 누구나 편안히 이곳에서 기차를 탈 수 있는 날이 오기를 기대합니다. 평양을 방문 중인 정부 대표단은 오는 8월에 서울에서 열리는 광복 60주년 기념행사에 북측 민간과 당국 대표단을 초청했 습니다. 첫 소식 먼저 김대경 기자가 전합니다.

기자 | 남북 당국이 6·15선언을 기념하는 행사를 처음으로 함께 열 었습니다. 이 자리에서 정동영 장관은 오는 8월 광복 60주년 행사에 북측 대표단을 초청한다며 서울 방문을 공식 요청했습니다. 또 다음 주 15차 장관급 회담 때부터 당면 현안들을 풀기 위한 대화를 본격 시작하자며 북핵 문제 해결을 우회적으로 거론했습니다.

정동영 통일부 장관(남측 단장) | 한반도 냉전 종식을 가로막고 있는 장애 요소들은 남북이 주도적으로 하루속히 제거해야 합니다.

김기남 조평동 부위원장(북측 단장) | 우리 민족끼리의 이념은 통일의 길로 거침없이 나갈 수 있게 한 근본 원천이고 추진력이었습니다.

기자 | 남북 민간 대표들도 핵전쟁의 위험 제거와 6·15 공동선언 기 념일 제정 등 5개 항의 민족통일선언을 발표했습니다.

백낙청(남측 준비위 상임대표) │ 지금이야말로 정치·군사적 적대 행위를 중단하고 신뢰에 바탕을 둔 진정한 대화와 협상을 시작할 때입니다.

기자 │ 남측 당국 대표단은 내일 오전에는 김영남 최고인민회의 상임위원장을 만나 최근 한·미 정상회담에서 논의한 대북 메시지를 전달할 예정입니다. MBC 뉴스 김대경입니다.

: 내가 도대체
어떻게 방송사에
입사할 수 있었는가

그 뒤로 난 '백이 있어야 한다'는 등의
어지간한 방송사 괴담(?)은 듣질 않는다.
주변의 헛된 소문만 듣고 미리 포기했더라면 나는 지금 어디에 있을까.
그래서 나같이 아무것도 가진 게 없는,
하지만 무언가 간절히 바라는 이들에게 자신있게 말한다.
진정 원하는 것이 있다면 끝까지 노력하라고.
나중에 후회하지 않을 만큼 노력해 보라고.

내 어릴 적 꿈은 의사였다. 어릴 때 많이 아파 병원을 자주 들락거려서 그랬는지는 몰라도 의사가 되고 싶었다. 또 한편으로는 선생님이 되고 싶기도 했다. 어릴 적 무심코 어머니에게 "엄마, 엄마는 내가 커서 뭐가 됐으면 좋겠어?" 하고 물었을 때 어머니는 "선생님, 선생님은 커피 안 타잖아"라고 답해 주셨는데 어렸지만 그 의미가 가슴 속 깊이 새겨졌기 때문이었다. 아마도 오랜 직장 생활을 하시면서 남성과 여성의 차별을 몸소 겪으셨기 때문이리라. 하지만 고등학교에 입학하고 나서는 또 다른 꿈을 꾸기 시작했다.

고등학교에서 내가 가입한 동아리는 신문반이었다. '거울'이라는 이름을 갖고 있는 신문이었는데 웬만한 고등학교에서 나오는 신문보다 양도 많고 자주 발행됐다. 매달 나오는 신문인데도 많을 때는 36페이지까지 나왔으니 말이다. 한 달 내내, 아니 고등학교

시절 내내 신문 만들기에 매달려 살았다고 해도 과언이 아니었다.

신문반은 한 기수가 4명이었는데 달랑 4명이 기사 아이템을 정하고 취재를 하고 사진을 찍고 인터뷰를 하고 교정까지 봐야 해서 매번 시간이 모자랐다. 내일이 시험인데 교정을 보거나 사진을 찍으러 나가는 날도 허다했다. 이쯤 되면 다들 물어본다. 고등학생이 공부는 언제 하냐고. 물론 공부할 시간은 적었다. 남들은 밤 10시까지 도서관에 남아서 공부할 때 우리는 밤 11시까지 남아 기사를 쓰거나 취재를 했다.

연합고사를 전교에서 열 손가락 안에 드는 성적으로 입학한 애가 점점 성적이 떨어지자 어머니는 신문반을 당장 그만두라며 매를 드시기도 했다. 남을 때릴 줄 모르는 어머니가 대신 매질을 해줄 이모를 데려오기까지 했지만, 평소 어머니 말씀이라면 죽는 시늉까지 했던 나지만 왠지 신문반은 쉽게 그만두질 않았다. 나중에는 담임선생님까지 신문반을 그만두는 게 좋겠다고 말씀하셨고, 신문반 담당 선생님께 어머니가 직접 전화해 따지는 일도 있었지만 이상하게 신문반만큼은 떠나질 못했다.

그렇게 지내면서 고등학교 2학년이 됐고 신입생 중에서 새로운 회원을 뽑는 날이 왔다. 그런데 이상하게도 신문반 담당 선생님은 지원한 아이들의 성적표를 들고 들어와 그것만 살펴보고 있었다.

"왜 자기 소개서는 안 보고 성적표만 보세요?"

"어차피 신문반 하다 보면 성적이 떨어질 테니 성적이 떨어져도 대학에 갈 수 있는 아이들을 골라야지."

"⋯⋯."

그렇게 3년을 지내면서 난 '뉴스'라는 세계에 점점 빠져들었다. 예전에 그냥 무심히 듣고 흘렸던 뉴스에서 이제는 어떤 과정을 거쳐 어떻게 뉴스가 만들어졌을까를 보게 된 것이었다. 그리고 처음에는 기자가 되고 싶어 관련된 책들을 찾아보고 뉴스도 꼬박꼬박 챙겨 봤다. 그런데 그렇게 계속 뉴스를 보다 보니 어느 순간 뉴스 앵커가 되고 싶어졌다.

'뉴스 앵커가 되기 위해서는 어느 학과를 가야 할까?'

당시에는 인터넷이라는 게 활성화 돼 있지 않았기 때문에(컴퓨터가 없는 집이 대부분이었고 도스 디스켓을 넣어 부팅을 하던 때다) 서점에 가서 뉴스 앵커들이 쓴 책을 찾아보는 게 내가 할 수 있는 전부였다. 그런데 앵커들의 졸업 학과를 찾아보니 너무도 다양했다. 고민 끝에 방송사에 전화를 걸었다.

"저, 앵커가 되려면 어느 학과를 졸업해야 하나요?"

갑작스러운 전화였을 텐데, 얼굴도 모르고 이름도 모르는 열아홉 살 고등학생의 질문에 인사부 직원은 학과를 보고 뽑는 게 아니라 회사에서 보는 시험을 통과하면 누구나 합격할 수 있다고 친절하게 설명해 주었다. 특정 학과만 뽑는 게 아니라는 말에 적잖이 마음이 놓였다.

그 후 난 서울에 있는 한 대학에 입학했다. 그리고 이젠 꿈을 이루기 위해 구체적인 준비를 시작해야겠다고 생각하던 대학 2학년 때, 좀 더 구체적으로 앵커들에 대해 알아보던 중 친구들로부터 충격적인 이야기를 들었다. 앵커들은 대부분 비슷한 학교를 나왔다는 것이었다. 앵커들의 출신 학교를 찾아보니 정말 그런 듯했다. 특히 여성 앵커 중에는 이대 출신이 많았다.

"그래, 이대에 가야겠다!"

그 당시 이화여대는 편입생을 뽑지 않았기 때문에 이대에 가려면 다시 대학 입학시험을 치르는 수밖에 없었다. 다시 고3이 돼야 한다니……. 대학 1학년생도 아니고 2학년, 그것도 거의 절반이 지나 여름방학이 시작되는 때에 대학 입시를 준비하겠다는 말에 부모님은 반대하셨다. 하지만 마음을 먹고 나니 하루하루가 불안하고 다른 일은 할 수가 없었다. 아무 일도 손에 잡히지 않았다.

며칠 동안 부모님을 설득한 끝에 우선 여름방학 동안만 공부를 해 보라는 허락을 받아 냈다. 그해부터 시험 방식이 바뀌어 대학수학능력시험이라는 것이 도입됐는데 학력고사 출신인 나에겐 너무도 생소해서 겁부터 났다. 다행히 수학과 과학은 고등학교를 졸업하기 전부터 고등학생들에게 쭉 과외 수업을 해 주고, 학원 강사까지 했던 터라 나머지 과목만 공부하면 됐다. 학원 가는 시간도 아까워 EBS 교육방송 교재를 사다가 매달렸다. 대학수학능력시험은 단순히 외워서 푸는 게 아니라 이해를 하고 있으면 서로 유기적으로 연결해 푸는 문제가 많아 무조건 외우는 것을 싫어하는 나에게 학력고사보다 훨씬 잘 맞았다.

첫 대학수학능력시험은 한 해 두 번을 치르게 돼 있었는데 첫 번째 시험은 공부를 제대로 하지 못하고 봤는데도 전국 몇 퍼센트 안에 드는 점수가 나왔고 그러다 보니 아예 휴학을 하고 공부하면 더 잘될 것 같은 생각이 들었다. 끝까지 말리시는 부모님께 이것 만이 내가 살 길이라고 간신히 설득한 뒤, 2학년 9월에 휴학계를 내고 도서관에서 살았다. 그리고 하늘이 도와 2차 시험이 더 어려 웠다는 평가에도 불구하고 더 좋은 성적을 얻었고 바라던 이화여 대에 합격했다.

이렇게 1차 관문(?)을 통과했으니 이번엔 방송사에 들어가는 방법을 알아야 했다. 대학 방송반과 학과 수업을 둘 다 잘할 자신 이 없다면 수업에만 충실하라는 지도 교수님의 말씀에 따라 방송 반은 들어가지 않고 방송사 시험을 따로 준비했다. 방송사 취업 설명회라는 곳은 다 들어가 보고 2학년 때부터는 언론사 공부 소 모임도 시작했다.

그 당시 나는 미장원은 1년에 한 번 갈까 말까 했다. 미장원에 거의 가지 않으니 대학교 3학년 중반쯤에는 머리가 허리까지 내 려와 하나로 따고 다녔다. 오죽하면 별명이 향단이었을까. 학생들 에게 과외 수업을 해 주러 갈 때 어려 보이지 않기 위해 바른 립스 틱이 화장의 전부였던 내가 방송사, 그것도 아나운서 시험을 준비 하고 있다고 하면 친구들이 비웃을 것이 뻔했기에 처음에는 아무 에게도 알리지 않고 남몰래 준비를 했다.

그러던 어느 날 김동건 아나운서가 강의한 언론사 취업 설명회에서 질병 치료와 직업 찾기는 소문을 낼수록 좋다는 말에 공감하고는 주위 친구들에게도 얘기하기 시작했다. 이렇게 친구들에게 알리자 타 학교에 있던 친구들을 통해 방송사 공부 소모임 정보도 얻을 수 있었다. 소모임을 한 곳만 다니면 벼락치기를 좋아하는 성격상 열심히 할 것 같지 않아 일부러 두 곳을 다녔는데 그 중 한 곳은 실력이 아주 좋은 그룹이었다.

한창 잘 나가던 그 그룹에 갑자기 결원이 생겨 마침 한 명을 추가로 뽑으려던 참이었다. 이 그룹에 들어가기 위해서는 나머지 멤버들이 내는 시험을 봐야 했는데 20여 명의 지원자들 가운데 기적같이 내가 통과했다. 방송사도 아니고 방송사에 입사하기 위한 스터디 그룹에 들어가기 위해 시험을 봐야 하다니……. 산 넘어 산이 아닐까, 불안하기도 하고 아니꼽기도 했지만 여기까지 온 마당에 멈출 수는 없었다.

이번엔 실기 준비가 문제였다. 우선 신문을 소리 내어 읽는 연습을 시작했지만 신문과 텔레비전 뉴스는 확실히 달랐다. 텔레비전 뉴스를 따라하는 게 가장 좋은데 당시에는 지금처럼 인터넷으로 텔레비전 뉴스 원고를 다운 받을 수 있는 시스템이 없었다. 그래서 일일이 받아 적었다. 빠르게 지나가는 뉴스를 바로 받아 적을 수 없으니 녹음을 해서 테이프를 돌리고 돌려 가며 한 글자도 빠뜨리지 않고 받아 적었다. 그러나 막상 텔레비전 앞에서 커다란 녹음기를 들고 녹음을 하니 아나운서의 목소리보다 주변 소음이 더 크게 녹음되는 일이 허다했다.

그림을 배울 때도 우선은 명작을 따라 그려 본다고 하지 않는가. 그래서 우선은 그대로 따라 읽기로 했다. 테이프를 몇 번이고 반복해서 들으며 아나운서가 하는 대로 똑같이 흉내 내려고 했다. 당시 KBS 이규원 아나운서의 목소리를 좋아해서 그녀가 진행하는 뉴스는 다 녹음하여 따라하기를 반복했다. 그런 다음에 내가 따라한 부분이 어느 정도 비슷한가, 객관적으로 판단하기 위해 내 목소리를 녹음해 실제 아나운서의 뉴스와 하나하나 비교했다.

이렇게 혼자 연습을 하고 실기 연습을 하는 소모임에도 참여했지만 실기는 그야말로 프로가 봐 주지 않는 한, 개인 연습도 소모임 연습도 우리끼리의 공허한 메아리에 불과했다. 하지만 내가 아는 아나운서가 어디 있겠는가. 그래서 학교를 통해 소개 받은 이선미 아나운서(당시 불교방송)를 쫓아다니며 오로지 '대학 선배'라는 이름 하나에 매달려 별것 아닌 내용까지도 꼬치꼬치 묻곤 했다. 지금 생각해 보면 매우 귀찮았을 텐데 그런 내색 하나 없이 꼼꼼하게 가르쳐 주고 이끌어 주었다.

실기도 따로 준비하고 필기도 준비했지만 이건 남들도 다 하는 준비였다. 남들은 없는 무엇인가 특별한 것이 필요했다. 똑같이 준비해서는 다를 게 없지 않겠는가. 작은 정보라도 하나 더 얻어야 했다. 고등학교 때도 해 봤는데 뭘, 방송사에 다시 전화를 걸었다. 이번엔 인사부가 아니라 아나운서국에 직접 전화를 걸었다. 내 손엔 이대를 졸업한 아나운서들의 이름이 빼곡히 적힌 수첩이 들려 있었다. 방송사에 아는 사람 하나 없는 상태에서 '선배'라는 이름은 내가 기댈 수 있는 유일한 언덕이었다.

"저, ○○○ 아나운서 계신가요?"

없다고 하면 끊고 다시 전화를 걸었다.

"저…… ○○○ 아나운서는 계신가요?"

이렇게 몇 명을 불러 보는 사이, KBS 공정민 아나운서가 전화를 받았다. 이선미 선배의 이름을 대니 이상한 사람이라고 생각하진 않은 모양이었다.

"한 번 찾아와 보세요."

구세주 같은 말이었다. 방송사에서는 어떤 스타일의 사람을 선호하는지, 입사 시험은 어떻게 준비해야 하는지 등 궁금한 사항을 잔뜩 적었다. 그리고 종이에 적어 가면 무슨 인터뷰라도 나온 것처럼 보일 것 같아서 질문할 내용을 열심히 외웠다.

누굴 통해 소개 받았든, 지나가는 길에 단 한 번 만났든 안면이 있는 사람이라면 다 찾아가 도움을 받아야 했다. 그래서 KBS에 간 김에 무턱대고 김동건 아나운서를 찾아갔다. 다행히 지난 취업 설명회에서 나이 제한과 목소리에 대해 줄기차게 질문했던 나를 기억하고 있었다. 대학을 두 번이나 가는 바람에 남들보다 늦은 나는 방송사 취업 나이 제한이 늘 마음에 걸렸다. 소문에 방송사 시험은 기본이 삼수라던데 삼수를 하면 나이 제한에 걸리게 되기 때문이다(지금은 나이 제한도 차별이라며 거의 사라지다시피 했지만 당시에는 26살까지만 입사 지원이 가능했다). 그래서 나이를 넘기면 아예 방송사 입사 지원을 포기해야 하는가를 열심히 물

안녕하세요 김주하입니다

었었다. 또 어릴 때부터 목소리가 굵어 늘 콤플렉스에 시달려 왔기에 목소리가 좋지 않아도 합격할 수 있는가를 물었다. 김동건 아나운서는 "내 목소리는 좋습니까? 목소리는 꾸밀 수 없습니다. 몇 시간 동안 방송을 할 수도 있는데 거짓된 음성으로는 신뢰도 가지 않고 그렇게 오랜 시간 방송을 할 수도 없습니다. 안 좋은 목소리란 없습니다. 목소리는 바꿀 수 없지만 포장을 할 수는 있습니다"라며 그야말로 내게 희망을 심어 주었던 터라 용기를 내어 앞뒤 재지 않고 찾아가 보기로 한 것이다.

〈가요무대〉녹화 시간에 맞춰 뉴스 기사를 들고 김동건 아나운서를 기다리고 있다가 뉴스 읽는 것을 들어 보고 평가해 달라고 부탁했다. 김동건 아나운서가 내 목소리를 들어 보고 가능성이 없다고 하면 어차피 재수밖에 못할 것, 아예 포기할 생각이었다. 그런데 의외로 김동건 아나운서는 이것저것을 지적하며 다시 해 보라는 게 아닌가. 게다가 "잘 못하니 포기할까요?"라고 묻는 내게 "열심히 해 보라"고 격려해 주었다. 못한다고 구박도 받고 혼나기도 했지만 그렇게 지적을 해 주는 것은 내게 희망이 보이는 것이라고 혼자 위로하며 비록 착각이었을지언정 기쁘게 방송사 입사 지원 준비를 해 나갔다.

드디어 입사 시험. 1차 시험은 카메라 테스트였다. 듣자 하니 1차 카메라 테스트는 수천 명의 지원자를 다 봐야 하기 때문에 질문은 거의 하지 않고 주어진 원고를 읽어 보는 수준에서 끝난다고 했다. 질문을 해 봤자 '왜 방송사에 입사하려고 하세요?' 정도. 그래서 마음 편히 시험장에 들어섰다. 10명씩 들어갔는데 내가 제일 앞 번호였다. 10명이 원고 읽기를 다 끝낸 후 밖으로 나갈 준비를 하는데 갑자기 성경환 아나운서가 내게 물었다.

"이번 대선 정국에 대해 논해 보세요."

"네?"

너무나 당황스러웠다. 머릿속이 하얗게 되는 것 같았다. 하지만 그동안 준비한 게 있는데 이렇게 무너질 수는 없었다.

"누가 여당이고 누가 야당인지 알 수가 없다고 봅니다."

말은 내뱉었지만 혹시 내 앞에 엄숙한 얼굴로 앉아 있는 심사 위원 중에 누가 여당 성향이고 누가 야당 성향인지 알 수 없는 상황이라 거의 기어 들어가는 목소리로 대답했다. 누가 봐도 내가 당황하고 있음을 알 텐데……. 하지만 우선 질문에 대한 답은 했으니 한시름 놨다 싶은 순간, 다른 쪽에서 또 다른 질문이 날아왔다.

"스포츠 좋아하세요?"

앞 질문에 대한 충격에서 헤어나지 못한 채, 또 한편으로는 이번에 스포츠 전문 아나운서를 뽑는다는 소문도 나돌고 있었기에 나중에야 어떻게 되든 우선은 "네"라고 대답했다. 이번에라도 당차게 보이길 바라면서.

"그럼 야구 중계 한번 해 보세요."

"네?"

아! 이번에도 바보같이 또 '네?'라고 답했구나, 속으로 한숨을 쉬면서 어떤 장면을 중계해야 하나 고민했다. 그때 얼마 전 지나가다 본 선동렬 투수의 경기 모습이 문득 떠올랐다. 당시(1997년) 선동렬 투수는 일본 주니치 드래곤스에서 활약하고 있었다.

"네! 선동렬 투수 던졌습니다. 아, 로즈 선수 쳤습니다. 공이 높게, 높~게 뜹니다! 1루 선수 2루로 슬라이딩! 하지만 잡혔습니다. 삼진 아웃!"

정말이지 제정신이 아니었다. 마음속으로는 계속 '미쳤어 미쳤어. 이것밖에 못해? 그런데 이 사람들이 날 떨어뜨리려고 작정을 했나? 왜 이렇게 산 넘어 산인 거야!'를 외쳤다. 얼굴이 달아올라 벌겋게 된 것이 느껴졌다. 엉터리 중계가 끝나고 난 뒤 나도 모르게 한숨이 다 나왔다.

시험장을 나오니 시험장 밖은 난리가 나 있었다. 내 목소리가 하도 커서 스포츠 중계를 시켰다는 것을 안 입사 지원자들이 당황한 속에서도 준비를 하느라 웅성거리고 있는 것이었다. 나도 모르게 눈물이 핑 돌았다.

'아! 난 시험 운도 없나 보다. 왜 맨 앞에 들어가서……'

나중에 들은 얘기지만 두 번째 중계를 시켜 본 건 진짜로 중계를 하게 하려고 시킨 것이 아니라 어떻게 이 질문을 피해 가는지 알아보기 위해, 그리고 목소리 크기를 알아보기 위해 다시 질문을 해 본 것이었다고 했다. 그런데 정말로 중계를 하자 오히려 심사위원들이 당황했다고 했다.

심사 위원을 당황시켜서인지 난 1차를 통과하고 2차 필기시험 까지 통과했다. 이번에는 3차 시험. 3차 시험을 보기 위해 시험장 에 들어서니 이번에도 내가 맨 앞이었다.

'이번엔 똑바로 정신 차리자!'

지난번에는 질문이 없을 줄 알고 있다가 당황을 했기에 이번엔 단단히 마음의 준비를 했다. 그리고 1차 시험을 그렇게 치르고 나 니 이제는 그 어떤 질문이 쏟아져도 다 해낼 수 있을 것 같았다. 3차 시험은 MC를 보는 것이었다. 조건은 다음과 같았다.

〈대학 가요제〉

장소 | 연세대학교 노천극장

시각 | 저녁 7시

관객 | 3000명

5분 전에 미리 조건을 정해 주고 3분짜리 오프닝 멘트를 써서 시험관들을 관객 삼아 사회를 보는 것이었다. 열심히 하고 나니 이번에는 써 온 종이를 버리고 그냥 해 보라고 했다. 그리고는 질 문이 이어졌다.

"이문열 씨의 『선택』을 비판해 보세요."

이 책을 읽었는지 여부는 묻지도 않고 바로 비판하라는 주문이 들어왔다. 당시 이문열 씨의 책 『선택』은 페미니즘을 비판한 소설 로 논란이 되고 있었다. 사실 논란이 궁금해 책을 사긴 했지만 방송사 입사 시험 준비를 하느라 얼마 보지 못한 책이었다. 하지만 대학시절 내내 여성학을 찾아 들은 나에겐 할 말이 아주 많았다.

3차 시험은 아주 만족스럽게 끝냈다. 문제는 4차 시험이었는데 주위 사람들에게 물으니 사장·임원과의 직접 인터뷰인 4차 시험은 주로 인간성을 보기 때문에 딱히 준비할 게 없다고 했다. 하긴 인간성을 본다면 지금에 와서 내가 무엇을 준비할 수 있단 말인가. 그저 내가 그동안 남들보다 착한 일도 많이 하고 착한 마음을 갖고 살아 왔길 바라며 MBC 10층 회의실에 마지막 시험을 보기 위해 들어섰다.

"어?"

그때 어디서 많이 본 얼굴과 마주쳤다. 학교 동아리에서 알고 지낸 이종혁 씨였다(지금 MBC에서 예능 PD로 활약하고 있다). 둘 다 방송사 입사 시험 준비를 하고 있었지만 함께 시험을 본다는 것은 모르고 있었던 것이다. 그는 PD로 지원해 마지막 관문을 앞에 두고 있는 중이라고 했다.

"준비는 많이 했어?"

'준비라니? 인간성을 어떻게 준비하지?'

"(지금은 고인이 된)이득렬 사장님의 취향을 알아야 할 것 아니야."

충격적이었다. 인간성까지 그 사람의 취향에 맞춰야 한다니.

"사장이 경쟁의식이 강한 사람을 좋아하는지, 아니면 그저 순한 사람을 좋아하는지 정도는 알고 왔어야지. 이득렬 사장님은 선한 사람을 좋아해. 여기 이득렬 사장님이 쓴 책을 보면 그래."

사장의 스타일을 보기 위해 그가 쓴 책까지 읽고 분석해 온 것이었다. 잘나지도 않은 내 인간성만 믿고 아무런 준비도 없이 온 내가 부끄러워졌다. 하지만 인간성은 어떻게 보이려고 한다고 되는 게 아니지 않은가. 우선은 그냥 부딪쳐 보기로 했다.

4차 면접은 사장실에서 봤는데 가운데 사장님이 앉고 그 옆과 뒤로 다른 임원들이 빼곡하게 서거나 앉아 있었다. 이번에는 다행히도 내 번호가 가운데였다. 그런데 이럴 수가! 앉고 보니 바로 사장님 맞은편이었다. 눈이 정면으로 마주치자 갑자기 심장이 방망이질하기 시작했다. 그 깊고 생각이 많은 눈은 내 폐부까지도 꿰뚫는 것 같았다. 최종 시험은 6명이 들어갔는데 하필이면 4번째 앉은 내 바로 앞이 사장님일 게 뭐람. 하지만 좋게 생각하기로 했다. 매번 첫 번째 지원자라 첫 질문을 받고 당황하지 않았는가.

그러나 질문은 개인 질문과 전체 질문으로 나뉘어져 네 번째 자리가 별로 도움이 되지 않았다. 어차피 개인 질문은 다 다를 테니 상관없을 것이고 전체 질문은 뒤로 갈수록 앞사람과 다른 답을 하기 위해 한 번 더 머리를 써야 할 테니 오히려 더 힘들 것 같았다. 하지만 다행히 면접은 공평을 기하기 위해 매번 첫 질문자를 바꿨다.

'그래도 마지막 자리가 아닌 걸 감사하자.'

전체 질문은 지금 현재 아침 뉴스 여자 앵커와 저녁 뉴스 여자 앵커 중 한 명을 골라 평가를 해 보라는 것이었다. 마음속으로 몇 가지를 꼽고 있는데 세상에나…… 앞사람들이 하나하나 다 말하고 있지 않은가. 새로운 것을 얘기해야 했다. 그래서 한 사람씩 평가하기 전에 먼저 그들을 비교했다. 그리고 전문적으로 보이지 않을 위험이 컸지만 방송사 입사 지원자가 아닌 일반 시청자의 입장에서 솔직하게 방송사에서 그들을 메인 앵커로 선택할 수밖에 없었던 이유를 추측해(뉴스를 보며 친구들과 얘기했던 내용) 말했다. 사실 너무 신랄했던 터라 나중에 함께 합격한 방현주 아나운서에게 들으니 '저 사람이 미쳤구나' 싶을 정도였다고 했다. 남을 비방하는 것을 좋지 않게 생각하고 착한 사람을 좋아한다는 사장 앞에서 그렇게 비판을 해댔으니. 게다가 다른 지원자들은 '그분은……' 이라는 표현까지 써 가며 주로 그들을 존경해 마지않는 이유에 대해 얘기했기 때문에 더 그랬을 것이다. 하지만 착한(?) 인간성을 보여 주고자 내가 생각하는 바와는 반대로 말하고 싶지는 않았다. 아니 할 수 없었다. 오히려 거짓말을 하는 티가 날 것 같았다(입사 후에 이야기를 들어 보니 내 추측이 거의 맞았다. 정말 운이 좋았다. 아니었다면 괜히 생사람 욕하는 꼴밖에 안 됐을 테니 말이다).

　내게 주어진 개인 질문은 "대선 방송을 3사가 똑같이 방송하는데 그것에 대해 논해 보라"는 것이었다. 97년 대선을 앞두고 대선 후보들이 텔레비전에 나와 서로 질문을 하고 답하는 프로그램이 종종 있었는데 그때마다 방송 3사가 일제히 똑같은 방송을 했다. 사실 어떤 날은 다른 프로그램을 보고 싶어도 선택의 여지가 없어

짜증이 났던 적도 있었다. 그래서 이번에도 솔직하게, 너무도 솔직하게 대답해 버렸다.

"전파 낭비라고 생각합니다!"

그리고 그날 아침 신문에서 본 통계 등을 인용해 반대 의견을 밀고 나갔다. 계속 회사 욕을 하고 있는 셈이니 제발 날 떨어뜨려 달라고 애원하는 꼴이었다. 하지만 또 아닌 척 할 수는 없지 않은가. 그런데 내 옆 사람이 다른 질문에 대한 답을 하다가 묻지도 않았는데 내가 받았던 질문에 대한 답을 해 버렸다. 방금 내가 답변한 '방송 3사가 같은 방송을 하는 경우'를 답변 내용에 섞어 예로든 것이다.

"방송은 계몽의 역할도 해야 한다고 봅니다. 국가의 미래를 결정짓는 중요한 선택을 해야 하는 만큼 국민들이 꼭 보게 해야 할 필요성이 있다고 생각합니다."

똑 부러지게 말하는 그녀. 아무리 예를 든 것이라고는 하지만 그렇게 말해 버리면 나는 뭐가 되냔 말이다. 사장과 임원들도 나와 똑같이 느꼈는지 그 얘기를 듣자마자 내 쪽을 바라봤다. 마음속으로는 '저요, 저요!' 손이라도 들고 그 말에 대한 반론을 하고싶었지만 시키지 않는 이상 참을 수밖에 없었다. 그렇게 4차 면접을 끝내고 나오면서 하나라도 제대로 만족스럽게 답을 하지 못한 것 같아 불안하고 슬펐다.

하지만 슬퍼할 겨를이 없었다. 바로 KBS로 달려가야 했다. 방송사는 서로 동지이기도 하지만 경쟁 의식도 강하다. 때문에 일부러 타사와 시험 일자와 시간을 맞춘다. 1997년의 경우 MBC 최종 면접 시험이 금요일 오후 1시였고, KBS 1차 시험이 같은 날 똑같이 오후 1시였다(IMF 때문에 당시 SBS는 신입 사원을 뽑지 않았다). 둘 중 하나를 선택하도록 유도한 것이다. 하지만 어떻게 준비한 시험인데, 그리고 내가 어디에 붙을 줄 알고 하나만 선택하겠는가 말이다. 둘 다 포기할 수는 없었다. 우선 최종 면접인 MBC부터 시험을 보고 KBS로 달려가기로 결심한 상태였다. 늦어서 시험을 보지 못하게 하면 수천 명의 시험이 다 끝날 때까지 기다리는 한이 있더라도 매달려서 시험을 볼 생각이었다. 그래서 MBC 시험이 끝나자마자 택시를 잡아타고 KBS로 달려갔다. 차로 5분도 안 되는 거리가 왜 이렇게 멀게 느껴지는지. 시험장으로 뛰어 들어가서 번호표를 보니 바로 다음이 내 차례였다.

'오 마이 갓!'

당황스럽긴 했지만 내 차례가 지나지 않은 게 다행이었다. 늦게 오면 나중에 시험을 보더라도 감점이 될 게 뻔했기 때문이다.

KBS 1차 시험은 '시청 앞, 아침 7시, 교통방송'을 해 보라는 것이었다. 뛰어 들어가 원고를 작성하자마자 내 수험 번호가 불려졌다. 시험을 치르고 나오자 긴장이 탁 풀렸다. 하루가 아닌 1년을 한꺼번에 살아 버린 느낌이었다. 그렇게 넋 놓고 앉아 있는데 이미 시험을 치른 다른 지원자가 말을 걸어 왔다.

"왜 이렇게 뛰어오셨어요? 혹시 MBC 시험 보고 오셨나요?"

그 지원자는 방송사 코디네이터를 맡고 있는 친구와 함께 와 있었다. 친구의 방송사 입사 시험을 도와주기 위해 와 있다고 했다. MBC시험을 보고 왔다고 하자 대뜸 물었다.

"백 있으세요?"

"아니요. 왜요?"

언론 고시를 준비하는 사람들은 누구나 공포를 느끼게 하는 말이 있다. 소위 말하는 '백(back, 후원자)'이 있나 하는 것이었다. 지원자들은 종종 '누구는 이런 저런 백이 있어서 합격했다더라, 뭐뭐 하더라' 하는 일명 '백' 공포증에 시달리곤 하는데 방송사 구석에 앉아 그런 얘기를 들으니 소름이 다 돋았다.

"방송사는요, 백 없으면 들어오지도 못하고요, 들어왔다고 하더라도 오래 버티지 못해요. 모르셨어요?"

정말 눈물이 났다.

'그렇다면 난 지금까지 몇 년간 도대체 뭘 한 거지?'

"MBC 최종 시험을 여러 명이 봤을 텐데 왜 혼자만 오셨어요?"

그 얘기를 듣고 보니 택시를 잡으러 서 있던 내 뒤로 다른 지원자들은 삼삼오오 모여 밥을 먹으러 가던 모습이 떠올랐다(1, 2, 3, 4차 시험 때 매번 마주치고 미리 와서 긴장을 푸느라 서로 얘기를 하다 보면 어느새 친구가 되기도 한다). 나와 같이 MBC 최종 시험을 본 사람들은 믿는 구석이 있어서 KBS 시험은 포기한 것은 아닐까 하는 생각이 들기 시작하자 입술이 타 들어갔다. 긴장 상태 속에서 그런 얘기를 듣고 망상까지 겹치니 눈물이 날 것 같았다. 터덜터덜 집으로 돌아오는 길에 방송사에서 청소하는 아주머니라도 한 분 알았으면 좋겠다는 간절한 생각이 떠나질 않았다.

우울한 마음으로 집으로 와서는 KBS 필기시험 준비를 하기 위해 책을 짊어지고 도서관으로 향했다. 하지만 기운이 나질 않았다. 그동안 헛수고한 것이면 어쩌나, 난 삼수까지 고민하고 있었는데 삼수를 해서도 안 되면 어떡하지, 그렇게 1주일을 우울한 마음으로 도서관에 앉아 있다가 도저히 책이 눈에 들어오지 않아 나 좀 위로해 달라며 친구들을 불러냈다. 학교 앞 작은 가게에 앉아 세상이 왜 이렇게 지저분하냐며 하소연을 하고 있는데 호출(당시에는 삐삐를 들고 다녔다)이 왔다. 아버지였다.

"MBC라면서 집으로 전화가 왔는데 네가 합격했다고 하더라. 이상해서 전화번호를 적어 놨으니 확인해 봐라."

합격 전화를 받으신(마지막 합격자 발표는 자동 응답 전화로 확인하지 않고 집으로 직접 연락을 해 준다) 아버지도 "백이 없어 안 될 것 같다"는 말에 모든 희망을 포기하셨던 터라 혹시 장난전화가 아닐까 직접 통화한 직원의 이름까지 적어 놓은 것이다. 당장 그 번호로 전화를 걸었다.

"여기 MBC인데요, 합격하셨으니 신체검사 받으러 나오세요."

이게 꿈인가 생신가. 믿어지질 않았다. 혹시 장난 전화가 아닐까 재차 물었다. 그리고 같은 답변을 듣는 순간 눈물이 멈추질 않고 쏟아졌다. 위로의 자리에서 축하의 자리로 바뀐 친구들과의 만남을 뒤로하고 집으로 돌아오자 집 또한 축제 분위기였다. 어머니는 기쁨에 겨워 아예 울고 계셨다. 게다가 다음날에는 KBS에서까지 합격 소식을 들었고, MBC에서는 KBS 2차 시험에 응시하면 합격을 취소시켜 버린다는 기분 좋은 협박(?)까지 받았다.

그 후로 난 '백이 있어야 한다'는 등의 어지간한 방송사 괴담(?)은 듣질 않는다. 만약에 주변의 헛된 소문만 듣고 미리 포기했더라면 나는 지금 어디에 있을까. 그래서 나같이 아무것도 가진 게 없는, 하지만 무언가 간절히 바라는 이들에게 말한다. 진정 원하는 것이 있다면 끝까지 노력하라고. 나중에 후회하지 않을 만큼 노력해 보라고.

나에게는 입사 시험과 관련해 지금도 종종 이야기하는 두 가지 재미있는 에피소드가 있다. 첫 번째는 의상과 관련된 에피소드이다. 여자 지원자들은 카메라 앞에서 면접을 보는 만큼 어떻게 머리를 해야 할까, 어떻게 메이크업을 해야 할까, 어떤 옷을 입어야 할까를 고민한다. 그래서인지 지원자들 사이에서는 전년도 합격자는 몇백만 원짜리 옷을 입었다더라, 몇십만 원짜리 구두를 신었다더라 하는 괴담이 나돈다. 그래서 무리를 해서라도 비싼 옷을 사 입기도 한다. 그러나 나는 그런 소문은 바로 일축해 버리는 편이라(하긴 돈도 없었다) 1차 시험 때는 학교 앞 골목에서 고동색 정장을, 3차 시험 때는 동대문 시장에 가서 짙은 회색 정장을 구입해 입고 갔다(학생 때라 가지고 있던 정장이 없었다). 2차는 필기시험이니 상관없었고 문제는 4차 면접이었다. 옷을 또 사기에는 부담이 컸다. 그래서 고민 끝에 1차 시험 때 입었던 옷을 또 입고 갔다. 1차 시험을 보고 두 달이나 지났으니(최종 시험까지 두 달 이상 걸린다) 내가 1차 시험 때 뭘 입고 왔는지 잊어버렸겠지……. 그런데 입사하고 나서 신입 사원을 뽑을 때는 1, 2, 3, 4차 시험 때 촬영한 테이프를 비교하며 돌려 본다는 얘기를 들었다. 그리고 입사 시험 때 카메라를 잡고 있었던 길창우 선배가 지나가며 인사를 하는 나를 붙잡고 물었다.

"왜 그렇게 초라하게 입고 왔어? 다른 지원자들은 대부분 화사하게 입고 왔던데."

"……."

당시에는 부끄럽고 창피한 생각이 들기도 했지만 지금 생각해 보면 그 또한 나의 운이다. 다들 화사했으니 오히려 그렇지 못했던 내가 눈에 띈 게 아닐까?

두 번째 에피소드는 신체검사를 앞두고 생긴 일이다. 지금은 남녀 차별적인 요소라서 사라졌지만 방송사 입사 시험 응시 원서에 보면 한쪽에 키와 몸무게를 적는 칸이 있다. 고민을 하다가 몸무게를 4킬로그램 줄여서 제출했는데 합격 후 이게 또 나의 고민거리가 됐다(나는 생각보다 몸무게가 꽤 나간다). 맨 밑에 깨알만한 글씨로 '위 사항이 사실과 다를 경우 합격이 취소될 수 있습니다'라고 적혀 있었기 때문이다.

'4킬로그램이면 적은 숫자가 아닌데, 신체검사에 합격해야 완벽한 MBC 사원이 될 수 있는데, 몸무게를 속인 것이 들통 나 합

격이 취소되면 어떡하지?'

잠이 다 오질 않았다. 며칠 잠을 못 자고 신체검사를 위해 전날 저녁부터 당일 아침까지 굶으니 2킬로그램이 빠졌다. 옷 무게가 1킬로그램이라고 우긴다면 4차까지 시험을 치르는 동안 1킬로그램이 더 쪘다고 해도 되겠지…….

지금 생각하면 내가 어떻게 방송사에 입사했나 싶다.

: 취향과 취향
사이에서 벌어지는
애완견 잔혹극

요즘은 집에서 키우던 개를 버리는 사람이 많아졌고
이 개들이 결국 개고기 집으로 팔려 가고 있다고 했다.
나는 한때 애완견을 사려다 너무 비싸 포기한 적이 있던 터라
그 비싼 애완견을 왜 버릴까,
실제로 버리는 게 맞을까 의아해 확인을 하기로 했다.

개는 인간의 친구다. 다른 동물들은 인간이 사육해도 정을 많이 주지 않고 쉽게 팔아 버리거나 남에게 쉽게 줘 버리지만 개는 특별하다.

나는 어릴 때부터 개를 무척 좋아했다. 오죽 개를 좋아했으면 지나가는 동네 개란 개는 다 만져 주다가 초등학교 때만 7번을 물렸겠는가. 이 중 5번은 살갗이 다 벗겨져 나갈 정도로 물려 병원에서 의사가 "주하, 너 또 물려 오면 스무 살이 돼서 미칠지도 몰라요"라고 겁을 줬을 정도였다. 하긴 광견병 예방 주사를 맞았는지 안 맞았는지도 모르는 길거리 개한테 하루가 멀다 하고 물려 오니 의사의 말이 완전히 틀린 것은 아니었을 것이다. 때문에 철이 든 다음에도 늘 마음속으로 스무 살을 못 넘기면 어쩌나 은근히 겁을 내며 지내기도 했다. 그리고 누가 "너 미쳤니?"라고 농담만 해도 혹시나 하는 마음에 걱정을 했다. 그러면서도 여전히 개는 좋아해 길 잃은 개들을 데려다 키웠다. 지금껏 집에서 키운 개들은 두 마리 빼고는 모두 다 길에서 헤매는 걸 주워 온 것들이니까.

〈뉴스데스크〉 준비를 위해 분장을 하던 어느 날, 분장사로부터 애완견이 식용으로 팔리고 있다는 얘기를 듣게 되었다. 분장사는 자신이 다니는 동물병원에서 들은 얘기라고 했는데 이 내용을 취재하겠다고 하니 데스크(담당 부장)는 개고기 문제는 사회적으로 민감한 사안이므로 신중히 다룰 것을 주문했다. 나도 외국인들이 우리의 개고기 문화를 무조건적으로 공격하는 것에 대해서는 반감을 갖고 있었고 내 기사가 혹 또 다른 공격의 빌미가 될까 걱정됐지만 애완견이 식용으로 팔리고 있다는 것에 대해서는 확인할 필요가 있었다. 연락처를 받아 들고는 바로 다음날, 일산에 있는 동물병원으로 달려갔다.

동물병원의 수의사는 개 사랑이 나 못지않은 사람이었다. 요즘은 집에서 키우던 개를 버리는 사람이 많아졌고, 이 개들이 결국 개고기 집으로 팔려 가고 있다며 분노를 금치 못했다. 그리고 이를 막기 위해 개를 잃어버리거나 버렸을 때 쉽게 주인을 찾아 줄 수 있도록 칩까지 개발하고 있는 중이라고 했다. 나는 한때 애완견을 사려다 너무 비싸 포기한 적이 있던 터라 그 비싼 애완견을 왜 버릴까, 실제로 버리는 게 맞을까 의아해 확인을 하기로 했다.

수의사가 안내한 곳은 바로 위 도로에서 차들이 지나다니고 주위에는 고물상이 있는 경기도의 한 공터였다. 그곳에서 버려진 애완견들을 쉽게 볼 수 있었는데 털이 뭉치고 더러워지고 병이 들어

서 그렇지 요크서 테리어, 포메라니안 등의 애완견이라는 것을 한
눈에 알아볼 수 있었다. 집에서 고이 기르던 것들이라 손짓을 하
니 꼬리를 치며 금방 다가왔다. 한때는 주인의 사랑을 독차지했을
텐데 마음이 아팠다.

"귀엽다고 샀다가, 커지니까 버리는 경우가 대부분이에요."

그건 진정한 사랑이 아닌데. 그렇다고 이 비싼 개들을 버릴까.
값을 알아보니 정말 불과 몇 년 전에 수백만 원을 호가하던 개들
이 이젠 10만 원 대까지 값이 뚝 떨어져 있었다.

이번에는 개들이 정말 식용으로 팔리고 있는지 확인해야 했다.
일산 방향으로 자유로를 타고 가다 오른쪽으로 빠져 조금 더 들어
가니 개 시장이 나왔다. 개장 안에는 말라뮤트, 시추 등 정말 눈이
휘둥그레질 정도로 비싼 개들이 갇혀 있었다. 장사꾼의 목소리는
내 귀를 의심하게 했다.

"자, 자, 9마리에 5만 원, 성별 · 견종 묻지 말고 9마리에 5만
원! 없으면 3만 원! 아, 만 원부터라도 해요!"

세상에 저 비싼 개들이 9마리에 만 원이라니. 내가 사다가 풀어
주고 싶은 마음이 간절했다. 차에 숨어 1시간쯤 기다리자 개 시
장에서 산 작은 애완견들을 잔뜩 실은 차 한 대가 우리 앞을 지나
갔다.

30분을 쫓아갔다. 알아차리지 못하게 따라가려고 했지만 워낙
한적한 길이라 눈치를 챈 모양이었다. 어느 집 앞에 잠깐 서더니
우리가 차에서 내리자 번개같이 도망을 쳤다. 곧바로 쫓아갔지만

찾을 수가 없었다. 쓴맛을 다시며 주위를 둘러보기 시작한 지 30여 분, 널찍한 마당이 있는, 그리고 마당에 커다란 창고가 있는 집을 발견했다. 간판에는 개소주 집이라고 적혀 있었는데 구석에는 아까 우리가 쫓던 차도 세워져 있었다. 차를 멀찍이 두고 걸어가 문을 두드리자 지금 먹고 갈 것인지, 싸 가지고 갈 것인지를 물었다.

제보를 받아 찾아간 또 다른 곳은 아예 개를 도살하는 곳이었다. 개 도살 장면을 확인한 후 이번엔 영등포경찰서 수사2계 형사들과 함께 다음날 현장에 도착했다. 어제 우리에 갇혀 있었던 털이 많은 커다란 흰 색 그레이트 피레니즈는 이미 운명을 달리한 것 같았다. 마당 주위에는 조금 전에 개를 도축한 듯 흔적이 남아 있었고 지하 창고에는 피를 빼기 위해 물에 담가 놓은 개고기들이 잔뜩 쌓여 있었다.

도살장 주인은 이젠 버려지는 애완견이 너무 많아 이렇게라도 해결해야 하다고 주장했다. 몇 년 전까지만 해도 외국에서 비싸게 수입했던 개들이 이젠 우리나라에서 새끼에 새끼, 또 그 새끼가 새끼를 낳아 너무 흔해졌을 뿐 아니라 키우기도 힘들어서 많은 사람들이 조금 자라면 그냥 버린다는 것이다. 차라리 보신탕용으로 키운 개들이 더 맛이 좋기 때문에 애완견들은 고기 값도 더 싸다고 했다. 작은 애완견들이 뭐 먹을 게 있냐고 물으니 그런 개들은 주로 개소주용으로 나가지만 간혹 작은 개들만 찾는 사람도 있다고 했다.

취재를 하고 나서 도대체 어디에 중심을 두고 기사를 써야 할지 막막했다. 버려지는 개들이 느는 게 문제인지, 버려진 개가 병을 옮기고 다니는 것이 문제인지, 집에서 키우던 개를 식용으로 파는 것이 문제인지, 이를 사 먹는 사람들이 문제인지. 데스크의 말대로 조심스럽게 접근해야 할 문제였다. 어차피 논란이 되고 있는 개고기 얘기라면 다시 한 번 끄집어내 무엇 하겠는가.

개는 현실적으로 많은 사람들이 먹고 있는데도 불구하고 소나 돼지, 닭처럼 축산물가공처리법에 따라 안전하게 소비되지 않고 있다. 관련법을 만들어 위생적으로 소비를 하도록 만드는 게 어렵다면(국내외 눈치를 다 봐야 할 테니) 애완동물에 관한 법령이라도 만들어 주인에게 배신당하고 버림받아 불쌍하게 죽는 것이라도 막아야 하지 않을까. 버려지는 애완견이 없다면 애완견이 식용으로 가는 일도 없어질 테니까. 하지만 버려지는 애완견 쪽으로 기사를 쓰는 건 쉽지 않았다. 누가 "내가 키우던 개를 버렸소" 하고 인터뷰를 해 주겠는가.

지금도 가끔 길에서 버려진 듯한 개를 보면, 쌀쌀한 날씨에 경기도의 한 공터에서 피부병에 걸리고 영양실조에 걸리고, 사람들이 던진 돌에 맞아 다리를 절던 버려진 개들이 생각난다. 그런 개들에게는 차라리 안락사가 더 고마운 걸까. 하지만 가벼운 손짓만으로도 사람의 정이 그리워 다가오는 개들의 까만 눈 속에는 주인을 그리는 마음이 가득 들어 있었다. 그 개들이 옛 주인의 사랑을 아름답게 기억하며 편안하게 살게 해 줄 방법은 없을까.

<< 현장 출동

버려지는 애완견

2005년 3월 13일 뉴스데스크

앵커 | 요즘 버려지는 애완견들이 부쩍 늘고 있습니다. 이런 유기 견들의 일부가 식용으로 거래되고 있는 현장이 포착됐습니다. 현장 출동, 김주하 기자입니다.

기자 | 경기도에 있는 한 개 경매장입니다. 애완용 강아지를 놓고 흥정이 한창입니다. 30만 원까지 호가하는 시추, 말라뮤트 같은 고급 애완견들이 헐값에 거래되고 있습니다.

경매업자 | 9마리, 5만 원에 있습니다. 성별·견종 묻지 말고 5만 원, 3만 원, 아, 만 원부터라도 해요.

기자 | 경매장에 나온 애완견 대부분은 길거리에서 잡혀 온 것들입니다.

판매상 | 밥 먹고살려니까 어쩔 수 없잖아요. 지나가는 개들 애완견이라 잘못 도망가니까 쫓아가서 잡고, 미끼 놓아서 잡기도 하고.

기자 | 10여 마리의 개를 사 가는 사람을 쫓아가 봤습니다. 잠시 후 도착한 곳은 개소주 집.

기자 | 그 개들은 다 어디 갔어요?

개소주 집 주인 | 개를 잡아 주고, 삶아 달라면 된장 넣고, 양념해서…… 드시게요?

기자 | 근처 식당 마당에는 방금 개를 잡은 듯 도살 흔적이 남아 있습니다. 식당 지하 창고에는 도축한 개들이 가득 차 있습니다.

식당 주인 | 작은 거 맛있다고 가져가던데요.

기자 | 애완견?

식당 주인 | 네, 애완견 맛있다고요.

기자 | 작은 애완견은 개소주용으로, 큰 애완견은 보신탕용으로 쓰인다고 말합니다.

식당 주인 | 요즘 추세가 과거에 애완견으로 들어왔던 개들이 식용으로 다 팔려 가는 거 이건 어쩔 수 없는 일이에요. 고급 개가 똥개보다 더 쌀 정도가 됐으니까.

기자 | 참 예쁘죠? 그런데 이런 개가 작년에 서울에서만 1만 3000마리가 버려졌습니다. MBC 뉴스 김주하입니다.

: 2002년 월드컵,
그 각본 없는
뉴스를 보았는가

내 감정을 전혀 숨길 필요 없는 뉴스가
내 생애 한 달이나 계속 되었다.
그리고 지금도 2002년 월드컵 때 뉴스의 중심에 앉아
감동의 물결을 전할 수 있었던 것을 감사하게 생각한다.
그것은 누가 하고 싶다고 되는 게 아니기에
바로 그 순간 그 자리에 앉아 뉴스를 전할 수 있었음을
진심으로 하나님께 감사드린다.

　　　　　　사람에게는 하고 싶은 일이 있고,
할 수 있는 일이 있으며, 잘하는 일이 있다. 이 세 가지가 모두 일
치하는 사람을 우리는 복 받은 사람이라고 부른다. 단 두 가지만
일치하더라도 부러움의 대상이 된다. 그도 그럴 것이 우리는 내가
어떤 일을 가장 좋아하는지조차 잘 모르고 살 때가 많기 때문이다.

　이런 관점에서 난 정말 복 받은 사람이다. 일을 잘하는지는 잘
모르겠지만 내가 하고 싶은 일, 뉴스를 맡고 있기 때문이다. 덕분
에 뉴스 한 꼭지 한 꼭지가 다 깊이 새겨져 그 뉴스를 전할 때의
감정까지도 생생하게 기억한다. 특히 다른 사람의 감정에 잘 동화
되는 편이라서 공감하며 전했던 뉴스는 더 오래도록 뇌리에서 사
라지지 않는다. 생방송으로 뉴스를 진행하고 있을 때조차 화면에
서 누군가 슬픈 일을 당해 눈물을 흘리는 장면이 나오면 나 또한
눈시울이 뜨거워져 당황하는 경우가 많다. 그 뉴스가 계속 이어지

면 모르겠지만 앞의 슬픈 뉴스가 끝나고 바로 고발 뉴스가 나간다든지, 정치 뉴스가 나오게 되면 벌게진 눈과 뉴스 내용이 맞지 않기 때문이다. 그래서 슬픈 뉴스가 나온다 싶으면 일부러 화면을 보지 않으려고 다음 뉴스를 읽어 본다든지 옆 파트너에게 말을 건다든지 하면서 괜히 딴청을 피우곤 한다.

그런데 내 감정을 전혀 숨길 필요 없는 뉴스가 내 생애 한 달이나 계속 되었다. 그리고 지금도 2002년 월드컵 때 뉴스의 중심에 앉아 감동의 물결을 전할 수 있었던 것을 감사하게 생각한다. 그것은 누가 하고 싶다고 되는 게 아니기에 바로 그 순간 그 자리에 앉아 뉴스를 전할 수 있었음을 진심으로 하나님께 감사드린다.

난 원래 축구에 관심이 많았다. 그래서 입사 후 〈스포츠 하이라이트〉, 〈프로 축구 하이라이트〉 등을 진행했고 진행만 한 것이 아니라 직접 축구를 보기 위해 전국을 누비며 선수들과 인터뷰를 하러 다녔다. 그리고 축구 경기를 보러 현장에 가는 것은 내가 자원한 일이기도 했다. 1998년은 우리나라에서 프로 축구가 다시 부흥을 시작한 해이기도 해서 여러 스타들이 탄생했고 운 좋게 나는 고종수·이동국 선수 등 여러 선수들과 만나 경기 뒷얘기를 직접 들을 수도 있었다. 한번은 경기가 끝나고 안정환 선수를 인터뷰하러 선수들이 묵고 있는 호텔에 갔다가 그의 팬들에게 머리채를 잡힌 적도 있었다. 그러니까 우리나라의 축구에 대한 관심은 월드컵을 계기로 훨씬 커진 것은 사실이지만 이런 프로 축구에 대한 관심이 밑바탕이 됐다고도 할 수 있다. 나 또한 이때 경기를 쫓아다니고 선수들에게 직접 얘기를 들은 것이 나중에 월드컵 뉴스를 진행할 때 큰 도움이 되었다.

온 국민을 똘똘 뭉치게 했던 월드컵 뉴스를 진행한 기쁨이 크기도 했지만 그렇다고 일이 힘들지 않았던 것은 아니었다. 경기는 대부분 밤 8시 반에 시작돼 2시간 가까이 이어졌고 덕분에 그 뒤에 시작하는 〈뉴스데스크〉는 밤 10시 반이 넘어서야 방송이 됐다. 연장전이나 승부차기가 있는 날이면 밤 11시 반이 다 돼 방송을 하기도 했다. 나중에는 뉴스 아이템 개수가 80개를 넘어 뉴스만 2시간이 계속됐고 끝나면 새벽 1시가 되는 일도 허다했다. 게다가 32강, 그러니까 각각 한 조에서 두 나라가 16강에 올라가기 전까지는 무승부도 인정이 됐으므로 경기가 끝나는 즉시 뉴스를 시작하려면 '우리 축구 팀이 경기에 이겼을 때', '상대편에게 졌을 때', '상대편과 비겼을 때' 모두를 대비해야 했다. 80개 아이템을 준비하는 것도 버거운데 이런 큐시트(Cue-Sheet)까지 3장씩 더 준비하려니 말 그대로 240개의 아이템을 준비해야 했다.

하지만 나도 인간이기에 축구 경기를 보지 않고 그 시간에 뉴스를 준비한다는 건 불가능에 가까웠다. 240개의 앵커 멘트를 쓰느라 귀를 막고 집중하다가도 캐스터의 목소리와, 환호성이나 신경질을 내는 기자들의 목소리에(당시 보도국은 수십 대의 텔레비전을 전부 다 켜 놓고 목이 터져라 응원하는 기자들로 가득 차 있었다. 하긴 뉴스가 시작도 안 했는데 퇴근할 수는 없지 않은가) 나도 모르게 벌떡 일어나 텔레비전 앞으로 달려가길 반복했다. 승패에 대한 조바심과 궁금증을 가라앉히고 다시 책상으로 돌아와 앵커 멘트를 쓰는 건 고역에 가까웠다. 또 우리 대표 팀이 우세한 경기를 펼치고 있는데 미리 '국민 여러분, 최선을 다했지만 안타깝게도 우리 대표 팀이……' 라는 기사를 쓰는 것이 내키지 않아 이기는 쪽으로만 기사를 준비하다가도, 우리가 한 골이라도 먹어 패색이 짙어지면 우울한 마음으로 다시 큐시트를 지는 쪽으로 가정해 쓰곤 했다.

기자들도 경기를 보면서 경기 막판 즈음 우리가 지고 있을 경우, 졌을 때를 가정해 기사를 썼다가(경기가 끝나고 광고가 몇 분 나간 뒤 바로 〈뉴스데스크〉가 시작되기 때문에 뉴스 시간에 늦지 않기 위해 조금이라도 먼저 기사를 만들어 놓는다. 시간 안에 뉴스를 만들지 못할 경우에는 다른 뉴스가 나가고 있는 동안 기사를 편집한다), 우리가 역전이라도 하면 욕인지 칭찬인지 구별이 가지 않은 소리를 지르며 다시 기사를 만들기 위해 달려가곤 했다

나 또한 앵커 멘트를 다시 써야 한다는 부담은 잊은 채, 기쁨에 겨워 주변 스태프들과 손을 마주치며 뉴스센터로 달려갔다. 감정을 조절하려다가도 뉴스센터에서 카메라맨이라도 마주치면 또다시 서로 마주 보고 손뼉을 치고 괴성을 지르며 기쁨을 나눴다. 평소 같으면 감정을 조절하려고 했겠지만 이때만큼은 감정이 조절되지도 않았고, 아니 전혀 그러고 싶지도 않아 방송을 하며 시청자와 함께 승리의 기쁨을 즐겼다.

2002년 한·일 월드컵 때 우리나라의 경기는 부산(폴란드전)에서 시작되어 대구·인천·대전·광주·서울 등 우리나라 곳곳을 누비며 열렸다. 〈뉴스데스크〉팀도 경기마다 따라다녀 오후 3시 반에 경기가 시작됐던 미국전만 빼고는 전부 다 중계 차를 내보냈다. 어떤 경우에는 현지 경기장 앞과, 도쿄(일본에서도 경기가 있었기 때문에), 서울시청 앞(우리나라 모든 국민이 기억하다시피 당시 서울시청 앞은 응원의 메카라고 해도 과언이 아니었다)에서 3원 방송을 하기도 했다.

2002년 6월 18일. 이날은 아직 승리가 고픈 우리 대표 팀(거스 히딩크 전 한국 축구 대표 팀 감독의 말)이 이탈리아 팀과 격전을 벌인 날이다. 엄기영 앵커와 나는 이날 대전월드컵경기장이 보이는 곳에 자리를 잡고 뉴스를 준비하고 있었다. 사람들은 종종 매번 경기장에 들어갈 수 있으니 얼마나 좋겠느냐고 부러워하는데, 사실 우리는 경기장 '배경만 잘 보이는' 곳에서 뉴스를 진행한다. 경기장 안에 들어가 버리면 다 비슷비슷해서 잘 구별이 가지 않기 때문이다. 그래서 우리는 경기장 전체가 잘 보이는 곳에서 경기장 모습을 뒤로한 채 뉴스를 진행하고, 경기도 직접 보는 것이 아니라 작은 텔레비전을 가져다 놓고(출장 나오면서 큰 텔레비전을 갖고 나오는 것도 우습지 않은가) 옹기종기 모여 앉아 시청한다. 그래도 만약의 경우를 대비해 경기장 출입 카드는 발급 받아 놓는데 이걸 목에 걸고 엄기영 앵커는 "이 출입 카드는 멋이라우"라고 농담을 하곤 했다.

우리가 대전월드컵경기장이 잘 보이는 곳으로 잡은 장소는 아파트 꼭대기였다. 16층 옥상이었는데 그곳에서도 경기장이 잘 보이지 않아 세트를 조립해 한 층을 더 높였다(결국 17층에서 방송을 한 셈이다). 아무리 열심히 잘 만들었다고는 하나 급조로, 또 일회용으로 만들었으니 보기에도 그리 튼튼할 것 같지는 않았다. 하지만 좋은 방송을 위해서는 흔들거리는 철 사다리 위로 다닐 수밖에.

6월이지만 아파트 옥상은 매우 추웠다. 바람이 어찌나 세게 불던지 손을 호호 불어 가며 준비를 해야 했다. 너무 추워서 입김이 다 보였다. 유기철 부장(당시 편집1부장)은 "하얀 입김이 계절과 맞지 않으니 입에 얼음을 물고 방송을 하면 어때?"라며 농담을 건넸다. 방송을 시작하기 전까지는 그나마 16층 옥상에 마련된 텐트 안에서 조그마한 텔레비전으로 방송을 보며 앵커 멘트를 써 내려갔다. 하필이면 그날따라 컴퓨터가 설치되지 않아 일일이 손으로 써야 했다.

너무 춥다 보니 부작용도 발생했다. 몸을 너무 떨어 화장실을 자주 가게 된 것이다. 아파트 옥상 꼭대기에 화장실이 있을 리 없으니 가려면 아파트에서 내려와 근처 상가에 가야 했다. 경기도 보고 싶고 멀리 가자니 귀찮아서 그냥 참고 있는데 갑자기 엄기영 앵커가 화장실에 가야 한다며 나갔다.

'아이고, 그 먼 데를 갔다 오려면 한참 걸리시겠다……'

그런데 이게 웬일인가. 5분도 안 돼 들어오시는 게 아닌가.

"이사님, 어떻게 이렇게 빨리 다녀오셨어요?"

"응. 그냥 아래층 아무 집에나 들어갔다 왔어⋯⋯."

엄기영 앵커는 상가까지 가야 한다는 말을 듣고 너무 멀고 귀찮아 그냥 15층 아무 집이나 벨을 눌러 양해를 구하고 들어갔다 왔다고 했다. 텔레비전에서나 봤던 엄기영 앵커가 벨을 누르고 화장실 좀 쓰겠다고 들어오니 옥상에서 MBC가 〈뉴스데스크〉 방송 준비를 하는 것을 모르고, 아이들과 'Be the reds' 붉은 티셔츠를 입고 텔레비전 앞에서 목이 터져라 응원하고 있던 식구들은 엄기영 앵커가 고맙다는 인사를 하고 나올 때까지도 아무 말을 하지 못했다고 했다. 하긴 얼마나 놀랐을까.

문제는 나였다. 이제 뉴스가 시작할 때도 가까워지고 아까부터 참고 있었으니 빨리 다녀와야 했다(앞에서 언급했듯이 이때는 뉴스가 시작했다 하면 2시간이었다). 하지만 자칫 잘못 선택해서 아까 그 집에 또 들어가면 이 사람들이 무슨 '몰래 카메라'를 찍나 싶을 게 뻔했다.

"엄 이사님, 아까 몇 호에 들어가셨었어요? 거기 피해서 가게요."

"어, 어쩌지? 나도 무안해서 아무 데나 빨리 들어갔다 나오는 바람에 기억이 안 나는데."

그냥 15층을 제외한 아무 집이나 들어갔다 올까, 별의별 생각이 다 들었지만 용기가 나질 않았다. 일단 엘리베이터를 타고 1층까지 내려가는 사이 엘리베이터가 서는 층에 내려서 아무 집이나 벨을 눌러야겠다고 생각하고는 엘리베이터에 탔는데 아무도 밖으로 나오지 않았는지 엘리베이터는 곧장 1층을 향해 내려갔고 나는 하는 수 없이 그 먼 상가까지 다녀와야 했다(아무리 생각해도 엄기영 앵커의 용기가 놀랍다).

다시 돌아와 보니 우리 대표 팀의 패색이 짙었다. 후반 40분이 넘었는데도 0 대 1로 지고 있는 것이다. 경기가 끝나자마자 뉴스를 시작해야 하니 엄기영 앵커는 옷을 여미고 그동안 작성한 앵커멘트와 졌을 때를 가정한 큐시트를 들고 먼저 17층 임시 뉴스 스튜디오로 올라갔다. 뉴스는 엄기영 앵커가 먼저 시작하므로 나는 조금이라도 경기를 더 보기 위해 작은 텔레비전 앞에 앉아 있는데 세상에, 후반 43분, 설기현 선수가 극적인 동점골을 넣은 게 아닌가. 그리고 곧장 이어진 연장전에서 안정환 선수가 헤딩으로 골든골을 집어넣는 게 아닌가. 난 마음이 급해서 엄기영 앵커에게 이 사실을 알리기 위해 위험한 줄도 모르고 17층 임시 뉴스 스튜디오를 향해 흔들리는 철제 사다리를 뛰어 올라갔다.

"우리가 이겼어요, 이겼다구요!"

시간은 우리를 기다려 주지 않는다. 패색이 짙어 우리 팀이 지는 쪽으로 큐시트를 정해 놓고 거기에 맞춰 기사를 만들고 모았던 여의도 MBC의 편집부는(어떤 기자의 어떤 뉴스가 어떤 순서로 나갈지 결정하는 곳. 〈뉴스데스크〉는 편집1부, 〈아침 뉴스〉는 편집2부가 맡고 있다) 승리의 기쁨을 나눌 새도 없이 판을 새로 짜느라 그야말로 난리가 났다. 온통 "아쉬운 경기", "그래도 잘했다",

"선전한 대표 팀" 등의 졌을 경우의 기사만 들어와 있으니 당연할 수밖에.

게다가 이젠 이겼을 경우의 큐시트도 무용지물이었다. 도착한 기사가 없으니 그 큐시트대로 할 수도 없지 않은가. 특히 그날은 극적인 역전승 탓(?)에 〈뉴스데스크〉가 시작했던 그 시각에 들어온 기사는 달랑 3개뿐이었다. 2시간짜리 80꼭지의 뉴스를 해야 하는데 3개만 들어와 있으니 얼마나 앞이 깜깜했겠는가. 편집부장은 야구 방망이를 들고 다니며 기사를 편집하고 있는 기자들에게 달려가 "편집이 아직 끝나지 않았는데요?"를 외치는 기자들에게서 그냥 테이프를 빼앗아 틀었다. 그렇게 하지 않았더라면 화면에는 기사 대신 색색의 컬러 바(color bar, 방송을 하지 않을 때 텔레비전 화면에 보이는 것)가 떠 있었을 것이다.

편집부에서 이 난리를 치고 있으니 앵커들도 다음 기사가 뭐가 될지는 미리 알 수 없는 일이었다. 그래서 우선은 카메라 앞에 앉아 있는 엄기영 앵커가 뉴스를 하기로 하고 나는 편집부와 전화 통화를 하면서 몇 번 기사가 도착했는지를 듣고, 그 기사는 구경도 하지 못한 채 제목만 보고 프롬프터를 올리는 사람에게 앵커 멘트를 불러 줬다. 그리고 프롬프터에 그 내용이 뜨면 엄기영 앵커가 살을 더 붙여 뉴스를 진행해 나갔다. 이렇게 정신없이 뉴스를 끝내고 나면 혼이 빠진 듯하면서도 무언가 이루어 냈다는 뿌듯함에 엔도르핀(endorphin)이 솟는 기분이 든다. 바로 이것이 내가 생방송을 좋아하는 이유다.

2002년 6월 22일은 토요일이었다. 월드컵같이 특별한 기간에는 사실 주중 앵커, 주말 앵커를 구별하지 않고 일을 해야 했다. 하지만 그날은 그동안 계속된 출장과, 조금이라도 남는 시간에는 다른 팀 경기도 분석하고 공부하느라 조금 지쳐 있었던 터라 집에서 늦잠을 자고 있는데 갑자기 회사에서 연락이 왔다.

"뭐해! 당장 광주로 안 내려가고!"

"네?"

그 즈음에 나는 스토커에게 시달리고 있어 전날 휴대전화 번호를 바꿨는데 깜박 잊고 바뀐 전화번호를 회사에 알리지 않은 것이다. 편집부에서는 아침 회의 중에 주말이지만 주중 앵커를 경기가 있는 광주로 내려 보내기로 결정하고 내게 연락을 취하려는데 연락이 되지 않아 발을 동동 구르고 있던 참이었다. 사실 토요일 아침에 갑자기 결정된 사안이니 만큼 내게 미안해하며 연락을 취해야 했지만, 유기철 부장은 미안한 마음을 전화번호를 알리지 않은 내 실수에 묻어 그냥 은근슬쩍 넘긴 것이었다(나중에 미안해하시며 밥으로 그 죄 값을 치르셨다).

어쨌든 10시가 다 돼 연락을 받고 12시 비행기를 타야 하는데 (그날은 경기가 오후 3시 반이었다) 앞이 캄캄했다. 그도 그럴 것이 앵커가 출장을 가게 되면 방송사에서 다 챙겨 주는 줄 알지만 그건 엄기영 앵커 정도 되는 거물이 움직일 때나 그렇다. 또 나는 '여자는 움직일 때 번거롭다'는 말을 듣고 싶지 않아 원래부터 내 출장 준비는 내가 다 혼자 챙겨 왔기에 이때도 혼자 다 해결해야 했는데(이날만큼은 그렇게 살아온 걸 후회했다), 분장·코디네이터(같이 가지는 않지만 옷을 협찬해 와야 한다)·차량부 등에 연락해 갑자기 차를 빼고 옷을 빌려 오고 집에서 쉬고 있는 분장사에게 1박 2일로 출장을 가자고 해야 하니(뉴스가 끝나고 나면 밤이 늦어 당일에 올라오기 힘들다) 보통 일이 아니었다. 세수도 못한 채 공항으로 달려가 사정을 하고 짐을 싣고 비행기에 몸을 던지고 나니 또 한 번의 전쟁을 치른 듯했다.

이날 우리의 임시 뉴스 스튜디오는 옥수수 밭 안이었다. 원래 출장을 나올 예정이 아니었기 때문에 급하게 경기장이 보이는 곳을 물색하다 보니 어쩔 수 없이 선택된 자리였다. 숙소는 한참 떨어진 여관에 잡고 임시 뉴스 스튜디오로 나왔다. 옥수수 밭에 커다란 원두막을 세운 듯 우뚝 솟아 있는 뉴스 스튜디오는 밖에서 보면 운치 있어 보이기도 했지만 운치 운운할 때가 아니었다. 이번에도 역시 화장실은 어쩌란 말인가. 동네 분들이 수고한다며 가져다준 먹음직스러워 보이는 수박도 혹 화장실이 가고 싶어질까봐 먹지 않았다. 그런데 이번에도 엄기영 앵커는 금방 화장실에 다녀오는 게 아닌가.

"이사님, 화장실 다녀오셨어요?"

"응!"

"가까워요?"

"……."

나중에 스태프들이 얘기해 주었다.

"옥수수는 키가 크니까……."

남자들이 부러웠다. 그리고 뉴스가 끝나자마자 앞에 놓인 수박을 통째로 들고 먹은 뒤 숙소로 달려갔다.

2002년 6월 29일은 대구에서 터키와 경기가 있던 날이었다. 토요일이었지만 엄기영 앵커와 내가 함께 대구에서 방송을 하기로 되어 있었는데, 토요일 오전에 갑자기 북한 함정 두 척이 우리 영해를 침범해 우리 해군과 격렬한 교전이 벌어지는 사건이 발생했다. 그때는 그보다 더 중요한 사건이 없었으므로 공항까지 나왔던 엄기영 앵커는 다시 여의도로 돌아가고 이번에도 나만 혼자 대구로 가게 되었다.

대구에 마련된 임시 뉴스 스튜디오는 아주 삭막한 곳에 마련돼 있었다. 공사를 위해 땅을 공글러 놓은 곳 한복판에 세운 것이었다. 이번에도 화장실을 참아야 한다는 생각에 한숨부터 나왔지만 어쩌겠는가. 임시 스튜디오는 우리가 편한 곳이 아니라 오로지 배경이 좋은 곳에 설치해야 하는 것을. 안 그러면 이렇게 멀리 출장을 나온 의미가 없어진다.

지금까지 여러 가지 크고 작은 일을 겪고 당하기도(?) 했지만 월드컵만큼 내게 기억되는 뉴스는 없었다. 뉴스 진행자뿐 아니라 텔레비전이나 라디오에 나오는 사람이라면 모두 그때 당시의 자기 감정과 상관없이 방송 일을 해야 한다. 특히 뉴스는 생방송이기 때문에 개인적으로 좋지 않은 일이 생겼을 때 그 감정을 모두 잊고 뉴스를 진행한다는 것이 쉽지 않다. 하지만 월드컵 때만큼은 그때의 내 감정을 그대로 내보이며 뉴스를 할 수 있었다. 그리고 무엇보다 그 감정이 대한민국 국민이라면 누구라도 똑같이 느꼈을 행복감이기에 더욱 기쁘다. 시청자와 똑같은 감정을 갖고 똑같은 기쁨을 느끼며 뉴스를 진행할 수 있었다는 것에 진정 감사한다. 그랬기 때문에 나는 누가 뭐라고 해도 행복한 앵커다.

: 아무리 내용이
급하고 옳아도
진실을 가려서는 안 된다

처음에 나쁜 사람이라고 정해 놓고 취재를 시작해도
취재를 끝내고 나면 입장이 바뀌는 경우가 종종 있다.
물론 그래서 선입견이라는 것이 무섭고,
바른 기자야말로 선입견을 가장 멀리해야 하겠지만
이번 취재 또한 그랬다.
처음에는 대리 운전 기사들이 나쁜 사람 같아 보였는데
취재를 하는 동안 그들의 아픔과 어려움을 알게 된 것이다.

사회부 기자를 하다 보면 늘 제보에 목마르다. 취재를 하면서 다음 아이템을 걱정하는 경우까지 있을 정도다. 이러다 보니 제보가 있는 곳은 어디든 달려가게 되고 종종 속는(?) 경우도 발생한다.

취재를 나갔다가 허탕을 치고 돌아온 날이었다. 국민건강 보험공단에서 돈이 사라지고 있다는 제보를 받고 나갔었는데 알고 보니 제보자가 나를 실제로 한 번 만나기 위해 없는 사실을 만들어낸 것이었다. 국민건강 보험공단에 가서 관련 자료를 받으며 알아봤더니 공단 직원도 아니었다. 내 팬이라고 말하는 사람 앞에서 화를 낼 수도 없고……. 다음부터는 이러지 말라는 말을 남기고 돌아서는데 기분이 착잡했다. 이러던 중에 한 통의 전화가 왔다.

"김주하 기자님 되시지요? 중요한 제보가 있어서 전화 드렸습니다."

"아, 네 감사합니다. 그런데 제 전화번호는 어떻게 아셨지요?"

아무리 기자라고 해도 회사에서는 모르는 사람에게 개인 전화번호를 알려 주지 않는다. 여성이라 크게 의심하지는 않았지만 막 한 번 속고 온 터라 내 전화번호를 알고 있는 게 이상해 물었더니 회사에서 알려 줬다고 했다. 제보 내용은 지금은 말할 수 없고 나중에 뉴스가 끝나면 밤에 다시 전화를 하겠다고 했다. 목소리가 워낙 진지하고 약간은 다급하게도 들렸던 터라 오히려 전화를 걸어 온 여성의 안위를 걱정하며 전화를 끊었다.

그런데 뉴스가 끝나도 전화는 오지 않았다. 내가 전화를 걸어 볼까도 생각했지만 전화 받기 곤란한 상황이면 어쩌나 싶어 꾹 참았다. 그런데 밤 12시가 넘어 전화가 왔다.

"너무 늦어 죄송합니다."

"아니에요, 괜찮습니다. 그나저나 제보 내용을 이제 말씀하실 수 있나요?"

"네, 주위 사람들이 제가 미쳤다는 거예요!"

"……?"

황당했지만 제보자가 흥분한 상태라 혹시나 싶어 끝까지 얘기를 들었다. 내용은 이랬다. 자기는 한 살배기 아기 엄마인데 자기가 아기를 아파트 베란다 밖으로 던지려고 했다며 사람들이 자신을 신고했고 경찰들이 왔었다는 것이다. 그리고 그 경찰들이 자신을 폭행하고 미친 사람 취급했기 때문에 경찰을 고발하기 위해 내게 전화를 걸었다고 했다. 밤 12시에 급한 제보라고 받은 전화가 이런 내용이니 당황스러웠지만, 폭행을 당했다면 상처가 있을 테니 병원에 가서 확인을 받고 우선은 경찰에 연락을 하라고 달랜 후 전화를 끊었다.

문제는 그다음부터였다. 이 여성은 새벽 2시고 4시고 거의 매일 전화를 걸어 댔다. 누군가 집 문을 두드리는 것 같다, 남편이 만나 달라며 매일 자신을 찾아온다, 남편이 자기를 정신병원에 넣으려고 한다 등등 내용은 매번 바뀌었지만 전화를 받는 나도 점점 지쳐 갔다. 처음에는 비록 뉴스 거리는 되지 않을지라도 이 여성의 말이 사실이라면 도와야겠다는 생각에 얘기도 들어 주고 달래 주고 상담도 해 줬지만, 한 달 내내 시도 때도 없이 전화를 하니 새벽 전화벨 소리에 잠을 이루지 못한 남편도 결국 성을 내기에 이르렀다.

도대체 누가 내 전화번호를 가르쳐 줬을까. 회사에 알아보니, 제보자가 여성이고 꼭 내게만 제보를 하겠다고 우겨서 혹시나 하는 마음에 번호를 준 것이라고 했다(회사도 제보에 목마른 건 마찬가지다). 언제까지나 이 여성의 전화를 받을 수는 없었다. 서서히 전화를 받지 않기 시작했는데 나중에는 공중전화로 걸어 오니 번호를 골라 받을 수도 없어서 안됐지만 한동안 모르는 번호는 받지 않게 됐다.

또 다른 여성의 이야기도 있다. 조금 어린 여성이었는데 '제보합니다'라는 제목으로 나에게 매일 하루에 10여 통씩 이메일을 보냈다. 그런데 내용이 점점 이상하게 변했다. 나중에는 나를 남자로 착각하는 것 같았고 결국 그 이메일을 열어 보지 않게 됐다. 그리고 몇 달이 지난 어느 날, 갑자기 영등포경찰서에서 연락이 왔다. 어떤 여성이 나를 '매일 밤 자신을 째려본다'는 이유로 고소했다는 것이다. 고소를 당하면 경찰서로 직접 가야 한다. 가서 고소한 사람의 이름을 확인하니 바로 그 여성이었다. 그 여성은 그 뒤로도 한 번 더 같은 죄목으로 나를 고소했다.

이런 일도 있었다. 임신으로 인해 〈뉴스데스크〉 진행을 그만두고 기자 생활만 하고 있을 때였다. 하루 일과를 마치고 집에서 쉬고 있는데 밤 11시에 내 휴대전화로 전화가 왔다. 지친 남성의 목소리였다.

"김주하 기자님, 세상이 저를 버렸습니다. 제가 잘 나갈 때는 너나없이 손을 내밀더니 제가 힘들어지자 다 외면합니다. 세상에 복수를 하고 싶습니다, 제가 그 복수의 시작으로 곧 연쇄 살인을 시작할 겁니다. 앞으로 살인이 시작되면 제가 한 것이라고 생각하시면 됩니다. 그리고 전 김 기자님과만 인터뷰를 하고 연락을 할 것입니다. 제가 특종을 드리는 것이니 김 기자님도 나쁘지는 않을 겁니다. 참고로 제 번호는 추적이 불가능하니 추적이나 신고는 일찌감치 포기하십시오"라고 말하는 게 아닌가. 또 내 번호는 어떻게 알았느냐는 질문에는 대답하지도 않은 채, 왜 하필 나에게 기사를 주려고 하는 것이냐는 질문에는 평소 나의 기사를 유심히 봐

왔기 때문이라고 했다. 임신한 것을 알고 축하한다면서도 '살인'이라는 말을 서슴없이 내뱉는 목소리에, '특종'이란 말은 귀에 들어오지도 않았다. '나만의 기사'라는 기쁨보다는 이게 사실이라면 살인이 시작되기 전에 어떻게든 막아야 한다는 생각이 들었다. 어차피 우리나라 법률상 사건이 시작되기 전 어떠한 행위도 하지 않은 사람은 처벌할 수 없으니(인적 사항도 모르지 않은가) 신고해 봤자 소용없을 테고 우선은 이 사람을 설득해서 마음을 돌려놓아야 했다. 늦은 밤에 1시간 이상을 통화하면서 혹시 몰라 대화 내용을 녹음했다.

그 뒤로도 그는 계속해서 연락을 해 왔다. 하루 혹은 이틀에 한 번꼴로 전화나 문자를 보냈다. 그는 첫날 전화를 끊기 전, 앞으로 자신이 문자를 보낼 때는 '100100'번으로 보낼 것이라고 했는데 정말 그 번호로 '준비가 끝나갑니다', '세상이 날 버린 걸 또 한 번 확인했습니다', '복수의 날이 곧 옵니다' 등의 문자를 보내 왔다.

그렇게 2주 정도 지났을 무렵, 그로부터 또 문자가 왔는데 나는 내 눈을 의심하지 않을 수 없었다. 문자 뒤에 내가 아는 이름이 떠 있는 것이었다. 나는 평소에 타사 기자들의 번호도 내 전화에 입력을 시켜 놓는데 그날은 그도 방심했는지 자신의 번호를 지우지 않은 채 문자를 보낸 것이다. 내 휴대전화에 입력된 사람의 전화번호라 그의 이름이 뜬 것이었다.

그때만큼은 정말 화가 났다. 차라리 정신병자나 팬들의 지나친 욕심에서 비롯된 것이라면 용서할 수 있었다. 하지만 우리나라 언론을 담당하는 기자가 이런 유치한 장난을 쳤다고 생각하니 분노까지 치밀어 올랐다.

'이제 인적 사항을 알았고 통화 내용을 녹음한 것까지 있으니 확 신고를 해 버릴까?'

고민을 하는 동안 차츰 화가 가라앉았다. 인터뷰하면서 나에게서 약간의 연정을 느끼는 듯했던 모습이 떠오르기도 했다. 거기까지 생각이 미치니 이 사람도 불쌍하다는 생각마저 들었다. 그래서 따끔한 경고를 하고 그 뒤로 또 그런 장난을 치면 정말 신고를 하기로 마음먹었다.

며칠 뒤 이번에는 전화가 왔다. 시간도 잊을 수 없다. 밤 11시 10분이었다. 남편에게 전화를 받게 했다.

"○○○ 기자님, 왜 이런 심한 장난을 하십니까? 또 한 번 이러시면 그때는 정말 신고하겠습니다."

남편의 강한 어조에 당황한 그는 자신은 ○○○기자를 모른다며 발뺌하다가 얼른 전화를 끊어 버렸다. 그리고 다시는 전화를 하지 않았다.

제보를 목마르게 찾아다니다 보면 이렇게 여러 가지 일을 겪기에 진짜 뉴스가 될 만한 제보를 들으면 눈물이 날 정도로 반갑다. 모르는 이들도 제보를 해 주지만 내가 기자로 활동한다는 것을 안 이후로는 주변에서 개인적으로 아는 사람들도 연락을 주곤 했다.

2004년 11월 중순경, 이번에는 아버지가 가입을 하신 자동차 보험 회사에서 연락이 왔다. 요즘 대리 운전 사고가 많은데 대리 운전 보험은 100퍼센트 다 보험 적용이 되는 것이 아니어서 분쟁이 자주 발생하고 있다는 것이다. 쉽게 말해 대리 운전 기사가 남의 차를 운전하다가 사고를 냈을 경우, 대리 운전 기사가 대리 운전 특약 보험에 들어 있다고 하더라도 상대방 차량 수리비만 보험 처리가 되고 상대방이나 차 주인이 다친 부분은 차주의 책임보험 한도를 넘는 금액만 대리 운전 보험에서 부담하도록 돼 있다는 것이다. 결국 대리 운전자가 사고를 내도 애꿎은 차주의 보험 할증률이 올라가게 되는 것이다. 마침 11월이라 연말 술자리가 잦아지면서 대리 운전이 많이 쓰이고 있었기에, 그리고 나도 대리 운전의 '보험 가입' 광고를 여러 번 봤기에 귀가 솔깃했다.

국내 굴지의 보험 회사라고는 하지만 한 보험 회사의 통계만 가지고는 불안했다. 그래서 보험 회사마다 연락해 대리 운전 사고 건수를 알아봤더니 회사마다 조금씩 차이는 있었지만 실제로 그 수가 급증하고 있는 건 사실이었다. 이제는 현장으로 직접 뛰어들어 확인할 차례였다.

보험 회사의 말이니 보험 적용 범위는 바로 확인이 됐고 이번에는 대리 운전 회사를 찾아가 봐야 했다. 그런데 대리 운전 회사는 대개 전화번호만 알고 있기 때문에 찾기가 힘들었다. 마침 오상우 기자의 소개를 받아 남산에 있는 한 대리 운전 회사를 찾아갔다. 대리 운전 회사 사장님은 보험 가입을 해서 단가가 올라가면 경쟁이 어려운데도 요즘 만 원도 안 되는 대리 운전 회사들이 많다며 그것은 직원을 100퍼센트 보험 가입을 시키지 않기 때문에 가능한 일이라고 했다. 대리 운전 기사가 보험을 들어도 사고가 발생했을 경우 차주는 100퍼센트 보험 적용을 받을 수 없는데, 그나마도 대부분의 대리 운전 업체들은 대리 기사들 모두를 보험에 가입시키지도 않는다는 것이다. 대리 운전 기사가 10명이면 2, 3명만 보험을 들어 만일 사고가 나면 보험에 가입된 사람이 사고를 낸 척하는 것이다.

다음은, 이런 사실을 모르고 있다가 대리 운전 기사가 사고를 내서 직접 피해를 본 사람을 만나야 했다. 보험 회사에서는 가입자의 정보는 줄 수 없다며 소개시켜 줄 수 없다고 했다. 하는 수 없이 내가 직접 찾아봐야 했는데 길거리에서 '목격자를 찾습니다' 현수막을 내걸 듯 광고를 할 수도 없고 막막했다. 당시 나는 경찰 기자로 매일 새벽에 경찰서 취재(형사과·수사과·교통과 등을 찾아간다)를 나가고 있었기에 교통과마다 다니며 이런 사고가 있으면 연락을 달라고 부탁했다. 다행히 양천경찰서에서 그런 피해자를 만날 수 있었다. 피해자는 보험 가입이 돼 있다는 광고를 믿고 대리 운전 기사에게 운전을 맡겼는데 사고가 나자 나중에 연락하라던 대리 운전 기사는 연락이 되지 않고, 대리 운전 회사에서는 그 사람이 퇴사해 버려 모른다는 얘기만 반복할 뿐이라고 했다.

"대리 운전 회사에 책임을 추궁할 수 있는 아무런 근거가 없어요. 아는 게 전화번호 하나밖에 없는데 그것도 교환원이 받으니

깐. 사무실이 어디냐고 물어봐도 가르쳐 주지 않고. 사고를 낸 운전자는 통화도 안 되고……."

결국 사고는 자신의 보험으로 다 처리해야 했다. 그나마 다행인 것은 후진하다가 벽에 부딪힌 사고라 다른 차나 사람을 다치게 하지는 않았다는 점이다. 이 사건은 아예 보험이 들어져 있지 않은 경우고, 다음은 보험이 들어져 있어도 일부만 보험 처리를 받은 사례가 필요했다. 매일 새벽 경찰서마다 교통과를 두드린 끝에 다음 피해자는 강서경찰서에서 만날 수 있었다. 이 피해자는 대리 기사가 교통사고를 낸 뒤 대리 운전 기사 보험으로 다 처리를 했다는 얘기를 듣고 안심하고 있었는데 2개월이 지난 뒤에 갑자기 돈을 내라는 연락을 받았다는 것이었다. 대인 사고는 보험을 해 주고 싶어도 못 해 준다, 그 부분은 차주가 물어야 한다고 말하는데 그럼 대리 기사 보험은 말뿐이냐며 속은 기분이라고 했다.

경찰과의 인터뷰까지 마쳤고 이제는 대리 운전 기사와의 인터뷰만 따면 완벽했다. 하지만 대리 기사들이 카메라 앞에서 이런 얘기를 솔직하게 해 줄 리 없었다. 뉴스가 끝나고 나서 분장을 지우고 모자를 눌러쓰고는 밤 11시가 넘어 대리 기사를 불렀다. 손에는 몰래 카메라가 든 가방을 들고 있었다. 괜히 취한 척, 그리고 아무렇지도 않은 척 대리 기사에게 말을 걸었다.

"아저씨, 저도 대리 기사를 해 볼까 하는데 보험에 들어야 하나요?"

"꼭 안 들어도 되요. 하지만 초보 운전이라면 가입하는 게 안전하지요."

그렇다면 초보 운전자도 대리 운전 기사를 할 수 있다는 말인가? 의아했다. 대리 운전 기사는 얼마든지 할 수 있다며 괜찮다고 했다. 이 인터뷰와 그간의 자료를 모아 당시 캡(경찰 기자의 우두머리. 경찰 기자들의 취재 내용을 듣고 취재 방향 등을 지시하는 역할을 한다)인 김경태 기자에게 알렸다. 하지만 대리 운전 기사가 운전하고 있는 그림을 차 안에서뿐 아니라 밖에서도 찍어야 텔레비전 뉴스가 되는데 나는 그런 그림이 없었다. 하긴 나 혼자 갔으니 안에서 녹음하면서 밖에서 어떻게 촬영을 했겠는가. 그렇다고 다른 차량을 찍어서 대리 운전 기사의 목소리와 합한다는 건, 연출 기사, 사기 기사가 되니 해서는 안 될 일이었다. 반드시 내가 녹취를 딴 대리 운전 기사가 운전하고 있는 차를 찍어야 진실 보도가 된다. 김경태 기자는 취재의 작은 흠도 용납하지 않는다. 다시 밤중에 나가야 하나, 고민하고 있는데 김경태 기자가 아이디어를 주었다.

"야근자는 이럴 때 일하라고 있는 거야. 야근자에게 부탁해 봐."

그날 밤 야근은 임명현 기자였다. 차량을 쫓아가면서 촬영하려면 차가 두 대 필요한데 당시 임명현 기자는 차가 없었다. 평소 같으면 겉멋을 내느라 차부터 뽑고 보는 요즘 젊은이들답지 않은 임명현 기자의 모습에 감동하고 칭찬했을 텐데(임명현 기자는 말이 많지 않으면서 맡은 일은 완벽하게 해내는 기자다. 내가 무척 믿

는 기자라 내심 임 기자가 야근을 한다는 것이 기뻤다) 그날은 난
감했다. 미안하지만 이번에는 차량부에 차를 두 대 신청하는 수밖
에. 임명현 기자에게 대리 운전 기사와 차를 타고 가면서 물어볼
질문을 알려 주고, 카메라 기자에게는 그 차를 쫓게 했는데 숙련
된 차량부 기사도 쫓아가기 힘들 만큼 운전을 험하게 하는 모습이
포착되었다. 임명현 기자의 완벽한 녹취와, 동시에 뒤에서 찍은
모습을 합해 좋은 기사를 만들 수 있었다.

처음에 나쁜 사람이라고 정해 놓고 취재를 시작해도 취재를 끝
내고 나면 입장이 바뀌는 경우가 종종 있다. 물론 그래서 선입견
이라는 것이 무섭고, 바른 기자야말로 선입견을 가장 멀리해야 하
겠지만 이번 취재 또한 그랬다. 처음에는 대리 운전 기사들이 나
쁜 사람 같아 보였는데 취재를 하는 동안 그들의 아픔과 어려움을
알게 된 것이다. 운전을 험하게 하는 것도 워낙 수입이 적다 보니
한 번이라도 더 뛰어야 조금이라도 더 돈을 벌기에 어쩔 수 없는
것이다. 대부분 낮에 직장을 다니면서 남들이 쉬는 밤에 한 푼이
라도 더 벌어 보겠다고 뛰고 있는 그들. 게다가 요즘은 7000원,
8000원짜리 대리 운전도 있다고 하니(예전에는 저렴한 대리 운전
광고가 나오면 좋다고 번호를 적어 놓았었는데 이 취재 이후에는
안쓰럽게 느껴진다) 도대체 돌아올 때 택시 요금과(대리 운전 기
사들이 운전을 할 때는 대중교통이 끊기는 시각이 대부분이다),
대리 운전 회사에 일부 납입금을 내고 나면 자신들의 손에 들어오

는 금액은 얼마나 될까. 다음번에는 대리 운전 기사의 입장에서 그들의 얘기를 취재해 봐야지, 그들의 어려움도 들어 봐야지 결심했던 생각이 난다. 그러나 아직 그들의 얘기를 듣지 못했다. 비록 나 혼자만의 생각이었을지라도 약속을 지키지 못한 것 같아 미안하다.

<< 현장 출동

초보도 대리 운전

앵커 | 요즘 대리 운전 업체들 많습니다. 갈수록 경쟁이 심해지다 보니 총알 택시처럼 달리고 초보 운전자를 쓰기도 한다는군요. 어려운 분들이 이 일 많이 하시는 건 알지만 그래도 안전이 최우선 아니겠습니까? 김주하 기자입니다.

기자 | 자정이 가까운 시간. 서울 자양동에서 여의도까지 대리 운전을 신청했습니다. 신호 위반과 불법 유턴은 기본입니다. 시속 80킬로미터 제한 구간에서 시속 135킬로미터까지 내달립니다. 최근 무등록 업체까지 가세한 대리 운전 업계의 출혈 경쟁이 이 같은 난폭 운전을 부추기고 있습니다.

대리 운전 기사 | 예전에는 하룻밤에 3, 4탕 뛰면 됐었는데 이제는 6, 7탕은 뛰어야……

기자 | 일부 업체는 인건비를 줄이려고 초보 운전자까지 대리 운전에 쓰고 있습니다.

대리 운전 기사 | 하실 마음 있으면 제가 좀 있다 명함 드릴게요.

기자 | 운전한 지 얼마 안 되도요?

대리 운전 기사 | 상관없어요.

기자 | 한 보험 회사의 조사 결과, 재작년 620건이었던 대리 운전 사

고는 올 상반기에만 2300건으로 급증했습니다. 요즘 대리 운전 광고를 보면 하나같이 보험에 가입돼 있으니 안심하라고 돼 있습니다. 하지만 현실은 다릅니다. 황 모 씨는 지난 7월 대리 운전을 시켰다 운전사가 사고를 냈지만 40만 원을 고스란히 물어 내야 했습니다.

피해자 | 정작 대리 운전했던 그 친구는 종적이 묘연하고 대리 운전 회사에서는 그 사람 퇴사해 버리고 없다고……. 사고 내용에 대해 책임질 수 있는 사람은 통화도 할 수 없고…….

기자 | 대리 운전사가 특약 보험에 든 경우에도 100퍼센트 보상을 받을 수 없습니다. 사람에 대한 피해 보상은 책임보험 한도 내에서는 차주가 부담하도록 되어 있기 때문입니다. 결국 대리 운전자가 사고를 내도 차의 보험 할증률이 올라가게 됩니다.

피해자 | 대인 사고는 자기네들 책임이 없기 때문에 할 수가 없대요. 보험 해 주고 싶어도 보험을 못 해 준대요. 특히 인사 사고는 다 차주가 고스란히 물어 주게 돼 있더라고요.

기자 | 그나마 12만 명으로 추산되는 대리 운전자 가운데 20퍼센트만 보험에 들어 있습니다.

경찰 관계자 | 보험 가입이 안 돼 있어도 잡지 못합니다. 그것은 법적으로 잡을 수 있는 규제법이 없습니다.

기자 | 잦은 술자리로 대리 운전이 늘어나는 연말연시를 맞아 대리 운전 사고 예방을 위한 안전 대책이 시급합니다. MBC 뉴스 김주하입니다.

: 뉴스는 다큐멘터리가 아니지만,
좀 더 따뜻한
세상을 위해

삭막한 내용만 뉴스는 아니다.
대도시 아파트 베란다에 둥지를 틀고 알을 낳은 황조롱이.
비록 알이 부화되는 모습을 촬영하지는 못했지만
이런 따뜻한 짐승의 사랑도 우리에게는 뉴스가 된다.
뉴스를 진행하다 보면 인면수심의 사건들도 종종 보게 되는데
이 뉴스가 조금이나마 세상을 포근하게 만들 수 있길 바란다.

나는 동물을 굉장히 좋아한다. 집에서 키우는 개나 고양이 등 가축은 물론이고, 우리가 흔히 볼 수 없는 맹수나 파충류도(어릴 적 아버지 친구 댁에 갔다가 술병에 담긴 뱀을 보고 뱀의 무늬가 예쁘다며 그 앞을 떠나지 않았다고 한다) 좋아한다. 그런 것들은 직접 보기 힘들기 때문에 어릴 적에는 동물원을 자주 다녔고, 성인이 된 이후에는 〈동물의 왕국〉이란 프로그램을 보기 위해 텔레비전 앞에 앉아 있곤 했다. 그리고 직장을 다니면서부터는 아예 예약 녹화를 해서 주말에 몰아서 보곤 한다. 이런 나에게 맹금류 황조롱이가 도심 아파트에서 살고 있다는 제보는 관심을 끌기에 충분했다. 고민할 것도 없이 제보를 받은 곳으로 달려갔다.

천연기념물 황조롱이는 깎아지른 듯한 낭떠러지에 알을 낳는 것으로 유명하다. 그런데 어떻게 아파트에 둥지를 틀고 알을 낳았을까. 아파트는 자연 절벽도 아니고 더구나 그 아파트는 대도시 서울의 신림동에 있었다. 내가 방문했을 때는 둥지에 황조롱이가 없었다. 아니 좀 더 정확하게 말하자면 나는 황조롱이를 볼 수 없었지만 황조롱이는 혹시 낯선 침입자가 알을 건드리지는 않을까, 멀리 떨어진 옆 동 아파트 베란다에 앉아 나를 노려보고 있었다. 아파트는 입구 한쪽 벽면 전체에 넓은 창문이 달려 있고(참 좋은 집이었다) 창문 바깥으로는 작은 베란다가 있었는데 사람이 들어가기에는 작아서 집주인이 흰 색 돌맹이를 예쁘게 깔아 놓은 상태였다. 황조롱이는 바로 그곳에 둥지를 틀고 알을 낳은 것이다. 황조롱이에게는 22층 아파트 베란다가 낭떠러지 같아 보였는지도 모르겠다.

알은 모두 4개였다. 생각 같아서는 황조롱이 앞에 마이크를 갖다 대고 인터뷰를 하고 싶었지만, 황조롱이 한 마리는 멀리서 날 노려보고 있고 또 한 마리는 하늘을 날며 경계하고 있었다(부부 사이인 듯했다). 신기하게도 집안 식구들을 알아보는지 가족들이 현관 앞을 들락거릴 때는 가만히 앉아 알을 품다가도 낯선 사람이 오면 언제 그랬냐는 듯 날아가 버렸다.

그 즈음 간간이 도심에서 날아다니는 황조롱이의 모습이 목격됐었다. 농촌에서 사람들이 떠나고 농사를 짓는 사람들이 줄면서 황조롱이의 주 먹이인 쥐가 사라지자 먹이를 찾으러 도심까지 옮겨 오게 된 것이다. 그렇다고 해도 도심 한복판 아파트에 둥지를 틀고 알까지 낳은 건 이번이 처음이었기에 뉴스가 될 만했다. 텔

레비전 뉴스는 그림이 생명! 이제는 황조롱이의 모습을 촬영해야
했다. 하지만 멀리 날아다니는 모습은 찍으나 마나였다. 실제로
사람들이 오가는데도 앉아 알을 품고 있는 모습을 촬영해야 했다.

카메라 기자와 하루 종일 앉아 기다리다가 두 손 두 발 다 들었
다. 황조롱이는 절대 우리 앞에 나타나지 않았다. 첫 한 시간은 카
메라 앞에 앉아 기다리다가 나중에는 우리는 밖으로 나오고 카메
라만 설치했는데도 카메라가 너무 컸는지 겁을 내고는 오지 않는
것이다. 게다가 우리는 황조롱이가 앉아 있는 모습만 갖고는 만
족할 수가 없었다. 황조롱이의 알이 아파트에서 부화되고, 새끼
들에게 황조롱이 부부가 먹이를 가져다주는 것도 찍고 싶었다.
이 모든 것을 찍으려면 그야말로 다큐멘터리를 만드는 거나 진배
없었다.

고민 끝에 황조롱이를 속이기 위한 작은 몰래 카메라를 설치하
기로 했다. 그런데 문제는 몰래 카메라는 화면용 배터리는 1시간
반마다, 오디오용 배터리는 4시간마다, 테이프는 50분마다 바꿔
줘야 한다는 것이다. 그래서 집주인에게 양해를 구하고 집 안의
전기를 사용하기로 했다. 그러면 배터리를 갈아 끼울 필요가 없기
때문이다. 그러나 현관 쪽에 전기 콘센트가 없어 전기선을 집 안
에서부터 현관 베란다까지 길게 늘어뜨려 놓아야 했다. 집주인이
무척 깔끔하신 분이었기에 더 미안했다.

또 하나의 문제는 녹화 테이프였다. 언제 황조롱이 알이 부화할
지 모르는 상황에서 내가 남의 집에서 밤을 새며 50분마다 테이

프를 갈아 끼울 수는 없었다. 게다가 내가 50분마다 가면 황조롱이는 도대체 언제 알을 품겠는가 말이다. 회사로 돌아와 영상취재부와 논의한 끝에 일반 가정용 비디오테이프를 사용하기로 했다. VHS 방식의 일반 가정용 비디오테이프는 비록 화질은 떨어지지만 3시간까지 길게 늘려 녹화를 할 수 있기 때문이다. 나중에 방송사에서 쓰이는 베타 테이프로 변환시켜야 했지만 그게 문제가 아니었다. 하지만 그렇다고 해도 내가 남의 집에 3시간마다, 하루에 8번씩 가서 테이프를 갈아 끼울 수는 없었다. 미안하지만 집주인에게 한 번 더 부탁하는 게 최선의 방법이었다. 식구들이 밖에 나갔다가도 최소한 3시간에 한 번씩은 집으로 돌아와야 하고, 밤에도 자다 일어나 테이프를 갈아 줘야 한다고 말하는 내 맘도 편치 않았지만 이 설명을 듣고 있는 동안 식구들의 얼굴도 굳어져 갔다. 처음에 취재를 나오자 내 팬이라며 기뻐하던 가족들의 눈에 이제는 내가 잠도 못 자게 만드는 불청객으로 보일 게 뻔했다.

아파트에 이 모든 것을 설치하러 다시 찾아가기 전, 새 전문가 윤무부 교수에게 연락을 했다. 혹시 이 새가 황조롱이가 아니면 어쩌나 하는 생각에서였다. 사실 아무리 동물을 좋아한다고 하나 황조롱이의 모습까지 알 수는 없었다. 백과사전을 찾아봐도 비슷한 종끼리는 다 그놈이 그놈 같아 보였기에 전문가의 확인이 필요했다. 윤무부 교수도 도심 한복판 아파트에 황조롱이가 알을 낳았을 리가 없다며 확인을 하고 싶어 했다. 그리고는 또다시 멀찍이 앉아 우리를 노려보는 구부러진 부리와 갈색 줄무늬, 그리고 점박이 알을 보고는 황조롱이임을 확인해 주었다. 꽁지 모양만 보고도, 하늘을 날며 경계하는 녀석은 수컷이고 벽면에 앉아 있는 녀석은 암컷이라는 것을 알아볼 정도니 정말 대단하다.

이제 황조롱이의 알 품는 모습과 알이 부화하는 과정을 찍는 일만 남았다. 황조롱이가 언제 둥지를 틀고 알을 낳았는지 집주인으로부터 이야기를 전해 들은 윤 교수는 열흘쯤 뒤에 알이 부화할 것이라고 했다. 우리는 혹시라도 세상이 궁금해 빨리 나오는 녀석이 있을까 봐 내내 카메라를 켜 두었다. 3시간마다 바꿔 끼우기 위해 수십 개의 비디오 테이프를 사다 놓고는 시간이 날 때마다 전화를 걸었다. 그리고 산모의 출산을 기다리듯 혹 테이프를 갈아 끼우다 알이 부화된 것을 발견하거든 새벽이라도 좋으니 언제든 전화를 해 달라고 부탁했다.

하지만 황조롱이는 우리의 기대를 저버렸다. 2주가 지나도 알이 부화하지 않는 것이다. 하루에도 수회씩 전화를 걸어 확인하는 게 습관이 돼 버리고, 2주 동안 잠을 못 자고 테이프를 갈아 끼우느라 아파트 식구들은 눈이 벌게졌다. 식구들과 눈이 마주치는 것도 미안해서 테이프를 교환하러 2,3일에 한 번씩 아파트에 가는 것도 고역이었다.

데스크와 상의 끝에, 이번 취재는 포기하기로 했다. 미리 알고는 있었지만, 이번 경험으로 다큐멘터리를 제작하는 사람들의 실력도 실력이지만 그 엄청난 인내와 끈기에 다시 한 번 저절로 고

개가 숙여졌다. 그동안 고생한 게 아깝긴 했지만 나 혼자라면 모를까 제보를 한 죄로 2주 내내 고생하고 있는 아파트 식구들에게 너무나 미안했다. 이런 내 마음을 아시는지 카메라를 철수하러 가자 집 식구들은 내일이라도 알이 부화하면 어쩌나 하는 마음에 아쉬워했다. 정말 착한 사람들이었다. 이런 이들만 있다면 대한민국은 얼굴 찌푸릴 일이 없을 것 같았다.

회사로 돌아와 아쉬운 마음에 그동안 베타 테이프로 변환시킨 테이프를 돌려 보는데 황조롱이의 모습이 감동적이었다. 우리가 갔을 때는 자기 알이 아닌 척 멀찍이 앉아 있던 황조롱이가 우리가 사라지자 2주 내내, 비가 오나 바람이 부나 거의 움직이지 않고 알을 품고 있는 것이다. 게다가 따뜻한 부부애 또한 감동적이었다. 수컷은 궁금한지 자주 와서 알 상태를 확인하고 종종 알을 품고 있는 암컷에게 먹이를 물어다 주고 있었다. 먹이를 찾아 도심으로 왔다지만 요즘은 도시에서도 쥐를 잡기가 쉽지 않아 쓰레기통을 뒤져 상한 음식을 찾아 먹은 탓인지 수컷도 건강은 썩 좋아 보이지 않았다.

삭막한 내용만 뉴스는 아니다. 비록 알이 부화되는 모습을 촬영하지는 못했지만 이런 따뜻한 짐승의 사랑도 우리에게는 뉴스가 된다. 데스크와 다시 상의해 이 내용을 뉴스로 내보내기로 했다.

엄마가 된 지금, 나는 종종 황조롱이를 떠올린다. 대학을 졸업함과 동시에 입사를 하고, 그 뒤로 한 번도 일을 멈춰 본 적이 없었던 나는, 때때로 아이와 내내 집 안에 있는 것이 갇혀 있는 듯 답답하게 느껴져 아이를 부모님께 맡기고 밖으로 뛰쳐나오곤 했다. 인간도 그럴진대, 말 못하는 짐승이 어떻게 그렇게 내내 알을 품고 있을 수 있을까. 먹고자 하는 본능까지 누르고 말이다. 나에게 밥을 굶고 한 달 내내 아이를 품고 있으라면 과연 할 수 있을까. 뉴스를 진행하면서 인면수심(人面獸心)의 사건들을 종종 보게 되는데 이 뉴스가 조금이라도 세상을 포근하게 만들 수 있기를 바란다.

도심 속 황조롱이

2005년 5월 9일 **뉴스데스크**

앵커 | 천연기념물 황조롱이 부부가 서울 도심의 한 아파트에 둥지를 틀고 알을 낳았습니다. 갈수록 줄어드는 먹이를 찾아 농촌을 떠나 도심까지 날아온 것으로 보입니다. 김주하 기자입니다.

기자 | 아파트를 선회하던 어미 새 한 마리가 경계심을 풀고 베란다에 앉습니다. 날카로운 부리에 갈색 줄무늬, 야생 매의 일종인 천연기념물 황조롱입니다. 가끔씩 운동 삼아 주변을 선회하는 일을 빼고는 하루 종일 알을 품고 있습니다. 수컷은 줄곧 아파트를 돌며 경계를 늦추지 않습니다.

기자 | 이곳은 서울 신림동의 한 아파트 22층. 두 달 전부터 가끔 날아오기 시작한 황조롱이 부부가 지난달 5일 아예 둥지를 틀고 4개의 알을 낳았습니다.

정찬우(집주인) | 새의 머리가 안 좋다고 하는데 그렇지노 않은 것 같아요. 우리 가족들을 알아보는 것 같아요.

기자 | 낯선 곳에 알을 낳아서인지 한 달 내내 거의 먹지도 않고 알만 품고 있습니다.

이현수(집주인) | 비가 오나 바람이 부나 추워도 아랑곳하지 않고 계속 품고 있는 게 안쓰럽지요.

기자 | 농촌 인구가 줄고 농촌에서 황조롱이의 주 먹이인 쥐가 줄어

들자, 먹이를 찾아 도심까지 날아온 겁니다.

윤무부 교수 │ 사람이 없다 보니까, 농사를 안 짓다 보니까 황조롱이는 먹이사슬인 쥐들이 다 없어지니까 결국 도시로 와서 번식하고……. 요즘은 도시에서도 쥐를 잡기가 쉽지 않아 쓰레기통을 뒤져 상한 음식을 많이 먹은 탓인지 건강은 썩 좋지 않은 상탭니다.

기자 │ 어미의 지극한 보살핌을 받고 있는 새 생명들은 사나흘 뒤면 햇빛을 볼 수 있게 됩니다. MBC 뉴스 김주하입니다.

: 그리스 조각 같은
그리스 청년과
장미꽃 한송이

그리스는 처음 가 봤고 음식 문제를 포함해
이런저런 힘든 일이 많았지만,
그리스 아테네 하면 가장 먼저 떠오르는 것은
고단했던 출장 생활도 아니고 멋진 신전도 아니고,
산토리니의 빛나는 밤바다도 아닌,
그윽하게 나를 바라보던 그리스 청년 조의 얼굴이다.

온 국민이 기쁨을 공유했던 월드컵이 끝나고 2년이 지나 또 한차례의 지구촌 축제가 시작되었다. 그리스 아테네에서 올림픽이 열린 것이다. 〈뉴스데스크〉에서는 또한 번의 스포츠 붐을 예상하고 현지로 여성 앵커를 보내기로 결정했다. 결정이 내려지자마자, 올림픽 분위기를 전하기 위해 보름 전에 미리 특파된 기자들을 뒤쫓아 나 또한 비행기에 몸을 실었다.

이번에도 준비할 것이 많았다. 분장사 등이 함께 간 타 방송사의 진행자와는 달리 나는 또 혼자였다. 평소 메이크업을 하지 않고 다녔기에 변변한 화장품조차 없어 회사에 프롬프터는 없어도 좋으니 메이크업 담당자라도 함께 보내 달라고 부탁했지만 회사의 입장은 단호했다.

"분장사를 보낼 수 있다면 기자 1명을 더 보내는 게 맞지 않겠어?"

뭐 틀린 말은 아니었다. 타사보다 적은 인원으로 같은 양의 뉴스를 만들어 내려면 현지 기자들의 고생은 보지 않아도 뻔하다. 그렇다면 분장이나 의상, 헤어는 알아서 해결해야 하는데, 나는 분장은커녕 화장도 할 줄 몰랐다. 우선 평소 〈뉴스데스크〉 메이크업 담당자(당시 안양순 씨)에게 부탁해 간단한 화장법을 배웠다. 그리고 그때 사용되는 최소한의 화장품 종류를 적어 구입했다. 한 달 동안 출장을 가 있으려면 의상도 많아야 했기에 짐을 줄이려면 화장품도 예외일 수 없었다. 어차피 많이 갖고 간다고 해도 쓸 줄 모르지 않는가.

이번엔 머리가 문제였다. 헤어는 전문가도 자신의 머리를 잘 만지지 못할 정도로 어렵다는데 초짜 중의 초짜인 내가 한다는 건 무리였다. 아테네에서 미장원을 찾아보겠지만 그래도 혹시나 하는 마음에 가발을 사 가지고 가기로 했다. 그러나 가발은 쓰는 법도 어려웠다. 전문가가 씌워 주면 그럴듯한데 내가 혼자 쓰면 영 어색하고 이상했다. 하지만 선택의 여지가 없었다. 짧은 머리 가발 1개와 머리를 묶어 뒤에 붙일 수 있는 가발 1개(그나마 머리 뒤 꼭지에 붙이는 것이니 이건 덜 어색해 보여 구입했다), 이렇게 두 가지를 준비했다.

다음은 의상이었다. 그냥 평소 입을 옷만 갖고 간다고 해도 한 달 치를 싸려면 그 양이 어마어마하다. 그런데 한 달 동안 뉴스를 진행하면서 입을 옷을 다 갖고 가야 한다니……. 나는 아테네에서 아침 뉴스까지 연결하기로 돼 있던 상태였지만 아침 뉴스 의상을 따로 준비할 여력은 없었다. 그래서 그냥 아침 뉴스 의상과 저녁 뉴스 의상은 하나로 가기로 했다. 그리고 설마 누가 의상을 일일이 기억하겠는가 하는 안일한 생각에 한 가지 의상을 두세 번씩 입기로 하고(아침 뉴스까지 합하면 4번 이상을 입는 셈이 된다. 6번 입은 옷도 있었다) 최대한 간단하게 짐을 쌌다.

'그리스 로마 신화', '고대 신전' 등으로 유명한 아테네다 보니 그리스인들의 전통 의상을 준비하는 것도 나쁘지 않을 것 같았다. 코디네이터에게 그리스 의상을 알아보라고 부탁했는데 의외로 그런 의상을 구하기가 쉽지 않았다. 다행히 아테네로 떠나기 전날 한 의상실에서 연락이 와 코디네이터와 함께 의상실로 찾아갔다. 그런데 아쉽게도 의상실에서 권해 준 옷은 팔과 어깨가 흰 망사로 덮인 일반 웨딩드레스였다. 바로 내일 출발이라 다른 곳에 알아볼 수도 없었다. 고민을 하다가 의상실 사장님께 일반 원피스에 흰 색 머플러를 달아 줄 수 있는가 물었다. 다행히 사장님은 가능하다며 흰 실로 기다란 머플러를 양쪽 어깨에 매달아 주었다. 입어 보니 그럴듯했다. 어차피 상의 부분과 앞부분만 보일 테니까.

이제 입는 것이 해결됐으니 먹을 것을 걱정할 차례였다. 난 하루라도 김치가 없으면 못 사는 토종 한국인이라 김치를 준비했지만 한 달 치를 싸 간다는 건 무리였다. 그래서 캔으로 된 깻잎, 김치 등 밑반찬과 컵라면, 참치, 그리고 쌈장을 잔뜩 준비했다. 아테네에도 분명 오이나 상추 등 야채는 있을 테니 쌈장만 있다면 야채를 빠득빠득 씻어 찍어 먹으면 될 것 같았다.

한 달 치 의상과 화장품, 신발 등을 넣었는데도 가방의 절반은 음식이 차지했다. 너무 많이 쌌나 싶었지만 음식은 차라리 남으면 남을 줄 수도 있으니 넉넉하게 준비하는 게 나을 것 같았다.

남들보다 짐이 적다고 자랑하며 들어보니 가방 무게가 장난이 아니었다. 이걸 들고 아테네까지 갈 생각을 하니 아찔했지만 따로 AD가 같이 가는 게 아니니 도움을 받을 사람도 없었다. 그냥 부딪혀 보기로 했다.

'혹시 짐을 들 때 도와주는 사람이 있다면 쌈장이라도 좀 나눠 줘야지······.'

나는 당시 편집부 수석 PD였던 김종화 부장(현지에서 PD를 맡았다)과 함께 비행기를 탔다. 혹시 앵커 멘트를 쓸 때 도움이 될 만한 것이 있을까 싶어 아테네 관련 책자를 사 들고는 시차 적응을 위해 잠이 들면 안 된다고 서로를 깨워 가며 독일 프랑크푸르트에서 비행기를 갈아타고는 새벽에 아테네에 도착했다. 그리고는 곧바로, 비행기에서 잠을 자지 않은 것을 후회했다. 테러 위협 때문에 검문검색이 강화되면서 새벽 4시가 넘어서야 숙소에 도착한 것이다. 짐을 풀고 나니 새벽 5시 반. 아침에 8시까지 국제 방송 센터(IBC, International Broading Center)로 가려면 잠은 다 잔 것이나 마찬가지였다. 차라리 비행기 안에서라도 좀 자 둘 걸.

아테네 올림픽은 기자들에게는 아주 힘들었던 경험으로 기억된다. 보통 올림픽 취재를 위해 현지에 가면 기자들은 호텔 등지에

머물며 일은 힘들지만 생활은 편안하게 한다고 들었는데 이번 올림픽은 달랐다. 올림픽 시작이 코앞에 닥쳤는데도 기자단 숙소(미디어 빌리지, media village)가 다 지어지지 않았던 것이다. 결국 아테네는 기자들을 위해 간이 숙소를 마련했다. 일반 조립 합판으로 급조한 것이었다. 크기는 2평이 채 안 되고(그나마 여기에 두 사람씩 잔 방도 있다) 화장실은 두 사람이 공용으로 쓰는 것이었는데 샤워실은 몸을 돌리다 보면 벽에 부딪힐 정도로 작았다(몸이 큰 남자 기자들은 여기저기 멍이 든 사람이 많았다). 방 안에는 1인용 침대 1개와 텔레비전이 올려진 책상 하나, 작은 붙박이장이 있었는데 가방을 둘 곳이 없어 침대와 붙박이장 사이에 얹어 놓았다. 그러고도 좁아서 누가 들어오기라도 하면 앉을 자리가 없어 항상 밖에서 만나야 했다.

문제는 냉장고였다. 냉장고가 들어갈 자리가 없어 밖에 두고 여러 명이 함께 쓰게 했는데 김치 등 귀한 음식을 그 더운 나라에서 방 안에 둘 수는 없기에 혹시 누가 가져가지나 않을까 하는 두려움 속에 서로 눈치를 보며 냉장고 안에 두었다.

거리도 문제였다. 미디어 빌리지는 아테네 외곽에 지어져(아기오스 안드레아스에 위치) 기자들이 기사를 쓰고 편집하고 본국으로 보내야 하는 IBC와는 너무 거리가 멀었다. 1시간은 버스를 타고 가야 하는데 그 버스마저 낮에는 1시간마다, 저녁에는 2시간마다 다녔다. 게다가 기자들의 숙소 앞에 내리면 검색대를 거친 뒤(테러가 있을 수 있다는 소문이 돌면서 검색이 철저해졌다) 거기서 또다시 어린이 공원의 코끼리 기차 같이 생긴 셔틀버스를 기다렸다가 타고 들어가야 했다.

이런 조건 덕(?)에 아테네에서의 첫날은 결국 한잠도 자지 못한 채 8시까지 IBC로 나가야 했다. 시차 적응은커녕 눈도 붙이지 못했지만 첫 출근을 하자마자 일이 기다리고 있었다.

"김주하 씨, 나가서 아무 거나 취재해 와."

기자들에게 가장 힘든 취재가 바로 이런 거다. 차라리 무엇 무엇을 취재해 오라고 하면 어떻게 해서든 만들어 오겠지만 '아무 거나'는 그야말로 시작부터 막막하다. 오죽하면 아테네에 선발 팀으로 도착했던 유재광 기자가 그 유능함에도 불구하고(유재광 기자의 취재력과 기사 작성 능력은 회사가 인정한다) "뭐든 다 취재해 올 테니 제발 '아무 거나 만들어 오라'는 말만 하지 말아 달라"고 했겠는가. 하지만 데스크도 이렇게 멀리 출장을 나와 있을 때는 무엇을 취재할지 막막하기에 그냥 기자의 역량에 맡기는 경우가 많다. 여하간 나는 그 무서운 명을 받았고 고민을 하기 시작했다. 어차피 "바로 오늘 새벽에 도착했는데요……"라는 말이 먹히지도 않을 바엔 그냥 열심히 해 보는 게 나았다.

현지 취재를 나가면 현지 가이드와 함께 일하게 된다. 도착하자마자 염치없지만 한국과 아테네를 다 잘 알고 있는 그들의 도움을 받을 수밖에. 한국계 혼혈인 현지 가이드와 한 시간 정도 대화를 하다 보니 어떤 것을 취재해야 할지 조금씩 감이 오기 시작했다. 카메라 기자와 다니며 인터뷰 등 대충 취재를 마치고 돌아오려는데 데스크로부터 연락이 왔다(취재하러 나가면서 근처 마트에 들러 선불 휴대전화기를 한 대 샀다).

"김주하 씨, 크로마키에 올릴 그림 있잖아, 쓸 만한 것으로 하나 찍어 와!"

크로마키(Chroma-Key)는 실내에서 방송할 때 마치 현장에 있는 것처럼 보이기 위해 만드는 합성 화면을 말한다. 주로 일기예보 같은 데서 사용하는데, 실제로는 파란 스크린이지만 방송에서는 진행자가 마치 현장 속에 있는 것처럼 보이게 만든다. 여기에 올릴 그림을 찍어 오라는 것이었다. 아테네에서도 실내 방송을 할 일이 많을 것이고 특히나 아침 뉴스는 배경이 필요할 테니 그것을 카메라 기자와 함께 내가 직접 골라서 찍어 오라는 거였다.

'그걸 또 어디 가서 찍는담.'

한숨도 잠깐, 나는 카메라 기자와 함께 오던 길을 돌려 도심으로 향했다.

앞서 잠깐 언급했듯 나는 아테네에서 아침 방송까지 맡고 있었다. 타사 진행자들은 아침 방송 팀과 저녁 방송 팀이 나누어져 있어 어느 정도 자기 시간을 가질 수 있었지만 난 양쪽으로 일을 해야 하니 개인 시간을 갖기가 어려웠다(시차 때문에 저녁 9시 뉴스는 아테네 시각으로 오후 3시에, 아침 뉴스는 아테네 시각으로 밤 12시와 새벽 1시, 이렇게 3번을 진행해야 했다). 또한 그리스인들은 보통 오후 2시부터 5시까지는 시에스타(Siesta, 낮잠 시간)라

은행이나 우체국은 물론 일반 상점들도 다 문을 닫는다. 그리스 정부가 올림픽 기간 동안 시에스타를 금지시켰지만 자자손손 그렇게 살아온 사람들이 어떻게 그 시간에 잠을 자지 않고 견딜 수 있겠는가. 그래서 4시에 〈뉴스데스크〉를 끝내고 다음 뉴스 때까지 짬이 나도 딱히 갈 곳이 없었다.

처음 며칠 동안은 오전에 취재를 하고 오후 3시에 〈뉴스데스크〉를 진행한 뒤, 밤 12시까지 기다렸다가 우리나라 시간으로 아침 6시에 한 번, 7시에 또 한 번 연결해 뉴스를 진행했다. 그러다 보니 하루에 한 벌로 버티자는 생각으로 싸 온 의상을, 매일 갈아입어야 하는 불상사가 발생했다. 아테네에서는 오후 3시, 새벽 12시와 1시에 송출하는 화면이지만 한국에서는 저녁 9시, 다음날 아침 6시, 7시에 방영되기 때문에 날짜가 달라지니 매번 옷을 갈아입어야 했다. 오후 3시 뉴스 진행 후에 갈아입을 의상을 가지러 숙소로 돌아갔다 와야 해서 시간이 모자랄 지경이었다. 그도 그럴 것이 오후 6시가 넘으면 숙소로 가는 버스가 2시간마다 있고, 오가는 시간만 2시간 이상이 걸리니 아무리 저녁을 도시락으로 때운다고 해도 시간이 없었다. 나중에는 경기장까지 다녀야 했기 때문에 의상이 구겨지든 말든 그냥 들고 다녔다.

이런 내게 타사 진행자들의 모습은 정말 부러웠다. 아침, 저녁 뉴스의 진행자가 따로 있고 프롬프터에(다행히 프롬프터 없이 뉴스를 하는 것은 습관이 돼 프롬프터는 크게 문제되지 않았지만 그만큼 뉴스를 정리할 시간이 줄어드는 건 아쉬웠다), 분장사까지 함께 온 그들은 무슨 천국에 있는 사람들처럼 보였다. 들고 온 가발이 영 어색해서 주위에 미장원이 있는지 알아봤더니 자동차로 1시간 거리에 있다고 했다. 게다가 한인 미장원은 2시간을 넘게 가야 있다니 그냥 어색함을 무릅쓰고 방송하는 수밖에 없었다. 하긴 대사관 등의 주재원 식구들까지 합해 우리 교민이 아테네 전체에 150명뿐이고 한국 식당도 3곳에 불과하니 가까운 한인 미장원을 찾는 건 포기하는 게 나았다.

새벽 1시 반에 방송을 끝내고 나면, 버스를 기다리는 시간과 돌아오는 시간이 길어(기자단 숙소 정문에서 또다시 셔틀버스를 기다리기 싫어 그냥 걸어오는 날이 더 많았다) 새벽 3시쯤 숙소에 돌아오게 된다. 그런데! 가장 우려했던 일이 일어나고야 말았다. 새벽까지 방송을 하고 배가 고파 냉장고 문을 열어 보니 내 귀한 김치와 쌈장이 나갔다 온 지 하루 만에 사라진 것이다. 정확히 말해 쌈장 포장은 있었지만 내용물이 없었다. 누군가 다 먹고 비워 두는 게 미안했는지 통마늘 몇 개와 간장을 부어 놓은 것이다(자기 딴에는 마늘장아찌라고 만들어 놓은 것 같았다). 배고픈 마음에 한국에서 가져온 휴대용 가스레인지(burner)에 라면을 끓여 쌈장 통에 든 마늘을 곁들여 먹었다. 그리고 밤새 속이 쓰려 잠을 이루지 못했다.

'내 귀한 쌈장을 도둑질한 이를 찾아내 반드시 응징하리라.'

하지만 다음날 쓰린 속이 가라앉고 나니 이 결심 또한 잊혀졌다(지금이라도 자수해서 밝은 빛을 찾길 바란다).

내 기억에 그리스처럼 우리와 음식이 잘 맞지 않는 나라가 없었다. 게다가 한국 식당도 찾기 힘들었다. 그러니 식량 쟁탈전(물론 한식)이 벌어질 수밖에. 그리고 남자들 사이에서는 소주가 엄청나게 귀한 음료가 된다. 한국에서는 흔한 게 소주지만 외국에 나오면 소주는 그야말로 금값이다. 오죽하면 한국에서는 소주보다 몇십 배 더 비싼 양주를 들고 다니며 소주 팩과 바꾸어 마시겠는가. 남자들은 한국에서 누가 아테네로 온다고만 하면(경기 해설자들은 올림픽 기간 내내 아테네에 와 있는 것이 아니라 자기가 해설을 맡은 경기가 시작되기 직전에 왔다가 그 경기가 끝나면 한국으로 돌아간다) 소주와 라면을 사다 달라고 아우성이었다.

그리스 의상을 만들어 가긴 했지만 막상 입으려고 하니 자신이 없었다. 뉴스에서 이게 무슨 짓이냐고 회사에서 한마디 할 것 같았기 때문이다. 함께 간 김종화 부장과 상의 끝에 우선 전날 아침 뉴스에서 입어 보고 회사에서 아무 말 없으면 저녁 뉴스에도 입기로 했다. 막상 의상을 입고 나니 조금은 그럴듯해 보였다.

밖에 나가 뉴스 예고를 촬영하느라 그 의상을 입고 IBC를 횡단(?)하는데 여기저기서 외국 기자들이 구경을 나오는 게 아닌가. IBC에는 우리나라 방송사 외에도 올림픽 소식을 전하기 위해 수십 개 국의 언론사가 나와 있었는데 이들이 카메라를 들고 나와 나를 촬영하기 시작했다. 갑자기 내가 취재 대상이 되니 당황스러웠지만 겉으로는 당당한 척, 하지만 속으론 이 길이 왜 이렇게 길게 느껴질까를 외치며 거의 달리다시피 IBC를 빠져나왔다.

외국 기자들의 카메라 셔터 세례를 받고 나니 더 자신이 없어졌다. 괜히 입었다가 혼나는 게 아닌가 계속 고민을 하니 보다 못한 김종화 부장이 그렇게 걱정되면 그리스 의상을 시도하지 말라고 했다. 하지만 그날은 그 의상 외에는 갖고 나오질 않아 선택의 여지가 없었다.

그렇게 방송을 마치고 며칠이 지나도록 회사에서는 아무런 반응도 없었다. 김종화 부장과 나는 혼나지 않은 것에 감사했다. 그러던 중 기사를 쓰던 노재필 기자가 나를 불렀다.

"김주하 선배가 인터넷에 나왔네!"

기자들과 함께 우르르 달려가서 인터넷을 보니 '그리스의 여신'이라는 제목이 붙어 있었다. 나쁜 얘기는 없어 보였다. '회사에 돌아가서도 혼나지는 않겠구나' 안도했다. 오히려 아테네 올림픽이 끝날 즈음에는 보도 이사가 또 한 번 그리스 의상을 입는게 어떠냐고 권할 정도였다. 그래서 이번에는 현지에서 우리 돈으로 4만 원짜리 진짜 그리스 의상을 한 벌 구입했다.

우리 선수들의 선전 덕에 아테네 올림픽도 엄청난 관심을 모으게 됐다. 이원희 선수가 유도에서 첫 금메달을 획득한 데 이어 배드민턴에서 김동문·하태권 선수가 금메달을 땄고, 양궁에서 남녀 단체전과 개인전을 휩쓸며 아테네 하늘에 태극기가 물결쳤다. 여기에 탁구의 유승민 선수가 16년 만에 만리장성을 꺾는 파란을 일으키자 저 멀리 서울에서의 함성이 여기 아테네까지 들리는 듯했다.

　탁구 결승전은 〈뉴스데스크〉 바로 직전에 끝났는데 승리의 기쁨도 잠시, 기자들은 바로 탁구 결승 소식을 타전하고 편집하고, 보내느라 IBC 내의 MBC 부스는 '난리 5분 후' 모습이라고 해도 과언이 아니었다. 나 또한 앵커 멘트를 정리할 시간도 없이 임시 뉴스 스튜디오로 뛰어 들어갔는데 얼마나 마음을 졸이며 경기를 봤는지 내가 가발도 쓰지 않고 뻗친 머리 그대로 있었다는 것도 몰랐다(숙소에서 화장은 대충하고 나오지만 워낙 더운 나라라 가발은 방송하기 직전에만 쓰고 평소에는 모자를 쓰고 다녔다). 카메라 앞에 앉자마자 내 모습을 본 PD가 "김주하 씨 머리!"라고 소리치지 않았더라면 한쪽은 눌리고 한쪽은 삐죽이 뻗친 머리 꼴로 뉴스를 진행했을 것이다.

　기자들은 올림픽 출장을 가서도 야근을 한다. 때문에 다음날 낮에는 쉴 수가 있는데 이때 조금씩 주변을 돌아보곤 한다. 하지만 나는 아침부터 저녁, 아니 다음날 새벽 1시 반까지 방송이 있었기 때문에 다른 곳에 나가 본다는 것은 상상도 할 수 없었다. 그렇게 불쌍하게 아테네 올림픽이 끝나 가고 있을 무렵, 잠깐이라도 그리스를 돌아볼 수 있는 아이디어를 생각해 냈다. 〈뉴스데스크〉는 토요일, 일요일에도 계속 하지만 아침 뉴스는 토요일까지만 방송이 있다. 일요일 아침에는 아침 뉴스 연결이 없으니 토요일 오후 방송이 끝나고 나면 다음날 일요일 오전까지 시간을 만들 수 있었다. 여기까지 생각이 미치니 당장 어디로 떠날지 생각해 봐야 했다. 아테네 생활 한 달이 다 되도록 그리스 구경 한번 제대로 해보지 못했던 유재광 기자와 김연국 기자, 그리고 라디오 방송을 위해 아테네로 온 이은하 리포터와 함께 12시간의 여행을 계획했다.

평생 가보고 싶었던 산토리니가 코앞에 있으니 거길 꼭 가보고 싶은데 산토리니는 비행기를 타야 하고 비행기 시간도 맞질 않았다. 그래도 포기할 수는 없었다. 오후 5시 비행기를 타고 6시에 도착해 해 지는 산토리니를 본 다음, 저녁을 먹고는 밤을 새우고 꼭 두새벽에 다시 비행기를 타고 바로 돌아왔다. 옥빛 바다와 바다를 닮은 파란 지붕 그리고 하얀 집들, 그리고 섬과 섬 사이로 떨어지는 지중해의 태양. 비행기 표 값이 아깝지 않았다. 산토리니에 발을 디뎠다 온 것만도 나에겐 행복이었다.

아테네 올림픽은 여러 기록이 쏟아지고 한국이 또 한 번 세계의 주목을 받은 신나는 올림픽이었지만 안타까운 사건도 있었다. 아테네 올림픽 경기 중계를 위해 파견 나왔던 KBS의 중계기술부 직원(고 신관영 님)이 숨진 것이다. 미디어 빌리지는 IBC에서 멀리 떨어져 있고 또 딱히 다른 곳으로 갈 수도 없었으므로 기자들은 지친 심신을 숙소 앞 해변에서 풀곤 했는데 그곳에서 심장마비를 일으킨 것이다. 우리는 철야 근무를 마치고 돌아오자마자 그 소식을 들었고 다들 우울한 소식에 어쩔 줄 몰라 했다. 다시 한 번 고인의 명복을 빈다.

아테네는 나에게 방송뿐 아니라 또 다른 추억 거리도 남겨 주었다. 결혼할 남자 친구를 한국에 두고 장기 출장을 나와 있는 상황이었는데 남자 친구, 그것도 그리스 남자 친구가 생길 뻔한 것이다. 새벽 방송을 마치고 오전부터 있었던 우리 선수들의 경기를 보기 위해 일찍 숙소를 나서는 바람에 미처 의상을 준비하지 못해 다시 미디어 빌리지로 돌아오고 있을 때였다. 미디어 빌리지 정문에서 검색을 받고 코끼리 차(미디어 빌리지를 도는 차량이 놀이공원의 아이들 기차같이 생겼다고 해서 우리가 붙인 별명이다)를 기다리고 있는데 작은 차 한 대가 내 앞에 섰다(미디어 빌리지 안에서 차량을 갖고 일하는 그리스 인들은 종종 이렇게 셔틀버스 시간이 맞지 않아 뙤약볕에 서 있는 기자들을 태워 주곤 했다). 함께 차를 타고 오면서 그에 대해 여러 가지를 알게 되었다. 키가 크고 잘생긴 그는 자신을 간단히 '조'라고 부르라고 했는데 대학에서 법학을 공부하고 있고 지금은 아테네에서 올림픽 아르바이트를 하고 있다고 했다. 그리고 내 눈이 마음에 든다고 했다. 숙소 앞에서 내려 작별 인사를 하고 숙소에 들어가 의상을 챙긴 후 다시 나갈 준비를 하고 있는데 누군가 문을 두드렸다.

"누구세요?"

조였다. 게다가 장미꽃 한 송이를 손에 들고 있는 게 아닌가. 이 삭막한 곳에서(수백 개의 숙소는 모래 바닥 위에 세워져 있고 주변에는 정문에 술집이 하나 있을 뿐 아무것도 없었다) 어떻게 구했는지 꽃을 건네고는 앞으로도 내 눈을 계속 보고 싶다고 했다.

그리고 직접 말하지는 않았지만 숙소 안으로 들어오고 싶어 하는 눈치였다. 하지만 영화에서 많이 본 게 있던 터라 고맙다고, 나는 지금 무척 바쁘다며 문을 닫았다. 창밖을 보니 그가 떠나질 못하고 내 숙소 앞에서 서성거리고 있었다.

'이를 어쩌지? 나이도 나보다 한참 어릴 것 같은데…… 애인이 있다고 말할까? 하지만 내가 너무 앞서 생각하는 거면 어쩌지?'

그렇게 고민하는 사이 잘생긴 조는 사라졌다. 다시 IBC로 가기 위해 의상을 준비해 나가 보니 내 숙소 입구에 꽃 모양의 그림과 그리스어 글자를 남겨 놓았는데 그 내용은 알 길이 없었다.

그리스는 처음 딱 한 번 가 봤고 음식 문제를 포함해 이런 저런 힘든 일이 많았지만, 그리스 아테네 하면 고단했던 출장 생활도 아니고 멋진 신전도 아니고, 산토리니의 빛나는 밤바다도 아닌, 그윽하게 나를 바라보던 그리스 청년 조의 얼굴이 생각난다. 나는 꽃을 싫어 하지만, 단 한 번 사람을 보고 마음을 정하고 꽃을 바칠 수 있는 그 순수함이 좋았기 때문이다. 평생 한 번도 내 앞에 꽃을 들고 나타난 남자를 본 적이 없어서가 아니다.

삼면이 바다로 둘러싸여 있고 산이 많고 풍류를 즐기며 가족애도 우리와 비슷한 그들이기에 더 그리스 인들에게 호감이 가는지도 모르겠다. 우리가 긍정의 표현으로 쓰는 '네' 는 영어로 표기하자면 'Ne' 라고 쓸 수 있다. 하지만 'N' 으로 시작하는 단어로 긍정의 표현을 하는 나라는 흔하지 않다. 오히려 '아니요' 라는 뜻의 말에 'N' 자가 많이 들어간다. 영어의 'No' 와 불어의 'Non' 등이 그렇다. 그런데 그리스어로 '네'는 '나이($Ναι$)'다. 이것을 발견하고는 소소한 일인데도 얼마나 반가웠는지 모른다. 어쩌면 평생 다시는 보지 못할 그리스에게, 그래서 더 나에게 소중한 기억을 새겨 준 그리스 아테네에게 고맙다는 말을 전하고 싶다.

<< 여기는 아테네

아테네 후끈 달다

2004년 8월 11일 **뉴스데스크**

앵커 | 이번 아테네 올림픽은 몇 시간 뒤에 열리는 한국과 그리스의 축구 경기를 시작으로 사실상 개막됩니다. 올림픽에 비교적 무관심 하던 아테네 시민들도 축구 경기를 앞두고 후끈 달아올랐습니다. 현 지에서 김주하 기자가 취재했습니다.

기자 | 전 세계 방송사들이 올림픽 개막을 기다리고 있는 IBC, 인터 내셔널 방송 센터입니다. 개막을 며칠 앞두고 아직은 비교적 한가한 분위기지만, 그리스 국영 방송 센터만은 예외입니다. 사실상의 첫 올 림픽 경기 중계인 한국과 그리스의 경기를 앞두고 있기 때문입니다.

그리스 방송 스포츠 PD | 한국과의 첫 경기를 보기 위해 사람들이 줄 을 서 있다. 앞으로도 이런 경험은 힘들 것이다.

기자 | 성공적인 방송 올림픽에 대한 승부가 오늘부터 시작된다는 게 그리스 방송의 판단입니다.

기자 | 이곳은 아테네에서 가장 번잡한 신타그마 광장입니다. 올림 픽 경기에 비교적 냉랭한 반응을 보이던 이곳 아테네 시민들도 한국 과의 축구 경기에는 높은 관심을 나타내고 있습니다.

아테네 시민 | 그리스가 2대1로 이길 것이다.

기자 | 특히 지난달 유로 2004에서 그리스가 우승하면서, 아테네 시 민들이 축구에 보이는 반응은 폭발적입니다. 한국과의 경기에서 승

리는 당연히 자기들 몫이라는 겁니다.

아테네 노점상 | 한국도 잘하지만 우리가 이긴다.

아테네 택시 운전사 | 힘든 경기가 될 것 같다.

기자 | 108년 만에 아테네에서 다시 열리는 올림픽은 오늘밤 축구 경기를 시작으로 사실상 개막됩니다. 아테네에서 MBC 뉴스 김주하입니다.

N E W S

<< 여기는 아테네

우리와 그리스

2004년 8월 10일 뉴스데스크

앵커 | 그리스 하면 굉장히 멀게 느껴지지요. 하지만 거리만 멀 뿐 우리와 비슷한 점이 너무나 많습니다. 어떤 공통점이 있는지 확인해 보시기 바랍니다. 아테네에서 김주하 기자가 취재했습니다.

기자 | 그리스 신화와 더불어 유적 등 과거의 영광으로 살아오던 그리스가 2004년 새로운 역사를 만들려 하고 있습니다. 그리스는 우리와 공통점이 많습니다. 산이 많고 3면이 바다로 둘러싸여 있으며 위도 38도에 위치해 있습니다. 우리나라가 동쪽의 관문이라고 한다면 그리스는 서쪽의 관문이라고 할 수 있습니다. 풍류를 즐기는 사람들의 성향도 비슷합니다. 아이를 키우는 모습도 마찬가집니다. 대부분의 서양인들이 학교를 졸업하면서 독립하는 것과 달리 그리스인들은 자녀가 자라서 결혼할 때까지 함께 살고 결혼할 때는 세간 살림도 마련해 줍니다.

그리스 시민 | 아이들이 결혼을 해도 아이들과 함께 살고 싶다.

기자 | 오늘 올림픽 마스코트가 첫선을 보였습니다. 아테네에서는 이 마스코트가 새겨져 있는 배지가 귀한 선물일 정도로 큰 인기를 끌고 있습니다. 그리스 국민의 대다수는 이번 2004아테네 올림픽이 역대 최고 올림픽이 될 것이라고 믿고 있습니다. 이미 올림픽 개막식과 폐막식 입장권은 최고 130만 원에 매진됐습니다.

기자 | 모든 사물이 신화를 갖고 있는 그리스, 이젠 올림픽 스타디움에서 새 신화를 만들려 하고 있습니다. 아테네에서 MBC 뉴스 김주하입니다.

episode

18

: 체력이 곧 뉴스다

체력만큼은 둘째가라면 서러웠을 정도로 자신 있었기에
새벽에 나가 경찰서를 돌고, 취재하고 회사로 돌아와
뉴스를 진행하는 빡빡한 일상도 두렵지 않았다.
하지만 몇 달 동안 새벽 5시에 나가 밤 11시에 퇴근하는 건
무리였는지 결국 병원 신세를 지고 말았다.

흔히들 기자 등 방송사 직원은 화이트칼라(white-collar)일 것이라고 말한다. 뭐 아주 틀린 말은 아니다. 주로 와이셔츠와 양복 차림으로 다니니까. 하지만 기자치고 본인이 화이트칼라라고 생각하는 사람은 거의 없다. 시청자들에 대한 예의로 옷만 그렇게 갖춰 입었을 뿐이지 실제적으로는 블루칼라(blue-collar)라고 생각한다. 비록 사무실에 앉아 기사를 쓴다고 해도 실제적으로는 하루 종일 현장에서 뛰어다니는 막일에 시달리니 이론적으로도 블루칼라가 맞겠다.

이런 이유로 방송사 선배들은 운동이라면 무슨 벌레 보듯 싫어하는 내게 반드시 운동을 해야 한다고 충고해 왔다. 20대까지는 부모님이 주신 체력으로 버틸 수 있지만 30대부터는 직접 운동을 해 체력을 만들지 않으면 이 일을 계속하기 힘들다는 것이다.

다른 동기 여자 앵커들에 비해서는 나이가 들어 시작했다고는 하지만 그래도 아직 세상을 보는 눈이 좁을 텐데, 좀 더 나이가 들어서 뉴스를 진행했어야 하는 게 아닌가 고민했던 나는 사실 30대가 되길 학수고대했다. 일부러 나이가 들어 보이려고 노력하고 남들은 줄여 말하는 나이를 줄이기는커녕 오히려 한두 살 늘려 말할 정도였으니까. 하지만 막상 30대가 되고 나니 다른 문제가 기다리고 있었다. 선배들이 말하던 체력이었다.

체력만큼은 둘째가라면 서러웠을 정도로 자신 있었기에 새벽에 나가 경찰서를 돌고, 취재하고 회사로 돌아와 뉴스를 진행하는 빡빡한 일상도 두렵지 않았다. 하지만 계속해서 새벽 5시에 나가 밤 11시에 퇴근하는 건 무리였는지 결국 병원 신세를 지고 말았다. 잠깐 나도 모른 사이 기절을 했고 병원에서 과로라는 진단을 받아 링거를 맞게 된 것이다. 회사에 얘기하면 분명 새벽 경찰서 도는 일을 중단시킬 게 뻔했기 때문에 보고할 수도 없었다. 그래서 친한 기자 몇몇에게 고민을 얘기하니 1주일만이라도 모든 경찰서를 돌지 말고 몇 군데는 건너뛰는 편법을 써 보라고 귀띔해 주었다. 회사에 거짓말을 하면 안 되지만 그렇다고 어렵게 얻은 기자 수업 기회(처음 기자가 되면 기자 훈련 차원에서 몇 달 동안 새벽에 경찰서를 취재하는 일을 시킨다)를 놓칠 수는 없었다. 하지만 결국 새벽에 일어나지 못해 그마저도 취재를 나가지 못하고 전화로 취재를 해야 하는 날도 있었다.

그렇게 2주를 보내고 나니 운동을 해야 한다는 선배들의 말이 뼈저리게 느껴졌다. 하지만 따로 운동을 할 시간은 없었다. 그래서 회사에서 계단 오르기를 시작했다. MBC는 10층까지 계단이 연결돼 있는데 1층에서 10층까지 2,3번을 운동 삼아 걸었다. 처음에는 뉴스가 끝나고 퇴근하기 전에, 나중에는 오후 편집 회의(그날 나갈 뉴스를 보고하고 내용을 정리하는 회의. 국장·부국장·부장·앵커들이 참여한다)가 끝나고 나서 분장을 하러 가기 전에 걷는 것을 반복했다.

　안색이 좋지 않다고 걱정해 주는 강서경찰서 유정민 형사에게 이 일을 얘기하니 안쓰럽게 본 모양이었다. 선물이라며 제보를 하나 해 주었다. 원래 휴대전화를 개통하려면 직접 신분증을 갖고 가서 본인임을 확인 받아야 하는데 신분증이 없어도 개통이 가능하다는 얘기였다. 신분증을 갖고 가지 않고도 주민번호만 알면 다른 사람 이름으로 얼마든지 휴대전화를 개통할 수 있고, 전화 요금을 내지 않았을 경우에는 이동통신사에 등록된 가입자가 신용불량자가 되는 것이다.

　그렇다면 어떻게 다른 사람의 주민번호를 알 수 있을까. 경찰서에서 남의 이름으로 전화를 개통했다가 붙잡힌 중학생을 만날 수 있었다. 예전에 '주민번호 생성기'라는 사이트가 문제가 됐던 기억이 나서 혹시 그 사이트를 이용했는지 물었더니 학생은 "그 사이트는 지금 존재하지도 않고 실제 다른 사람의 주민번호가 아니라 없는 주민번호를 만들어 내기 때문에 실용적(?)이지 않다"고 했다. 좀처럼 입을 열지 않는 학생을 간신히 설득해 들어 보니 식당이나 가게의 '사업허가증'이나 '사업자등록증'을 보고 알아낸 다는 것이었다. 글씨가 작아 잘 보이지 않는 곳에 있을 때는 일부러 볼펜이나 작은 물건을 떨어뜨려 주우러 가는 척 가까이 가서는 사진을 보는 척 하며 숫자와 이름을 외우고 나온다는 것이다. 아이디어도 기발했지만 그 짧은 시간에 그 긴 주민번호를 외우고 나온다는 것도 신기해 물어보니 두 사람이 가서 각자 앞뒤 자리를 나눠서 외웠다고 했다(경찰서에 잡혀 온 학생도 2명이었다). 실제로 카메라 기자와 함께 식당이나 약국 등지에 들어가 시도해 봤는데 역시나 글씨가 작아 멀리서는 잘 보이지 않았다. 학생들이 써먹었던 방법으로 해야 알아낼 수 있을 것 같았다. 하지만 이 내용을 기사에 담는다는 건 좀 위험했다. 아주 보편화된 수법이 아니라서 오히려 청소년들에게 방법을 알려 주는 것 같았기 때문이었다. 10여 군데 가게에 들어가 이미 촬영을 한 것은 아까웠지만 이 내용은 버릴 수밖에 없었다. 캡도 동의했다.

그래서 초점을 바꾸기로 했다. 아니 본래의 취재 의도로 돌아와 '주민등록증 없이도 휴대전화 개통'으로 바꾸기로 했다. 그래서 오디오 담당자(카메라 기자를 도와 목소리를 녹음하고 조명을 비춰 주는 역할을 한다)에게 몰래 카메라를 들려서 용산전자상가에 있는 휴대전화 판매점에 들어가게 했다. 그런데…… 실패였다. 내 얼굴과 ENG카메라를 눈치 채고, 속칭 "기자가 떴다"는 말이 퍼진 것이다. 옷깃을 끌어올려 얼굴을 가렸지만 여기저기서 "취재하러 오셨어요?"라고 물으니 몰래 카메라 촬영은 물 건너 간 게 확실했다.

다른 곳으로 가야 했다. 그래서 여기저기를 돌다가 종로의 한 휴대전화 판매점으로 들어갔다. 그리고 안타깝게도(이런 종류의 취재는 잘됐을 경우 기사 쓰기는 쉽겠지만 불법 행위나 안 좋은 일을 직접 눈으로 확인하는 것이므로 그다지 즐겁지만은 않다) 취재에 성공했다. 복사한 다른 사람의 주민등록증을 보여 주며 깜짝 선물을 하기 위한 것이니 그 이름으로 휴대전화를 개통해 달라고 했는데 얼마든지 해 주겠다는 것이었다.

이번에는 오디오 담당자가 또 다른 판매점에 들어가 복사한 주민등록증도 없이 동생에게 휴대전화를 사 주고 싶다며 주민번호만 불러 주고는 휴대전화를 개통할 수 있느냐고 물었다.

"가입신청서 있잖아요. 거기에 동생 주민번호 쓰시면 바로 개통해 드려요."

대리점이나 판매점은 휴대전화를 개통시켜 주고 매달 전화요금의 4퍼센트를 챙기기 때문에 수익을 위해 일단 개통해 주고 보는 것이었다. 이후 이동통신사를 취재하고 명의를 도용한 사람은 처벌되지만 신분증 없이 휴대전화를 개통해 준 대리점에 대해서는 구체적인 처벌 조항조차 없다는 것을 지적한 리포트를 〈뉴스데스크〉를 통해 내보냈다.

그런데 등잔 밑이 어둡다고 동생이 같은 일을 당했다. 누군가 동생의 이름으로 휴대전화를 4대나 개통해 쓰고는 요금을 내지 않아 동생에게 곧 신용 불량자가 될 것이라는 통첩장이 날아온 것이다. 처음에 이 통첩장을 받고 놀란 동생이 이동통신사를 찾아갔더니 동생의 이름으로 3대가 더 개통돼 있고 그 또한 요금을 내지 않아 곧 통첩장이 발송될 예정이라고 했다. 언니가 그렇게 발로 뛰고 고생해서 조심해야 한다고 뉴스를 내보내면 뭐한단 말인가. 한숨이 절로 나왔다.

예전에 다단계 회사들을 조심해야 한다고, 또 무슨 경품에 당첨됐으니 주민번호와 신용카드 번호를 알려 달라는 전화에 속아 돈을 떼였다는 뉴스를 몇 번이나 내보냈는데도 계속해서 피해자가 발생하는 것을 보고 속이 상해 도대체 언제까지 같은 뉴스를 해야 하느냐고 물은 적이 있었다. 물론 동생의 휴대전화 개통 사건이야 자신도 모르게 당한 일이었지만 같은 뉴스를 반복해서 내보내는 것도 중요하다는 것을 실감했다. 뉴스란 누군가에게는 전혀 새로운 일이 아니더라도 또 다른 누군가에게는 얼마든지 뉴스, 새로운 소식이 될 수 있으니 말이다.

<<현장 출동

이름 훔쳐 가입

2004년 10월 30일 **뉴스데스크**

앵커 | 가입하지도 않았는데 휴대전화 요금이 청구되는 경우가 있습니다. 판매점들이 이름을 훔쳐서 가입시키기 때문에 생기는 일이거든요. 이동통신업체들 말이죠, 매일같이 황금 알을 낳으면서도 배가 고픈 모양입니다. 김주하 기자가 현장으로 달려갔습니다.

기자 | 서울 강서구 화곡본동 32살 김명화 씨가 받은 SK텔레콤의 휴대전화 요금 내역서입니다. 지난달 요금이 무려 740만 원입니다. 하지만 김씨는 SKT 휴대전화는 갖고 있지도 않습니다.

피해자 | 이동통신사 직원이 아무렇지도 않는다는 듯이 '어머, 이런 게 종종 있어요'라고 얘기를 하니까 저는 너무 기분이 나쁘죠.

기자 | 뜬금없이 70만 원의 요금 고지서를 받은 이 모 씨도 마찬가지. 자신도 모르게 SK에서만 4대의 휴대전화가 개통돼 있었습니다. 휴대전화를 개통해 준 판매점은 딱 잡아뗍니다.

휴대전화 판매자 | 다른 사람이 위조된 신분증을 복사해 갖고 왔는데 여기서 개통됐다구요?

기자 | 왜 그런 일이 생길까요?

휴대전화 판매자 | 그건……. 제가 기억이 없으니까.

기자 | 명의 도용이 활개를 치는 것은 대리점이나 판매점들이 신원 확인을 제대로 하지 않기 때문입니다.

기자 | 서울 종로의 한 휴대전화 판매점. 동생에게 휴대전화를 사주고 싶다며 주민등록증이 없어도 되는지 물었습니다.

직원 | 가입신청서 있잖아요, 거기에 동생 분 주민번호 쓰시고 그 다음에 번호 그대로 써 가지고 개통을 바로 시켜드리는 거예요.

기자 | 휴대전화를 개통시켜 주고 대리점이나 판매점이 챙기는 수익은 매달 전화 요금의 4퍼센트. 돈이 되다 보니 일단 개통해 주고 보는 겁니다. 하지만 대리점이나 판매점에 가입자 확보를 독려하는 이동통신사들은 모든 책임을 판매점으로 떠넘깁니다.

이동통신사 관계자 | 시스템을 통해 꼭 본인 여부를 확인하는 그런 절차가 있죠. 당연히……

기자 | 그런데 왜 이런 일이 생기죠?

이동통신사 관계자 | 아……. 그러게 말입니다.

기자 | 허술한 법망도 문제입니다. 명의를 도용한 사람은 처벌이 되지만 신분증 없이 휴대전화를 개통해 준 대리점에 대해서는 구체적인 처벌 조항조차 없습니다. 번호 이동 서비스 시행 이후 이동통신사들의 가입자 쟁탈전이 일선 판매점의 탈법 영업으로 이어져 엉뚱한 피해자들이 속출하고 있습니다. MBC 뉴스 김주하입니다.

: 진실의 외줄
위에 서서

지금도 가끔 '설사 황우석 교수의 줄기세포가 진짜가 아니었다
하더라도 MBC는 밉다'는 말을 듣는다.
충분히 이해한다. 나 또한 MBC 내에 있었으면서도
애사심보다는 애국심이 더 크게 와 닿았는지
황우석 박사의 논문이 사실이길 간절히, 간절히 빌었으니까.

〈뉴스데스크〉를 진행하면서 가장 행복하고 즐거웠던 뉴스가 2002년 한·일 월드컵이었다면, 가장 많이 고민하고 힘들었던 뉴스는 두말할 것도 없이 2005년 말 황우석 박사의 줄기세포 논문 조작 사건이었다. 당시 MBC에게는 거의 사활이 걸린 문제라고 해도 과언이 아니었다. 직원들 사이에서는 이러다가 MBC가 문을 닫는 것 아니냐는 말까지 나돌 정도였으니까. 실제로 MBC는 황우석 박사 사태 이후 시청자들의 미움을 사서 1년이 넘도록 시청률이 제자리를 회복하지 못하는 등 극심한 어려움을 겪었다.

시청자들은 대부분 MBC 안에서는 모든 부서가 함께 정보를 공유하는 것으로 생각한다. 하지만 MBC 내에도 보도국·시사교양국·아나운서국·예능국·드라마국·라디오국 등 많은 부서가 있고, 그 부서 안에서도 프로그램별로 또 나뉘기 때문에 어떤 프로그램이든지 자세한 내용은 시청자와 똑같이 방송을 봐야 알 수 있는 경우가 많다.

그런데 11월 22일 〈PD수첩〉의 '황우석 신화의 난자 의혹'은 이미 방송이 되기도 전부터 '난자 불법 매매'나 '섀튼 교수의 황 교수와의 결별 선언', '미 일부 대학들의 줄기세포 허브 참여 철회' 소식 등이 불거져 나오면서 언론에 조금씩 보도가 되고 있었고, 방송되기 전날 〈PD수첩〉 팀이 보도 자료를 냄과 동시에 최승호 CP(Chief Producer, 당시 〈PD수첩〉 팀장)가 노동조합에 내려가 그 내용의 일부를 공개해 보도국도 충격에 술렁이고 있었다.

더욱 놀라웠던 사실은 이때 최승호 팀장이 난자 매매와 관련된 윤리 문제가 이번 사건의 전부가 아니라고 밝혔던 데 있었다. 즉, 논문 자체에 대한 문제 제기도 있을 수 있다는 것이었는데 당시로서는 상상도 할 수 없는 일이었다. 하지만 이때까지만 해도 문화방송의 다원화된 조직의 특성상 이 문제는 어디까지나 시사교양국의 〈PD수첩〉 팀의 책임하에 있던 일이었고, 보도국이 나설 만한 일도 아니었다.

그런데 〈PD수첩〉 팀의 '황우석 신화의 난자 의혹'이 방송된 이후 MBC가 네티즌들의 강한 질타를 받으며 분위기가 험악하게 흘러가자 보도국도 더 이상 남의 일처럼 보고만 있을 수 없게 되었다. 게다가 황우석 박사의 줄기세포 진위 논란 여부에 대해서는 아직 방송도 하지 않았고, 단지 난자 매매와 관련한 윤리 의혹만을 보도했을 뿐인데도 MBC를 향한 네거티브 캠페인이 시작되고 황우석 교수 살리기 촛불 시위까지 벌어지자 방송사 내부적으로도 이 사안에 대한 최소한의 공감대가 필요해졌고 보도국 내에서도 이것이 사실인지 아닌지를 알아봐야 한다는 의견이 강하게 대두됐다. 거기다 〈PD수첩〉 팀의 검증 결과 줄기세포 2번과 4번이 진짜가 아니라고 나오고(11월 17일), 황 교수 측에서 본래의 약속과 달리 재검증에 임하지 않겠다고 밝히자(11월 28일) 무언가 이상하다고 느낀 보도국도 결국 따로 팀을 만들기에 이르렀다. 11월 30일 정일윤 보도국장의 지시로 보도국 내에 5명의 기자들로 이루어진 특별취재팀이 만들어졌다.

사실 이때까지만 해도 보도국 내의 시선은 일반 시청자들과 크게 다르지 않았다. '설마 그렇게 엄청난 사기를 쳤을까', '그렇다고 해서 과연 언론이 고도의 전문성을 요하는 분야에 대한 검증을 자체적으로 할 수 있을까' 등 여러 의견과 고민이 팽배했었다. 나만 해도 수많은 취재원들을 만났지만 다른 사람에게 자랑하고 다닌 건 황우석 박사와의 만남뿐이었을 정도로 황우석 박사의 열렬한 팬이었다(황우석 박사의 책을 밤새워 읽고 깊은 감명을 받았다). 하지만 사실 자체를 검증해야 한다는 의견도 만만찮았다. 결국 특별취재팀이 취재를 하는 와중에도 보도국은 《사이언스》 같은 전문지가 검증을 마친 것을 우리가 다시 해서 무엇하겠는가'와 '의문이 있다면 밝혀서 더 떳떳해야 한다'는 의견이 팽팽하게 맞서고 있었다.

결국 보도국은 11월 28일 최승호 팀장으로부터 그동안의 취재 내용을 다시 한 번 확인한 뒤, 앞서 말한 대로 11월 30일 특별취재팀을 꾸려 12월 1일, 5개의 줄기세포 중 2개가 환자 DNA와 일치하지 않았고 나머지 3개는 유전자가 검출되지 않았다는 〈PD수첩〉 팀의 검사 결과를 〈뉴스데스크〉를 통해 보도했다. 줄기세포 진위를 다룬 〈PD수첩〉의 2차 방송분은 아직 방송을 하지 않은 상태였기 때문에 결과적으로는 〈뉴스데스크〉를 통해 처음으로 그 사실이 공개된 것이다. 한국 과학계는 물론이고 국민 전체가 혼란에 빠졌다.

그리고 이때부터 사단은 시작되었다. 보도 이후 MBC 밖에서는 물론 내부에서도 도대체 누구의 명으로 보도를 한 것이냐, 특별취재팀이 만들어진 지 하루 만에 어떻게 그렇게 보도를 할 수 있는가 등 기사 내용과 더불어 특별취재팀에 대한 얘기들까지 오고 갔다.

뿐만 아니라 이제는 〈PD수첩〉을 넘어서 MBC 전체에 대한 반대 여론이 형성돼 기자들은 밖에 나가 취재도 하지 못할 지경에 처했다. 어디를 가나 취재 거부를 당하는 것은 기본이고, MBC 로고가 찍힌 차를 타고 나가면 길 가던 사람들에게 돌을 맞고, 급기야 광고가 다 떨어져 나가기 시작했다. 11월 29일 〈PD수첩〉이 광고 없이 방송된 데 이어 〈뉴스데스크〉도 광고가 점차 빠지기 시작해 (IMF 경제 위기로 모든 프로그램의 광고가 줄어들고 있을 때에도 〈뉴스데스크〉만은 늘 광고가 꽉 찼었다. 광고 100퍼센트의 신화가 무너지고 있었던 것이다) 나중에는 광고가 단 1개도 붙지 않은 날도 며칠씩 이어졌다. 늘 "우리는 광고가 있어서 타사와 시청률

경쟁이 어렵다"고 말하던 보도국 구성원들도 이쯤 되니 그 심각성을 피부로 느끼지 않을 수 없었다. 광고주들은 MBC에 광고를 내보내면 더 장사가 안 되게 생겼다며 발을 뺐고, 다른 프로그램도 출연자 섭외가 안 되거나 이미 이뤄진 섭외가 일방적으로 취소되는 사태가 빈발했다.

기자들이 나가서 취재를 할 수 없다면 도대체 뉴스는 어떻게 만든단 말인가. 뉴스 제작마저 어려워진 상황에서 앞으로 어떻게 보도를 해야 하는가, 우리는 누구를 어디까지 믿어야 하는가 등 한창 논란이 오가고 있을 무렵, 정확하게 12월 4일 오후 3시에 사건 아닌 사건이 발생했다. YTN이 "MBC 〈PD수첩〉 팀이 김선종·박종혁 연구원과 인터뷰를 할 때 협박 취재를 했다"고 보도한 것이다. YTN은 이 내용으로 8꼭지를 방송했고 시간마다 그 수를 늘려나갔으며 다른 언론사들도 이 내용을 그대로 받아 보도했다.

난자 윤리도 문제지만 취재 윤리 또한 중요하다. 결국 MBC는 〈뉴스데스크〉를 통해 사과 방송을 했고 전 국민의 질타를 받는 신세가 되었다. 그 와중에 황우석 교수가 병원에 입원까지 하면서(12월 7일) MBC는 완전히 고립무원에 빠지게 됐다. 또 12월 6일 〈PD수첩〉 책임 프로듀서인 최승호 팀장과 한학수 PD는 대기 발령을 받았고, 최진용 시사교양 국장과 함께 인사위원회에 회부되었다. 〈PD수첩〉도 후속 보도 대신 다큐멘터리가 대체 방송되었다.

이러는 사이 12월 10일, 특별취재팀의 팀장이 한정우 팀장으로 바뀌었다. 당시 회사에서는 취재 윤리 문제와는 별도로 〈PD수첩〉의 취재 내용이 진실이라고 판단하고 있었고 보도국이 적극적인 동참을 주저하는 것에 대해 답답해하고 있었다. 하지만, 보도국에서는 설사 〈PD수첩〉의 내용이 진실이라고 하더라도 국민 여론이 굉장히 좋지 않은 상황에서, 또 〈PD수첩〉 팀의 검증 방법이 완벽한지 모르는 상황에서(〈PD수첩〉 팀은 며칠 전 가진 보도국 특별취재팀과의 회의에서 검증을 위해 줄기세포를 아이디진에 두 차례에 걸쳐 맡겼다는 사실을 말하지 않았다. 사소한 부분이라, 사안을 복잡하게 할 필요가 없다고 생각해서 그냥 넘어간 것이었는데 오히려 〈PD수첩〉 팀을 검증하려고 하는 다른 언론사들과 시청자들의 눈을 생각해 보면 괜한 오해를 살 수도 있는 상황이었다. 한학수 PD는 당시 모든 검증 결과를 보도국에 알리지 않아 불필요한 오해를 낳은 것에 대해 후회했다.[*] 더 충분한 검증 없이 동참하는 건 위험하다는 생각이 많았다. 때문에 〈뉴스데스크〉는 우선 브릭(BRIC, Biological Research Information Center, 과학기술부 산하 한국과학재단 지정 생물학연구정보센터)의 소장 과학자들의 입을 빌려 그들의 주장을 전하는 정도로만 보도를 하고 그 사이 새 팀장의 지시에 따라 독자적인 취재에 들어갔다.

한정우 팀장은 연구원 한 명 한 명의 집을 다 찾아가는 한이 있더라도 시청자들이 궁금해하고 또 우리가 궁금한 점들을 알아내야 한다고 주장했다. 이렇게 취재를 해야 하니 5명의 인원으로는 턱도 없었다. 결국 특별취재팀은 7명이 더 보강돼 총 12명으로 늘

어났다(바쁠 때는 15명까지 지원을 받았다).

이런 와중에 〈PD수첩〉 방송 강행 소식이 들려왔다. 강행할 경우 그 결과는 뻔해 보였다. 보도국에서는 12월 11일, 앞으로 어떤 입장을 취해야 할지 결정하는 기자 총회를 열었다. 그날은 일요일이었는데도 기자 107명이 참석했다. 나 또한 전날 야근을 하고 퇴근을 하려다가 새벽 1시에 '긴급 기자 총회 모임, 11일 오전 9시 보도국'이라는 문자를 받고는 퇴근을 하지 못한 채 총회에 참석했다.

회의에서 특별취재팀은 그동안 보강된 인원으로 취재한 내용과 〈PD수첩〉 팀으로부터 받은 정보를 기자들에게 알리고 보도국이 어떤 자세를 취해야 하는지 물었다. 역시 의견은 첨예했고 뉴스 제작을 위한 취재마저 거부당하고 있는 지금은 〈PD수첩〉 2탄이 방송될 적절한 시점이 아니라는 신중론이 우세했다. 이 의견은 회사 쪽에도 물론 전달됐지만 회사가 이를 받아들일 것인지는 알 수 없었다. 확신을 갖고 있는 〈PD수첩〉 팀을 비롯한 시사교양국의 입장도 확고했기 때문이다.

그런데 이 회의 다음날(12월 12일), 열심히 뛰어다닌 보람이 있었는지 안규리 교수로부터 MBC 기자에게 따로 서울대 병원 연구실로 와 달라는 연락이 왔다. 안 교수는 이때 아주 중요하고 의미 있는 말을 박승진·박재훈 기자에게 던졌다. "누군가 줄기세포에 뭔가를 뿌린 것 같다"며 줄기세포에 이상이 있음을 처음으로 암시했다(황우석 박사의 연구 의미는 체세포 배아줄기세포라는 데 있다. 하지만 체세포 배아줄기세포인지 수정란 배아줄기세포인지 육안으로는 구별이 불가능하다). 그리고 잘 해결될 수 있도록 해 보자는 일종의 제의를 해왔다. 브릭(BRIC) 등의 많은 소장 과학자들이 2005년 《사이언스》 논문의 줄기세포 스테이닝 사진이 조작되었다는 것을 발견하고 이 논문에 나와 있는 DNA 지문 분석 결과가 조작됐을 가능성을 제시하고 있었기 때문에 재검증을 하자는 여론이 높아지고 있을 때였다.

하지만 안규리 교수의 말만 듣고 이 모든 일이 한 연구원(나중에 김선종 연구원이라고 보도됐다)의 실수 때문에 발생했다고 보도할 수는 없었다. 과연 그것이 사실인지, 혹 황우석 박사 팀이 원하는 대로 우리가 움직이게 되는 건 아닌지 고민을 하게 된 것이다(후에 누군가 줄기세포에 무엇을 뿌린 게 아니라는 것이 검찰 수사에서 드러났다. 안규리 교수가 잘못 알고 얘기를 했을지라도 그때 보도국이 섣불리 안규리 교수의 말을 단편적으로 보도하지 않은 것은 결과적으로 올바른 판단이었다).

이렇게 고민을 하면서 사흘이 지난 12월 15일, 김승환 기자가 만나 달라고 매일 전화를 걸었던 노성일 이사장으로부터 한번 보자는 연락이 왔다(본래 오전 10시에 만나기로 했었는데 갑자기 황우석 교수가 병원으로 자신을 불렀다며 오후로 약속을 연기했다. 이때 노성일 이사장은 황 교수로부터 "서울대 수의대에서 줄기세포를 확인해 보니 모두 미즈메디 수정란 줄기세포로 나왔다"는 말을 들었다고 밝혔다). 그리고 오후 3시, 김승환 기자와 박재훈 기자는 강서 미즈메디 병원에서 낯빛이 흙빛이 된 노성일 이사장으로부터 "줄기세포가 없는 것 같다"는 충격적인 말을 들었다.

그 뒷얘기는 모두 다 알고 있는 대로다. 이 취재 내용을 근거로 〈뉴스데스크〉는 12월 15일 엄기영 앵커가 "여러분, 이 뉴스를 어떻게 전해 드려야 할까요"로 입을 떼기 시작해 '황우석 교수의 줄기세포가 없다'는 뉴스를 보도하게 됐다. 〈PD수첩〉이 의혹을 제기했고 그 의혹에 대한 마침표는 사실상 보도국이 찍은 셈이 됐다. 그리고 〈뉴스데스크〉가 끝나자마자 논문 조작 의혹을 본격적으로 제기한 '〈PD수첩〉은 왜 재검증을 요구했는가' 라는 특집 방송이 나갔다.

내 신조는 '후회하지 말자'다. 당시에 어떻게 결정하고 행동했던지 상관없다는 뜻이 아니라 나중에 후회하지 않도록 그 상황에서 최선을 다하자는 뜻이다. 하지만 황우석 박사 사태는 우리의 결정만으로 모든 일이 돌아가지는 않았다. 주변의 흔들기도 심했고(정치계 인사들은 물론 대통령까지 기고문을 통해 황우석 박사를 옹호했고 언론들은 MBC를 공공의 적으로 몰아붙였다), 또한 황우석 박사 측의 반 MBC 여론 만들기도 대단했다.** 갑자기 매국노로 전락해 버리니 한 발짝 한 발짝 떼는 것 자체가 두려웠던 것이다.

그래서 지금도 가끔 생각해 본다. 다시 그때가 되어도 그렇게 보도를 했겠는가. 곱씹어 돌이켜 봐도 전 국민이 등을 돌릴 만한 보도였다. 황우석 박사의 논문이 진짜였다면 MBC는 당연히 역적이 됐을 것이고, 논문이 가짜였다 하더라도 국민들이 달가워하지 않는 뉴스임이 자명했으니 이건 보도하는 것 자체가 손해였다. 황우석 박사 사건이 계속되는 동안 매일 〈뉴스데스크〉에 앉으면서 국익이 먼저일까, 진실이 먼저일까 고민했다. 또 열렬한 팬이었던 황우석 박사와 관련해 좋지 않은 뉴스를 전하는 것 자체가 괴로움이었는데 뉴스만 나가고 나면 다음날 인터넷에 세상에서 들어 보지도 못한 욕이 올라와 있었으니 뉴스를 진행하면서도 한숨부터 나왔다.

게다가 뉴스의 맨 앞자락에 앉아 있었던 나와 엄기영 앵커는 터무니없는 오해까지 받았다. 물론 헛소문이었지만 황우석 교수의 일부 지지자들 사이에서 "김주하의 남편이 서울대 수의대 교수라서, 황우석 교수 때문에 빛을 보지 못하고 있는 남편을 위해 김주하가 앞장서 황우석 교수를 음해한다"는 전혀 근거 없는 소문까지 나 있었다. 엄기영 앵커 또한 서울대 수의대 교수인 아들을 황우석 교수 자리로 올리기 위해 일부러 황 교수를 깎아내리고 있다는 소문이 퍼져 있었다(내 남편도, 엄기영 앵커의 아들도 수의대 교수가 아니다). 그래도, 아마 다시 그때로 돌아간다고 해도 MBC는 같은 결정을 했을 것이고 국민들이 결국은 진실의 편에 서 줄 것이라고 믿었을 것이다. 게다가 MBC가 이 사실을 국익이라는 이름하에 묻어 두었는데 다른 나라 언론에서 먼저 이 사실을 보도를 했더라면……하는 데까지 생각이 미치면 소름이 다 돋는다.

지금도 가끔 '설사 황우석 교수의 줄기세포가 진짜가 아니었다 하더라도 MBC는 밉다' 는 말을 듣는다. 충분히 이해한다. 나 또한 MBC 내에 있었으면서도 애사심보다는 애국심이 더 크게 와 닿았는지 황우석 박사의 논문이 사실이길 간절히, 간절히 빌었으니까.

---

* 이 날 오후 4시에 보도국 특별취재팀과 2시간 동안 회의를 가졌고, 우리가 가진 정보를 모두 공개했다. 우리는 이때 아이디진에 우리가 2차에 걸쳐 줄기세포를 맡겼다는 사실을 굳이 말하지 않았는데, 이것은 판단 착오였다.(— 한학수 지음, 『여러분! 이 뉴스를 어떻게 전해 드려야 할까요?』, 412쪽)

** 《시카고 트리뷴》이 한국에 특파원 기자를 둘 리는 없는데, 그 사람은 자기가 《시카고 트리뷴》 소속이라고만 소개하고 있었다. 나는 당시에 이 여기자가 대단히 순진한 사람이 아니면 아주 노회한 정치인일 것이라고 생각했다. 나중에 이 사람이 황 교수 팀에서 한 역할이 밝혀졌는데, 황 교수 언론 팀에서 대외 언론 담당자였음이 드러났다. (— 한학수 지음, 『여러분! 이 뉴스를 어떻게 전해 드려야 할까요?』, 421쪽)

: 법보다 주먹이
가까운 세상

"내가 살 수 있겠느냐"고 물었던 아주머니에게,
그리고 "법이 언제쯤 고쳐질 것 같으냐"고 안타깝게 물으셨던
김치 공장 사장님께 작은 도움이라도 된 것 같아 취재의 보람을 느꼈다.
내 능력이 더 뛰어나서, 더 확실한 취재로
어려운 중소기업들과 어려운 가정들이 조금이라도 더 낮은 금리로
돈을 빌려 쓸 수 있게 할 수 있다면 얼마나 좋을까.

늘 개인적으로 제보가 들어오면 얼마나 좋을까마는, 실제 사정은 그렇지 못하다. 제보에 목마를 때면 회사 게시판으로 들어오는 제보들을 유심히 들춰 보곤 한다. 하지만 제보자들이 꼭 MBC에만 제보를 하는 건 아니어서 제보자에게 전화를 걸었을 때 이미 타사가 취재를 하기로 했다거나 벌써 취재를 해간 경우도 적지 않다.

몇 가지 취재 거리를 들고 캡에게 갔다가 다 기사가 안 된다는 말을 듣고는 시무룩해서 또 제보란을 뒤지고 있던 날이었다. 며칠 전부터 올라와 있던 제보인데 사채업자에게 시달리고 있다며 도와 달라는 내용이었다. 사실 사채업자와 관련해서는 수백만 원을 빌렸다가 1년 새 이자가 수천만 원에 달하더라는 뉴스는 이미 많이 나왔던 터라 그냥 지나칠 뻔한 제보였다.

"사채업자로부터 협박을 당하고 계시다구요?"

"아…… 네…… 그런데 지금은 좀……."

당황하며 전화를 받는 제보자의 목소리 뒤로 "돈을 내놓든지 가게를 내놓든지 둘 중 하나를 선택하라"는 낮은 목소리가 들려왔다. 가게에 들어와 협박을 하고 있는 것 같았다. 말로만 듣던 사채업자의 실제 협박 소리를 멀리서나마 들으니 빚을 진 당사자가 아닌데도 무섭고 다리에 힘이 쭉 빠졌다.

한 시간 뒤 전화를 걸었더니 제보한 여성은 말을 시작하기도 전에 눈물부터 쏟았다. 경기도 광명시 철산동에서 작은 옷 가게를 하나 하고 있는데 사정이 어려워 잠깐 사채업자에게 100만 원을 빌렸다가 지금은 500만 원이 넘는 이자에 허덕이고 있다고 했다. 그리고 채권자들이 이자를 갚으라며 가게에 들어와 장사를 못 하게 하고 고등학교에 다니는 딸의 이름까지 들먹이며 협박을 하니 집에 들어가기도 무섭다는 것이었다. 대부업법상 대부업체는 절대 무리한 채권 추심을 할 수 없고 협박성 전화나 방문을 할 수도 없지만 서민들에게는 법보다는 주먹이 더 가까울 수밖에 없었다.

지금은 모든 등록 대부업체들이 연 이자 66퍼센트 이상 받을 수 없도록 법으로 규정돼 있다. 하지만 '대부업 등록 및 금융이용자 보호에 관한 법률 개정안(2005년 9월)'이 시행되기 전인 당시에는 대부업법에 빠져나갈 구멍이 많았다. 예를 들어, 지금은 모든 대부업자가 규모에 관계없이 지방자치단체에 등록을 해야 하지만 당시에는 대출인 20인 이하, 대출 잔액 5000만 원 이하인 소규모 업자는 대부업 등록 없이도 영업을 할 수 있었고 이들은 금리

안녕하세요 길주하입니다

제한도 받지 않았다. 물론 이런 곳에서 대출을 받지 않으려 하겠지만 돈이 급한 사람에게 "당신은 신용 상태가 좋지 않아 연 66퍼센트의 대출은 어렵다"고 한다면 이곳저곳 가릴 처지가 안 되는 것이다.

게다가 연 이자가 66퍼센트로 제한되어 있다고는 하지만 이것도 대부업법이 개정되기 전에는 1회에 빌려 주는 금액이 3000만 원 미만인 경우에만 해당됐다. 만약 5000만 원을 빌리면 3000만 원까지는 66퍼센트의 이자를 적용받지만 나머지 2000만 원에 대해서는 대부업체가 얼마든지 그 이상의 이자를 받을 수 있는 것이다. 결국 빌리는 금액이 큰 중소기업 같은 경우는 배(원금)보다 배꼽(이자)이 더 커지는 사례가 부지기수였다.

아주머니에게 얘기를 듣고 우선 증거를 남기기 위해 채권자들이 하는 말을 녹음하라고 했다. 금감원에 신고할 증거도 되고, 방송에도 내보낼 수 있으니 꼭 필요한 녹음이었다. 아주머니는 딸아이의 휴대전화에 녹음 기능이 있다며 해 보겠다고 했는데 음성이 심하게 떨려 전화를 끊고도 계속 걱정이 됐다. 얼마나 시달렸으면 사채업자 얘기만 나와도 목소리가 떨릴까 싶어 마음이 아팠다.

그런데 매일 전화를 걸어 녹음 여부를 확인했지만(전화를 할 때 채권자들이 와 있어 제대로 통화하지 못하고 나중에 다시 전화하는 날이 많았다) 아주머니는 녹음을 하지 못했다. 채권자들이 자신이 기자와 통화한 것을 어떻게 알았는지 방송사에 전화하지 말라며 윽박지르고는, 녹음을 하려는 것을 알아차린 듯 전화를 통해

서는 심한 말을 하지 않는다는 것이다. 대신 매일 가게로 찾아와 물건을 던지고 차마 입에 담기 힘든 욕설을 퍼붓고 간다고 했다. 이제는 돈을 갚으려고 해도 통장을 해지해 버려 원금도 갚지 못하게 됐다고 했다(그렇게 되면 이자는 기하급수적으로 늘어난다).

이제 방법은 하나, 직접 찾아가 가게 안에 녹음기를 설치하는 수밖에 없었다. 처음에는 그렇게 해 달라고 부탁하던 아주머니가 찾아가기로 한 날, 갑자기 마음이 바뀌었는지 자신이 다시 전화 녹음을 시도해 보겠다고 했다. 채권자들이 가게를 난장판으로 해 놓을 때 혹시라도 녹음기가 발견되면 자신이나 딸의 신변에 안 좋은 일이 생길까 걱정한 것이다. 아주머니가 두려움에 떨며 가게에 녹음기를 설치하지 못하게 하니 다른 방법이 없었다. 그렇게 기다리며 3주가 지났다. 캡은 왜 아직도 녹음테이프를 구하지 못했느냐고 묻는데 할 말이 없었다. 다른 제보자를 찾는 수밖에.

금융감독원을 찾아갔다. 아무래도 금감원에 신고된 곳을 찾아가는 게 나을 것 같았다. 금감원 조성목 팀장을 통해 소개 받은 한 김치 공장을 찾아갔다(조성목 팀장은 대부업법의 허점을 보완할 개정안을 빨리 마련해야 하는데 아직도 국회에서 논의조차 되지 않고 있다며 무척 안타까워했다). 공장은 경기도에 있었는데 시설도 괜찮고 깔끔하니 아주 좋아 보였다. 그런데 배추가 공장 한쪽에 산더미같이 쌓여 썩어 가고 있는 게 아닌가. 대부업체에서 말도 안 되는 액수의 이자를 갚으라며 해결대원·행동대원 등으로 불리는 사람들을 보내 도저히 공장을 운영할 수 없게 된 것이다. 공장 직원들도 결국 직장을 잃은 상태였다. 오죽 급하게 그만뒀으면 이미 들어온 배추마저 버리게 됐을까. 먼젓번 아주머니는 합법적으로 대부업 등록을 하지 않아 이자 제한을 받지 않는 업체로부터 고통을 당했다면, 김치 공장은 3000만 원 이상의 돈을 빌려 연 66퍼센트를 훨씬 넘는 이자를 내게 된 경우였다. 그런데 이 대부업체는 고리의 금리를 요구할 뿐 아니라 김치 공장 사장을 속이고 있었다. 본래 3000만 원 이상을 빌리면 3000만 원까지는 연 66퍼센트의 이자 제한을 받고 그 이상만 이자 제한이 없는 법인데, 6000만 원을 빌려 주고는 3000만 원이 넘었다는 이유로 전체 금액에 대해 이자 제한을 두지 않고 있었던 것이다. 이자율이 120 퍼센트로 이미 1년 동안 낸 이자만 6400만 원이나 됐다. 내 얘기를 들은 김치 공장 사장은 분노했지만 그렇다고 문제가 해결되는 건 아니었다.

안타까운 사정을 취재하고 이번에는 대부업체를 직접 찾아가기로 했다. 피해자가 준 번호를 추적했지만 그 회사는 이미 다른 곳으로 이사를 가고 없었다. 굳게 닫힌 사무실 문 앞에 고지서나 광고물들만 잔뜩 쌓여 있었다. 그 회사가 이사를 갔다는 곳으로 다시 찾아갔지만 그곳 또한 문을 닫은 후였다. 계속 장소를 옮겨 가며 자취를 감추니 찾을 길이 막막했다.

직접 찾아갈 수 없으니 그냥 전화를 걸기로 했다. 이렇게 중소 기업을 대상으로 3000만 원 이상을 빌려 주는 대부업체는 생활광

고지의 광고란도 이용하지만 주로 중소기업으로 직접 팩스를 넣는 방법으로 광고를 한다. 마침 친구 남편이 작은 회사를 하고 있던 터라 찾아가 봤더니 진짜로 팩스를 통해 그런 광고가 하루에도 몇 건씩 들어온다고 했다. 팩스로 들어온 광고를 촬영하고는 그 번호로 전화를 걸었다.

"2000만 원을 빌리고 싶은데요."

"저희는 4000만 원 이상부터 빌려 드리거든요. 규정상 그렇게 돼 있어요."

연 66퍼센트의 이자 제한을 받지 않기 위해 일부러 3000만 원 이상을 빌리게 하는 것이다. 뉴스가 나가고 바로 문제가 해결되면 얼마나 좋을까. 하지만 시간이 걸리는 경우도 많다. 이 뉴스가 보도되고 나서도 김치 공장 사장은 혹시나 하는 마음에 계속 내게 전화를 걸어왔다. 철산동의 옷 가게 아주머니는 그 뒤로도 한 달 이상 내게 전화를 걸어 녹음을 하면 자신이 살 수 있느냐고 물었다. 사정이 딱해 금감원을 소개시켜 줬지만 사채업자가 등록된 업체가 아니라서 큰 도움이 되지는 못했다. 그리고 아주머니의 목소리가 너무나 안타까워 그 뒤로 혹시 '사채업자에게 시달리다 자살'이라는 뉴스 제목이라도 나올라 치면 깜짝 놀라 주소와 성(보통 뉴스에는 성만 나온다)을 확인하곤 했다.

"이런 대부업체들의 횡포를 막기 위해 3000만 원이 넘는 대출금에 대해서도 이자를 제한하는 법안이 지난해 8월 국회에 제출됐지만 아직 한 차례 논의조차 되지 못했다"고 2월 26일에 뉴스가 나간 뒤 그해 5월, 모든 대부업자의 등록을 의무화하고 이자율 규제 적용 대상 대부 금액 기준(3000만 원)을 삭제한 개정안이 발표됐고(66퍼센트의 이자도 높지만 그래도 합법적으로 그 이상 고리의 금리를 요구하지는 못하게 됐다) 9월 1일부터 시행됐다.

"내가 살 수 있겠느냐"고 물었던 아주머니에게, 그리고 "법이 언제쯤 고쳐질 것 같으냐"고 안타깝게 물으셨던 김치 공장 사장에게 작은 도움이라도 된 것 같아 취재의 보람을 느꼈다. 내 능력이 더 뛰어나서, 더 확실한 취재로 어려운 중소기업들과 어려운 가정들이 조금이라도 더 낮은 금리로 돈을 빌려 쓸 수 있게 할 수 있다면 얼마나 좋을까. 사장님과 아주머니께서 새로 바뀐 법을 잘 이해해 어려운 형편에서 조금이라도 벗어나셨길 간절히 빌어본다.

<< 집중 취재

악덕 사채 횡포

2005년 2월 26일 **뉴스데스크**

앵커 | 기업을 하다 보면 급전이 필요한 경우가 많다고 하죠. 한 기업인도 고리 사채를 썼다가 그만 덫에 걸렸습니다. 사채업자들은 특히 3000만 원 이상만 빌려 주고 있습니다. 이렇게 하면 이자 제한이 없다는 걸 노리는 건데 법안을 고쳐야 할 국회는 팔짱만 끼고 있군요. 김주하 기자입니다.

기자 | 경기도 양주에서 김치 공장을 하던 박 모 씨는 최근 자금난으로 공장 문을 닫았습니다. 사채업자로부터 급하게 6000만 원을 빌렸다가 이자를 감당할 수 없었기 때문입니다. 1년여 동안 낸 이자만 6400만 원으로 연이율 120퍼센트의 고리였습니다.

피해자 | 악랄하다로는 모자라요. 그 조직이 1, 2, 3, 4차 담당했다가 여기서 안 되면 해결대원, 행동대원…….

기자 | 박씨가 속수무책으로 당할 수밖에 없었던 것은 대부법의 허점 때문입니다. 3000만 원까지만 연 이자율이 66퍼센트를 넘지 못하게 했을 뿐 3000만 원을 넘는 돈에 대해서는 아무런 제한을 두지 않았습니다. 이 때문에 사채업자들은 3000만 원을 훨씬 넘는 돈을 빌려 가도록 강요하고 고리대금을 챙깁니다.

사채업자 | 저희는 4000만 원 이상부터 빌려 드리거든요. 규정상 그렇게 돼 있어요.

기자 | 원금을 갚으려 해도 돈을 갖지 못하도록 갖은 수단을 써서 방

해합니다.

사채 피해자 | 통장을 해지해 버렸어요. 일부러 내가 입금을 못하게 만들었거든요.

기자 | 금융 당국은 사채업자들의 횡포를 알면서도 속수무책입니다.

조성목 팀장(금융감독원) | 현행법상으로는 처벌하기 어렵습니다. 실제적으로 3000만 원 넘는 금액을 500퍼센트, 1000퍼센트씩 받아서 법망을 피해서 고리 착취를 하고 있는 거죠.

기자 | 이 같은 횡포를 막기 위해 3000만 원이 넘는 대출금에 대해서도 이자를 제한하는 법안이 지난해 8월 국회 제출됐지만 아직 한 차례 논의조차 되지 못했습니다. MBC 뉴스 김주하입니다.

:석양을 등지고 앉아
그의 노래를
듣고 싶다

한사코 자신은 평범한 사람이라고 말을 아끼던 그는
아직도 1년에 한 번씩 음반을 내고 공연을 한다.
그리고 인터넷을 통해 자신의 노래를 들려주며
지금도 상처받은 민중들을 위로하고 있다.
아직도 힘들다는 세상, 그래서인지 세상도 계속해서
그의 노래를, 그의 시를 찾고 있다.

뉴스하면 일반적으로 사건이나 사고, 정치 뉴스, 국제 뉴스 등을 생각하게 된다. 하지만 그렇게 자극적인 내용만이 뉴스는 아니다. 나를 포함한 모든 사람이 원하는 것처럼 따뜻한 정을 느낄 수 있는 내용 또한 뉴스가 될 수 있다.

주중에는 〈뉴스데스크〉를 진행해야 하는 나는 취재하고 싶은 내용이 있어도 출장을 가야 하면 포기할 수밖에 없다. 예를 들어 앞서 이야기했던 여권 매매 문제(한국에서 여권을 사다가 중국에 팔아넘기는 것, 여권을 판 사람들은 잃어버렸다며 재발급을 받으면 되기 때문에 돈이 급한 젊은이들 사이에서 쉽게 매매가 이루어지고 있었다) 같은 경우는 경찰서와 연계해 중국에 가서 여권 브로커를 만나는 게 가장 확실한 취재였지만 국내 출장도 가지 못하는 사람이 국제 출장을 갔다 올 수 없어 포기했었다. 또 영등포경찰서 장호성 형사의 가짜 고춧가루와 관련된 제보도 중국에 출장을 가서 직접 확인하고 싶었지만 무산됐었다.

이렇게 몇 번 출장을 가지 못해 취재를 하지 못하는 일이 발생하자 나는 캡에게 주말에 쉬지 못해도 좋으니 1박 2일짜리 출장이라도 갈 수 있도록 허락해 달라고 부탁했다. 캡은 주말에 가끔 야근을 시키는 것도 피곤할까 봐 늘 주중 〈뉴스데스크〉에 영향을 미치면 안 된다며 걱정했었다. "널 위해서가 아니라 회사를 위해서야!"고 말했지만 말이다. 고민하고 있던 김경태 캡은 내 성화에 못 이겨 결국 허락했다.

기자가 된 이후, 특히 사회부 기자가 된 이후에는 만나는 사람들마다 아이템 거리가 없냐며 묻고 다녔었는데 타사 기자도 예외는 아니었다. 특히 평소에 친분이 있는 《경향신문》의 김정섭 기자는 문제의식이 강한 사람이어서 함께 대화를 하다 보면 아이템 거리가 생기곤 했다. 물론 모두가 성공한 취재는 아니었지만.

한 번은 새로 도입된 버스 중앙 차로 시스템에 문제가 있다며 교통사고가 날 확률이 높은 지점에 대해 얘기한 적이 있었다. 자신이 자주 다니는 길인데 수색에서 서울 쪽으로 오는 길목에서 아슬아슬 사고가 날 뻔한 모습을 자주 목격했다는 것이다. 제보라면 물불을 안 가리고 뛰어갔던 나는 바로 다음날 그 장소를 찾아갔고 그 근방을 몇 바퀴나 돌았지만 결국 허탕을 쳤다. 약간의 문제는 있었지만 그것만 가지고 버스 중앙 차로 전체가 문제가 있는 것처럼 보도할 수는 없었다. 여하간 이렇게 고생을 시킨 죄로 미안한 마음을 갖고 있던 김정섭 기자는 그때의 빚을 갚고자 어느 날 정세현 씨의 근황을 얘기해 주었다.

정세현 씨는 광주 민주화 운동 때 "동지들 모여서 함께 나가자 무등산 정기가 우리에게 있다"로 시작하는 민중가요 〈광주출정가〉를 작곡한 주인공이다. 하지만 1993년에 출가해서 지금은 불교 색채와 정서를 담은 노래를 짓고 부르고 음반도 발표하면서 노래하는 스님이 됐다. 비록 5·18에 맞춰서 뉴스를 내보낼 수는 없겠지만(6월 초에 취재를 가게 됐다) 그래도 통일 노래자랑 등에 특별 출연해 관중과 함께 눈물을 흘리며 노래를 부르던 모습이 생생한 그가 왜 갑자기 속세를 떠났는지, 지금은 그 시절을 어떻게 기억하는지, 또 어떻게 지내고 있는지 궁금했다.

지금은 '범능'이라는 이름이 더 익숙해진 그는 광주 무등산 자락에서 혼자 살고 있었다. 광주에 갔다가 저녁 모습까지 촬영하고 돌아오려면 하루로는 모자란다. 때문에 캡에게 출장 허락을 받아내고는 카메라 기자와 함께 기차에 몸을 실었다.

광주역에서 내려 렌터카를 빌려 타고 먼저 범능 스님이 속세에 있을 때 함께 작업을 했던, 지금도 가끔 함께 작업하는 민중가수 박문옥 씨를 찾아갔다. 박문옥 씨를 미리 만나고 간 건 무척 잘한 일이었다. 스님은 자기 자랑은 물론 과거의 얘기를 거의 하지 않으려 했기 때문에 박문옥 씨를 통해 얘기를 듣지 않았다면 거의 기사를 쓸 수 없을 뻔했다(인터뷰를 하러 갈 때는 미리 알아보고 가는 게 좋다. 그래야 깊은 질문을 할 수 있다).

광주 민주화 운동 때 바로 눈앞에서 동료들이 쓰러지는 모습을 보고 운동 가요를 만들기로 결심했던 정세현. 그렇게 서러운 민중을 위로했지만 군사 독재에 항거하는 수단으로 또다시 군가 형식을 빌린 투쟁가를 부른다는 게 늘 고민이었다. 둘 다 사람들의 공격성을 끌어내는 음악이었기 때문이다. 그래서 그는 거친 세상에 거칠게 마주 대하는 모습이 싫어 12년 전(1993년) 갑자기 출가해 '정세현'을 버리고 '범능'이라는 이름을 택했다.

대략 스님에 대한 얘기를 듣고 난 뒤 전남 화순 무등산으로 향했다. 광주 지리를 잘 알 리 없는 우리는 1시간이면 갈 거리를 2시간 반이나 헤매고 물어물어 간신히 도착했다. 범능 스님은 슬레이트로 지붕을 올린 남루한 집에서 살고 있었는데 작지만 아주 깨끗하게 정리돼 있었다. 얼마나 깨끗한지 서울에 있는 내 방을 생각하면 부끄러울 정도였다. 스님께 직접 왜 출가를 했느냐고, 그리고 출가를 해서도 노래를 부르는 이유를 물었다.

"세상이 굉장히 현실주의적이 됐어요. 운동권도 자기들의 본질을 꿰뚫지 못하니까 결국 물질 위주로 가고…….. 그 현실을 인정해야 했어요. 그렇지 않으면 단절해야 하니까……. 이제는 제가 해야 할 역할이 바뀌었다는 생각이 들어요."

그래서인지 그의 노래는 〈광주출정가〉에서 〈먼 산〉, 〈나는 강이 되리니〉 등 제목만 봐도 완전히 그 색깔과 톤이 바뀌어 있었다. 집에는 스님이 한사코 보여 주기를 꺼려하던 방이 있었다. 물론 열어 보지 말라고 안 열어 볼 내가 아니었다. 은근슬쩍 스님과 함께 대화를 하며 안으로 들어가 보니 그곳은 완전히 다른 세상이었다. 소리를 합성하는 신시사이저(Synthesizer)를 비롯해서 전자기타·클래식 기타·작은 드럼 등 여러 악기가 있고, 앰프와 커다란 악보, 컴퓨터가 자리를 차지하고 있었다. 게다가 한쪽에는 시디플레이어와 레코드플레이어가 자리를 차지하고 있고 벽에는 CD와 레코드판이 층층이 쌓여 있었다. 마치 방송사 음악 편집실에 와 있는 듯했다. 하지만 밖의 새소리와 따뜻한 녹차가 어우러졌던 조용한 방에서나 잘 어울릴 법한 승복이 현대식 악기들이 줄지어 있는 이 방에서도 너무나 잘 어울렸다.

집에서 100미터 정도 떨어진 곳에 비닐하우스로 된 법당이 있었다. 범능 스님이 직접 짓고 있었는데 급하지 않게 천천히 지을 요량이라고 하셨다. 마침 법당으로 올라가는 길에 스님을 뵈러 온 손님을 만날 수 있었는데 스님의 노래가 너무 좋아 직접 노래를 듣기 위해 종종 찾아온다고 했다.

"정신적으로 좀 힘들었거든요. 그럴 때 스님 음악을 들으면 편안함을 찾아요. 저 외에도 찾아오시는 분들이 많은데 노래를 들으면서 눈물을 많이 흘려요."

〈광주출정가〉, 〈혁명광주〉 같은 노래를 만들었던 분이 도대체 어떤 노래를 만들고 부르기에 듣는 이들이 마음 편안해진다고 할까? 마침 해도 저물고 있어 스님께 마당에 앉아 노래를 들려 달라고 부탁했다.

"나는 어디서 왔는가. 딩, 동, 댕……."

〈딩동댕〉고태규 작사에 범능 스님이 곡을 붙이고 박문옥이 편곡한 노래였다. 원래 생음악을 좋아하기도 했지만 그의 노래를 듣고 있는 동안 '이 기사의 도입은 어떻게 시작할까', '돌아가는 길은 얼마나 멀까' 등의 고민은 씻은 듯 사라졌다. 그냥 언제까지나 석양을 등지고 앉아 그의 노래를 듣고 싶었다. 웬만한 취재 거리 앞에서는 꿈쩍도 않던 김경철 카메라 기자도 기타를 튕기며 노래를 부르는 그의 모습을 촬영할 생각도 않고 넋 놓고 보고 있었다. 왜 속세를 떠났을까, 왜 우리에게 그 멋진 민중가요를 더 이상 들려주지 않을까 아쉬워했던 마음이 사라졌다. 오히려 그의 음악 세계를 한 차원 더 높일 수 있었던 원동력이 궁금해졌다.

"결국 대상, 목표는 같아요. 방법이 달라졌지요. 투쟁하는 건 아수라 세계에서 사는 거예요. 인간 세상이 아니라 싸움의 세상에서 사는 거예요. 그건 결코 우리가 가야 할 길이 아니에요."

그 순간 하루하루 투쟁하듯 살고 있는 내가 부끄러워졌다. 그리고 역사의 무게에 다소 무거웠을 그의 어깨를 보며, 이제는 조금 가벼워진 그의 어깨에 다른 이들이 기대는 모습을 상상해 봤다.

한사코 자신은 평범한 사람이라고 말을 아끼던 그는 아직도 1년에 한 번씩 음반을 내고 공연을 한다. 그리고 인터넷을 통해 자신의 노래를 들려주며 지금도 상처받은 민중들을 위로하고 있다. 아직도 힘들다는 세상, 그래서인지 세상도 계속해서 그의 노래를, 그의 시를 찾고 있다. 취재가 끝나고 2년이 지난 지금 나 또한 그의 음악과 모습을 보기 위해 가끔씩 그의 사이트를 찾곤 하니까.

진정 그는 왜 스님이 되었을까. 친구의 말대로 더 이상 이 세상 험한 일들을 보기 싫어 산으로 간 것일까. 아니면 이제 세상이 너무 깨끗해져 자신의 역할이 필요 없어졌다고 생각해서였을까. 그럴 리 없다는 것을 알면서도, 후자였으면 좋겠다.

석양을 등지고 앉아 그의 노래를 듣고 싶다

스님이 된 민중 가수

2005년 6월 26일 **뉴스데스크**

앵커 | 80년대 널리 불렸던 〈광주출정가〉를 기억하시는지요. 민중가요로 신군부에 맞섰던 정세현 씨가 지금은 세속을 떠나 또 다른 노래로 삶에 지친 사람들에게 위안을 주고 있습니다. 김주하 기자가 만났습니다.

기자 | 80년 광주 학살에 맞서 시민군의 출전을 호소하던 민중 가수 정세현. 그의 노래는 서슬 퍼런 신군부에 맞서는 저항의 상징이었습니다. 20여 년이 흐른 지금, 그는 무등산 자락에 비닐하우스 법당을 짓고 범능이라는 이름으로 살고 있습니다.

범능 스님 | 운동권이라는 것도 자기들의 본질에 대해서 정확히 꿰뚫어 보지 못하니까 결국에는 물질 위주로 가는구나…….

기자 | 하지만 여전히 그는 노래를 통해 세상과 만나고 있습니다. 한사코 자신은 평범한 사람이라고 말을 아끼는 범능 스님은 지금도 1년에 한 번씩 음반을 내고 공연을 합니다. 다만 삶에 지친 사람들을 끌어안고 어루만져 주는 무채색의 빛깔로 바뀌었을 뿐입니다.

박문옥(작곡가) | 스님이 말하길 '다시는 내가 군가 형식의 운동 가요는 만들지 않겠다'고…….

범능 스님 팬 | 정신적으로 힘들었거든요. 여러 부분에서…… 그럴 때 스님의 음악을 듣고 편안함을 찾아요…….

기자 | 광주 항쟁의 상처를 안고 살아온 지 벌써 25년. 갈등과 다툼이 여전한 세상을 향해 그의 노래는 이제는 이렇게 달라져야 한다고 얘기하고 있습니다.

범능 스님 | 투쟁하고 계속 시위하고 그런 건 뭐냐 하면 아수라 세상에서 살고 있는 거예요. 싸움의 세상에서 살고 있는 거라 그것은 결코 우리가 가야 할 길이 아니기 때문에…….

기자 | MBC 뉴스 김주하입니다.

: 다음엔
어떤 구두를 신고
그곳을 찾아갈까

아이들과 친해지기 위해
일부러 옛날이야기들을 잔뜩 읽어 보고 갔었다.
이야기 밑천이 다 떨어졌는데도 아이들이 계속 얘기해 달라고 졸라
전날 본 드라마까지 각색하며 얘기하느라 진땀을 빼기도 했다.
선물을 내놓았을 때는 전혀 고마워하는 표정 없이
선물을 받았던 아이들이 내가 지어 낸 이야기에는 열광했다.
아이들은 누군가 정을 나눠 주길 기대했던 것이다.

취재를 하다 보면 너무 안타까운 사정을 만나기도 한다. 자신보다 어려운 사람을 만나면 마음이 약해지는 기자들이 많은데 그런 기자들은 있는 돈을 다 털어 주고 나오거나 입고 있던 옷까지 벗어 주고 오는 일도 종종 있다.

2005년 2월 초, 곧 있을 구정을 전후해 우리 이웃의 이야기를 담아 보고자 어려운 이웃을 소개 받으려고 이곳저곳을 두드렸다. 1주일 후 연락이 왔다. 달동네 꼭대기에서 어머니와 살고 있는 어린 두 형제였다. 사정을 들어 보니 정말 딱했다. 아버지는 둘째가 태어나자마자 집을 나갔고 어머니는 몸이 많이 좋지 않아 어디 나가서 잠깐씩이라도 돈을 벌어 온다는 것은 상상도 할 수 없는 처지였다. 게다가 정신도 온전하지 않은 상태였다. 그야말로 열한 살짜리 맏형이 집안의 모든 일을 꾸리고 있었는데 그래도 너무나 밝아 보여 보는 이로 하여금 더 가슴 아프게 했다.

그런데 아이와 대화를 주고받으면서 뭔가 이상하다는 것을 느꼈다. 일부러 전혀 부족함이 없다는 것을 티내려고 한다는 인상을 받은 것이다.

"컴퓨터 필요하지 않아?"

"아니요, 필요 없어요. 학교에도 있고 집에 있으면 동생이 게임이나 할 게 뻔한데요."

"그럼 뭐가 필요하니?"

"다 있어요. 필요하다고 하면 엄마가 돈도 다 주세요."

"아빠 안 보고 싶어?"

"그동안도 안 보고 살았는데요 뭐."

분명 매우 어렵다는 이야기를 듣고 갔는데 아이가 하는 얘기는 딴판이었다. 어렵지 않다는 아이를 일부러 울려 가며 시청자의 감동을 억지로 끄집어낼 수는 없다. 하지만 어려운 사정을 보여 줘야 시청자들에게 우리 주변에 도움이 필요한 사람이 많다는 것을 다시 한 번 인식시키고, 이 아이들에게도 도움이 답지할 텐데, 또 그래야 나도 보람이 있을 텐데, 아이는 오히려 "난 전혀 어렵지 않아요"를 외치고 있으니 난감했다. 그렇다고 "솔직히 말해!"라고 다그칠 수도 없는 것 아닌가. 당황하고 있는 내게 그 가정을 소개해 준 분이 귀엣말로 속삭였다.

"일부러 저러는 거예요. 이런 아이들 중엔 자존심이 강한 아이들이 많아요."

그래서 혹시나 하는 마음에 아이에게 물었다.

"네 얼굴이 뉴스에 나가는 거 괜찮겠니?"

"어려운 아이들 얘기로 나가는 거라면 싫어요."

얼굴을 촬영해도 괜찮다고 얘기를 듣고 갔는데, 게다가 아이가 밖에 나가 노는 모습이며, 단칸방 어려운 집안 살림이며(부엌은 한 사람이 서 있기에도 좁아 한 번 부엌에서 일을 하고 나면 여기저기 긁혔다), 집에서 엄마가 누워 있다가 힘겹게 일어나 처지를 설명하는 것까지 모두 다 촬영을 마쳤는데 아이 얼굴을 내보낼 수 없다니. 그럼 아이 얼굴에 모자이크 처리를 해야 하나? 캡에게 전화를 걸어 물어보니 "아이가 무슨 범죄자냐"며 말도 안 된다고 했다. 거기다 아이가 한마디를 더했다.

"우리 엄마가 정신이 좀 안 좋으셔서 이랬다저랬다 하시거든요. 그러니까 엄마 말씀도 방송에 내보내지 않으셨으면 좋겠어요."

아차. 내가 실수했구나 싶었다.

나는 대학에 다닐 때 2주에 한 번씩 고아원을 방문하는 동아리에서 활동한 적이 있다. 그때도 고아원 아이들은 우리가 정기적인 방문객들인데도 우리 중에 혹시 낯선 사람이 섞여 있으면 경계하고 다가오지 않았었다. 또 고아원을 방문한 첫날, 밖으로 나오지 않는 아이들과 친해지려고 방에 들어갔다가 얼굴도 마주치지 않는 냉정함 때문에 무척 당황했던 기억이 아직도 생생하다. 뜨내기 방문객들이 많아 정을 주면 더 상처를 받게 된다는 것을 아는 아이들은 쉽게 마음의 문을 열지 않는 것이다.

그래서 아이들과 친해지기 위해 일부러 아이들이 좋아하는 옛날이야기들을 잔뜩 읽어 보고 갔었다. 이야기 밑천이 다 떨어졌는데도 아이들이 계속 얘기해 달라고 졸라 전날 본 드라마까지 각색하며 얘기하느라 진땀을 빼기도 했다. 내 얘기가 어제 본 드라마라는 것을 알면서도, 즉석에서 만들어 내느라 앞뒤가 맞지 않는 것을 알면서도 아이들은 내 얘기가 계속되길 원했다. 다른 사람들이 가져다주는 선물 보따리보다도(조금 나이든 아이들은 선물을 준다고 해도 방 밖으로 나오지 않았다) 함께 앉아 표정을 나누며 이야기를 나누는 것을 더 좋아했다(내 얘기를 들으며 아이들은 궁금한 것을 묻기도 하고 자기들끼리 해석을 달기도 하며 첨삭을 하곤 했다). 처음에 친해지려고 선물을 내놓았을 때 전혀 고마워하는 표정 없이 선물을 받았던 아이들이 내가 지어 낸 이야기에는 열광했다. 그만큼 아이들은 누군가 정을 나눠 주길 기대했던 것 같다.

유난히 자존심 강했던 예전 고아원 아이들 생각도 떠오르고, 또 아이가 그렇게까지 말하니 더 이상 할 말이 없었다. 아이를 소개해 준 복지재단 측도 당황했지만 별다른 방법이 없었다. 아이는 남들의 도움을 받는 것보다는 자신과 자기 집안의 자존심을 지키는 게 중요했던 것이다. 아이가 열한 살이란 나이답지 않게 자신의 의견을 또렷하게 말하고 자존심을 굽히지 않자 처음에는 어찌할 바를 몰랐지만 점차 아이의 마음을 이해할 수 있을 것 같았다.

어렵기 때문에 더 자존심이 강해진 것이다.

"그래, 생각보다 나쁘지 않은 것 같아 다행이다. 누나가 괜히 왔나 봐."

이렇게 얘기하면 아이가 괜찮다고 말해 줄 줄 알았는데 아이는 아무런 대답도 하지 않았다.

'내가 오히려 더 상처를 줬나 보다……'

괜히 찾아왔다고, 이 아이에게는 물질적인 도움보다 정신적인 도움이 더 필요한데 내가 그렇게 해 줄 수 있는 능력이 없다고 자학하고 있는데, 동생이 내 구두를 물끄러미 쳐다보고 있는 게 보였다.

"왜 신발에 뭐가 묻었니?"

"우리 엄마도 예전에 이런 신발 있었는데……"

벨벳 무늬가 있고 햇빛을 받으면 반짝반짝 빛이 나는 에나멜 구두였다. 순간, 구두라도 주고 싶었다. 그러나 그냥 구두를 주면 아이가 또 상처를 받을까 겁이 났다. 어떻게 얘기해야 아이가 자존심에 상처를 받지 않고 내 성의를 받을 수 있을까.

"잘됐다. 실은 발이 아파서 어떻게 저 신발을 신고 내려가나 고민하고 있었거든. 미안하지만 편안한 신발이 있으면 바꿔 신고 가도 될까?"

아이가 뭐라고 할까 걱정했지만 다행히 아이는 엄마가 신던 오래된 신발을 하나 내주었다. 엄마의 신은 내 발에 얼추 맞았다. 이 정도면 내 구두도 맞겠지. 짐을 정리해 문을 나서는데 오디오 담당자가 뒤에서 소리쳤다.

"선배, 이거 선배 신발 아니에요?"

나는 못 들은 척 후다닥 뛰어나왔다. 회사로 돌아오니 AD가 도대체 언제 때 신발이냐며, 고등학교 때 신던 신발이냐며 놀렸다. 취재한 것도 아무것도 못 쓰고 시간만 낭비한 셈이 됐지만 기분은 날아갈 듯했다. 또랑또랑한 눈망울의 그 아이가 다시 보고 싶다. 다음에는 어떤 구두를 신고 갈까?